講談社文庫

一色町雪花

九頭竜覚山　浮世綴㈤

荒崎一海

講談社

目次

『一色町雪花　九頭竜覚山　浮世綴（五）』――おもな登場人物

九頭竜覚山《くずりゅうかくざん》　総髪の浪人。団栗眼《どんぐりまなこ》と団子鼻《だんごばな》。兵学者。

よね　元深川《ふかがわ》一の売れっ子芸者米吉《よねきち》。覚山の押しかけ女房。

たき　通いの女中。

長兵衛《ちょうべえ》　永代寺門前仲町《えいたいじもんぜんなかちょう》の料理茶屋万松亭《ばんしょうてい》の主《あるじ》。覚山の世話役。

長吉《ちょうきち》　長兵衛の嫡男。覚山に剣術を教わる。

松吉《まつきち》　門前山本町《やまもとちょう》の船宿有川《ありかわ》の船頭。

柴田喜平次《しばたきへいじ》　北町奉行所定町廻り。

弥助《やすけ》　柴田喜平次の御用聞き。女房のきよが居酒屋〝笹竹《ささたけ》〟をいとなむ。

浅井駿介《あさいしゅんすけ》　南町奉行所定町廻り。

仙次《せんじ》　浅井駿介の御用聞き。

みつ　薪炭《まきすみ》屋栄《さかえ》屋の娘。霊雲院《れいうんいん》の出茶屋の看板娘。一色小町《いっしきこまち》と呼ばれる。

又八《またはち》　初兵衛《はつべえ》店《だな》に住む屋根船持ちの船頭。女房はなつ。

きね　料理茶屋千鳥《ちどり》の大年増の女中。店の主は文右衛門《ふみえもん》。

弘吉《こうきち》　一色町の油問屋広瀬《ひろせ》屋の若旦那。

昌吉《まさきち》　日本橋の油問屋伊豆《いず》屋の若旦那。広瀬屋で商いの修業。

九頭竜覚山《くずりゅうかくざん》　浮世綴《うきよつづり》　五

一色町雪花《いつしきちようせつか》

第一章　看板娘

一

寛政《かんせい》九年（一七九七）晩冬十二月二十二日、江戸は夜半からの雪で白一色におおいつくされた。

東の空が白みはじめると、雪景色は輝くがごとくに浮き、幽玄な美しさをかもしだす。

だが、白一色なのはそれからしばらくだ。夜があけるにつれて、表店《おもてだな》の者らが雪かきをはじめる。つづいて、横道、裏通り、路地。裏長屋の者らも総出で雪かきをする。

明六ツ（冬至時間、七時）まえには、雪は陽溜《ひだま》りになるところに山積みにされる。

九頭竜覚山《くずりゅうかくざん》は、いつものごとく暁《あかつき》七ツ半（五時五十分）じぶんにおきた。

寝所の窓をあけると、見わたすかぎりの雪だった。

きがえた覚山は、一階におり、客間と居間の雨戸をあけた。

住まいは、永代寺門前仲町《えいたいじもんぜんなかちょう》の路地にある二階建て一軒家だ。東が路地で、南にめんしてちいさな庭がある。

戸口からの廊下のつきあたりが厨《くりや》の板戸だ。

厨は、囲炉裏《いろり》がある板間に納戸《なんど》があり、竈《かまど》のある土間が庭をふさいでいる。納戸があるぶんだけ板間より土間のほうがひろく、庭にめんした南と、釣瓶《つるべ》井戸がある西に水口《みずぐち》（勝手口）がある。

妻のよねが戸口からもってきた足駄《あしだ》（高下駄《たかげた》）をはいた覚山は、庭にめんした水口の腰高障子と雨戸をあけて、隅にある箆《へら》を手にした。

雪かきをはじめてまもなく、庭のくぐり戸があけられようとした。

覚山は言った。

「おお、まいったのか。いまあける」

覚山は、くぐり戸の閂《かんぬき》をはずした。

料理茶屋万松亭《ばんしょうてい》長男の長吉《ちょうきち》が箆をもってはいってきた。

「先生、おてつだいします」

「すまぬな」

「いいえ」

覚山は、長吉に家伝の剣〝水形流《すいぎょう》〟のほかに、先月からは組手も教えている。

庭の雪をあつめ、路地にでると、万松亭と北どなりの料理茶屋菊川《きくかわ》と、ならびにある裏長屋の者らもでてきて雪かきをしていた。

下総《しもうさ》の空に朝陽が昇るころには、雪はすっかりかたづけられた。雲ひとつないぬけるがごとき澄んだ青空がひろがった。

翌日も翌々日も陽が射して雪をとかした。

二十五日の昼まえ、三吉《さんきち》がきた。

本所深川《ほんじょふかがわ》を持ち場にしている北町奉行所の定町廻り柴田喜平次《しばたきへいじ》の御用聞き弥助《やすけ》の手先である。年齢《とし》は二十歳《はたち》くらいで、身の丈が五尺三寸（約一五九センチメートル）余。身なりは長着の尻紮《しりから》げに股引《ももひき》。

「先生《せんせえ》、柴田の旦那が夕七ツ（三時二十分）すぎじぶんにおじゃましてえそうで」

「お待ちしておりますとおつたえしてくれ」

「へい。失礼《しつれえ》しやす」

三吉が格子戸をしめて去った。

覚山は、厨へ行き、女中のたきと中食《ちゅうじき》のしたくをしているよねに柴田喜平次がいつもの刻限にくるとつたえた。

夕七ツの鐘からしばらくして、戸口の格子戸があけられ、弥助がおとないをいれた。

覚山は、迎えにでて、ふたりを客間に招じいれた。

よねとたきが食膳をはこんできた。よねが喜平次から酌をするあいだに、たきが弥助の食膳ももってきた。よねが弥助にも酌をし、襖《ふすま》をしめて去った。

喜平次がほほえむ。

「雪がふると、死んじまう酔っぱらいがいる。三日めえも、井戸ばたやなんかに寝っころがっててふたり死んだ。あと、物乞いが三名、寺の縁側したで。菰《こも》じゃ寒さをしのげず凍え死ぬ。もうひとり、めんどうになりそうな死があった」

油《あぶら》堀の南岸は、河口から、佐《さ》賀町《がちょう》、松賀町《まつがちょう》とつづき、油堀と十文字にまじわる掘割がある。そのさきは、逆くの字におれ、寺町にわたる富岡《とみおか》橋までが一色町《いっしきちょう》である。

一色町のさきは、黒江町《くろえちょう》、掘割、黒江町、入堀の門前仲町だ。

油堀は、幅十五間（約二七メートル）。かつて佐賀町に油商人《あきんど》の会所があり、油荷の船がおおく出入りしていたことからこの名がある。

南岸は、一色町のまえだけ白壁の土蔵がならぶ河岸《かし》である。

土蔵は四尺（約一二〇センチメートル）の通路をはさんで二棟から三棟が壁一枚でならんでいる。

その通路のなかほどに、雪をかぶった女の死骸があった。

「……雪かきをしていた丁稚《でっち》が、そこだけもりあがっているのをいぶかしみ、見にいき、たまげて腰をぬかし、さわぎになった」

この年の晩冬十二月の月番は北町奉行所である。

報せをうけた喜平次は、弥助や手先らをともなって駆けつけた。

松賀町と一色町とを緑橋《みどり》がむすんでいる。その緑橋から一町（約一〇九メートル）ほどのところに人だかりがあった。

ちかづくと、町役人《ちょうやくにん》が辞儀をして、道をあけた。土蔵と土蔵とのあいだにもりあがっている箇所があった。

死骸まで、ふたりか三人の足跡がある。

丁稚が膝小僧のあたりを箒《ほうき》で掃《は》いたようだ。赤い布地が透けていた。白い雪をかぶった花のごときあざやかな赤であった。

手先に命じて顔の雪をはらわせた。

女の髪型は、嫁ぐまえが島田《しまだ》で、嫁いだら丸髷《まるまげ》をゆう。女は島田であった。年のころ、十六、七で、ととのった面差しだった。

喜平次は、通りでひかえている町役人を呼んだ。

やってきた町役人が、顔をのぞくなり息をのんだ。

喜平次はたしかめた。

――町内《ちょうねえ》の者《もん》だな。

――はい。裏通りにあります薪炭《まきすみ》屋のみつにございます。

――家の者《もん》を呼びな。

――ただいま、すぐに。

踵《きびす》を返した町役人が足早に去り、すこしして両親《ふたおや》をともなってもどってきた。

ふたりとも、死骸を見るなり、膝をおって涙をこぼした。名を呼び、どうしてこんなことに、と泣きじゃくる。

しばらく泣かせてから、死骸《ほとけ》を御番所（町奉行所）へはこび、なんで死んだのかをたしかめねばならないむねを言ってきかせた。

死骸はしだいにかたくなっていく。ふつうなら、自身番屋の奥へはこび、躰《からだ》をほぐしながら着物をぬがせてあらためる。だが、みつはかたくなっているうえに凍っている。

　御番所にはこんで、暖かくしないと着物をぬがすことさえてまどる。

　喜平次は、猪牙舟《ちょきぶね》を用意させ、死骸をのせて筵《むしろ》でおおい、北御番所へはこんだ。手先をふたりのこして雪かきをさせたが刃物などは見つからなかった。

「……まずは、死骸《ほとけ》のことから話そう。みつは十六歳。一色町裏通りの薪炭屋栄屋《さかえ》の長女で、弟と妹がある。父親の名は銀二《ぎんじ》郎《ろう》、母親はとめ。みつの躰に疵《きず》はなかった。水月《みぞおち》にも当て身の痕《あと》はなかったが、女は帯があるからなんともいえねえ。鼻と口をふさいで気を失わさせたのかもな。おめえさん、みょうだと思わねえかい」

　覚山はこたえた。

「思いまする。なにゆえ、土蔵のあいだによこたえるといったためんどうなことを。川に流せば身投げにたばかることができたやもしれませぬ」

　喜平次が顎《あご》をひく。

「宿直《とのい》の者《もん》にたしかめたら、夜四ツ（九時四十分）までは星が見えたと言ってた。自身番も夜四ツの鐘までだ。ほんらいなら、障子をあけて通りを見てねえとならねえんだが、この季節だ、暮六ツ（五時）がすぎ、人どおりがとだえたら障子をしめるか、わずかにあけてるところがおおい」

「もうひとつ、疑念がござりまする」

「なんでえ」

「年ごろの娘にござりまする。夜にでかけたとしても、帰らなんだら両親《ふたおや》はさがすなり、さわぐなりしたのではありますまいか」

「理由《わけ》がある。栄屋は裏通りのちいさな店で、二階《けえ》は四畳半が二間だ。片方にみつと妹が寝て、もう片方は弟。両親《ふたおや》は一階《けえ》で寝てる」

みつには、母親どうしが姉妹で、おない歳の従妹《いとこ》がある。みつが晩春三月生まれ、従妹のたけは仲夏五月生まれだ。

たけの家は、油堀北岸と大川とのかどにある佐賀町で搗米《つきごめ》屋小島《こじま》屋をいとなんでいる。油堀にめんしていて、店も栄屋より間口がある。さらに、たけはひとり娘であった。二階の部屋も六畳間だ。

みつは、小名木《おなき》川河口の万年《まんねん》橋にちかい大川ぞいにある霊雲院《れいうんいん》の出茶屋につとめていた。

天王山《てんのうざん》霊雲院は禅林《ぜんりん》である。宝暦《ほうれき》七年（一七五七）創建と、この年で四十年しかたっていない。

しかし、寺地《てらち》が五千三百坪余もあり、仙台《せんだい》堀にめんした奥州《おうしゅう》仙台藩六十二万五千六百石松平（伊達《だて》）家の蔵屋敷とほぼおなじである。境内《けいだい》がひろいうえに地の利がよいので、かんたんな造りから板屋根つきまでいくつもの出茶屋がある。

みつは、板屋根つきのもっともおおきな出茶屋の看板娘だった。つとめは暮六ツ（五時）まで。霊雲院から一色町までは八町（約八七二メートル）ほど。

近道もできるが、みつはいつも小島屋のまえをとおっていた。そして、呼びとめられて、待っていたたけと夕餉《ゆうげ》を食べ、いっしょに湯屋《ゆうや》へ行き、泊まるのはいつものことだった。

「……だから、みつが帰《けえ》ってこなくても、小島屋に泊まってるんだろうと、両親《ふたおや》は思ってた。みつは縹緻《きりょう》よしだ。両親《ふたおや》は、それが自慢で気ままにやらせていたようだ。出茶屋につとめたいと言いだしたのもみつで、両親とも、どこぞの若旦那に見そめられたらと夢みていたのかもしれねえ」

二十一日、みつはたけと夕餉を食べ、いっしょに湯屋へ行った。だが、泊まらずに帰っている。それもよくあることだった。

帰った刻限は、夜五ツ（七時二十分）から小半刻（三十五分）ばかりすぎたころだった。

「……佐賀町の小島屋から一色町裏通りの栄屋まで三町半（約三八二メートル）くれえだ。障子をあけてるはずの自身番はあてにならねえんで、居酒屋や蕎麦《そば》屋、そこの客らでその刻限にみつらしき娘を見た者《もん》がいねえかあたらせてる」

「親にことわらずに泊まることができる。男がいたということはありえませぬか」

「おいらも、まっさきにそれを考《かんげ》えた。なら、仲良しのたけに話すか、それらしきことをにおわせているはずだ。だろう」

覚山はうなずいた。

「そう思いまする」

「ところが、たけによれば、みつは本気で玉の輿《こし》を考《かんげ》えてたらしい。出茶屋でいいよってくる男らは信用できねえって話していたそうだ」

「わずか三町半のあいだで消え、夜明けに雪に埋もれた姿で見つかった」

「そういうことよ。よほどの覚悟なら雪のなかで眼をとじてよこたわり、そのまま死ぬってのもありえなくはねえ。けど、みつは玉の輿という夢があった。殺しでまちげえねえはずなんだが、生きていたか死んでいたかはともかく、みつを土蔵のあいだまでつれてきた。さて、それまでどこにいた。そして、おめえさんも言ってたが、なんで川に流さなかった」

それからしばらくして、料理を食べ、諸白《もろはく》（清酒）を飲んだ喜平次が辞去した。

覚山は戸口で膝をおり、ふたりを見送った。

翌二十六日も快晴だった。

路地ならびの裏店に住むたきが、明六ツ（七時）まえにやってきて、朝餉のしたくにかかっているよねをてつだう。

朝餉をすませ、明六ツ半（七時五十分）ごろによねと湯屋へ行く。帰りはいつも覚山のほうがはやい。

よねももどってきて、居間の長火鉢をまえにくつろいでいると、庭のくぐり戸がけたたましくあけられた。

「おはようございやす。松吉《まつきち》でやす。おじゃまさせていただきやす」

松吉は、門前山本町《もんぜんやまもとちょう》入堀通りかどにある船宿有川《ありかわ》の船頭だ。

よねが縁側の障子をあけた。

松吉がにこやかな顔をみせた。

「今日は二十六日でやすが、今朝のおよねさんはもっと若《わけ》え。二十五ということでどうでやしょうか」

「いつも気をつかわせるわね。おあがりなさい」

懐から手拭をだした松吉が、沓脱石《くつぬぎいし》に片足ずつのせて足袋《たび》の埃《ほこり》をはらう。濡れ縁からあがり、敷居をまたいで障子をしめ、膝をおる。

「先生《せんせえ》、袖《そで》ヶ浦《うら》の漁師が品川《しながわ》沖をただよってる屋根船を見つけたそうで」

「いつのことだ」

「昨日《きのう》の夕方あたりじゃねえかと思いやす。夜、いつもの縄暖簾《なわのれん》で仲間から聞きやした。船頭が海におっこち、もたもたしてるあいだに船と離れちまったのかもしれやせん。まあ、そんなことはめったにありやせんが。どっちにしろ、いったん沖へ流され、汐《しお》にのってもどってきたんじゃねえかって漁師は話してるそうでやす」

厨の板戸があけられ、たきが廊下で声をかけた。

とたんに松吉の顔がかがやく。

襖があく。

「おたぁきちゃぁぁぁん」

首をのばし、顎をつきだし、喉仏《のどぼとけ》をふるわせる。

たきがはいってきて、松吉のまえに茶托《ちゃたく》ごと茶碗をおいた。

「師走《しわす》の風は冷《つめ》てえが、おたきちゃんが淹《い》れた茶を飲むと五臓六腑《ごぞうろっぷ》まで温《あった》かくなる。うん、ほんとうだぞ。見ただけで、飲んでもねえのに、腹んなかがぽかぽかしてる」

笑いをこらえたたきが盆を手にして居間をでていった。

覚山は言った。

「松吉」

「なんでやしょう」

「その屋根船について耳にしたら教えてもらえぬか」

「かしこまりやした。それと先生《せんせえ》、数日めえの雪の晩に、一色町の河岸で娘が死んでたそうでやすがごぞんじで」

覚山は顎をひいた。

「北町奉行所の柴田どのよりうかがった」

「てことは、やっぱり殺しでやすね。野郎なら酔っぱらって寝こんじまったってのもありえますが、そうじゃねえかって思ってやした。年齢《とし》は十六で、えれえ別嬪《べっぴん》だったそうで」

「霊雲院の出茶屋の看板娘だった。有川から一色町はすぐではないか。名はみつというのだが、松吉が知らなかったとはな」

「あっしには、おたきちゃんと玉次《たまじ》がおりやす」

顔が翳《かげ》る。

よねが言った。

「羊羹《ようかん》があるけど、食べるかい」

「ありがとうございやす。馳走《ごち》になりやす」

よねがでていった。

松吉が顔をあげた。

「先生《せんせえ》、美人薄情じゃなくなんでしたっけ」

「薄命だ」

「なんで別嬪ばっかり早死にしちまうんでやしょう」

「さあな」

よねがもってきた羊羹を食べ、茶を飲んだ松吉が、礼を述べ、帰った。

中食《ちゅうじき》のあと、覚山はよねにてつだってもらってきがえた。

日陰には薄汚れた雪がのこっている。土蔵にはさまれたせまい通路もそうであろう。行くのは雪が溶けてからのほうがよくないかと考えていた。しかし、松吉から屋根船のことを聞き、見にいくことにした。

路地から入堀通りにでる。猪《い》ノ口《くち》橋を背にして油堀ぞいをすすむ。黒江橋をわたり、富岡橋をすぎれば一色町だ。

川ぞいにならぶ白壁の土蔵は、川岸と通りとの両側から荷の出し入れができる。河岸の土蔵は揚荷を保管する場所である。扉も観音開きのじょうぶな戸《と》前《まえ》ではなく板造りだ。

土蔵の通路には、両脇に土まみれの雪がのこっていた。桟橋に荷舟があるところでは、人足の姿があり、通りには大八車があった。

緑橋から一町（約一〇九メートル）ほどと聞いていたが、花とか線香の跡とか、それらしきものは眼につかなかった。

覚山は、二十二日の朝、寝所の窓をあけたさいの雪景色を想いだした。一面の白さは神々しいばかりであった。

雪におおわれた土蔵の通路を想い描く。

横たわったみつにあらがったようすはなかった。したがって、気を失っているか、死んでいた。

歩きながらの思案は油断につながるゆえ避けるべきだ。

――しかし、なにゆえ。すぐそこは川ではないか。

川まではこぼうとして不都合がしょうじたので通路において逃げた。ならば、みつはちかくにいたことになる。

はたしてみつは殺されたのか。ふとしたはずみで死ぬこともありうる。

夜五ツ（七時二十分）から小半刻（三十五分）ほどで、みつは小島屋から帰路についた。

みつの帰路は千鳥《ちどり》橋で油堀をこえて緑橋をわたる。

覚山は、緑橋、千鳥橋とわたって油堀の北岸にうつった。搗米屋小島屋は大川とのかどから二軒めであった。千鳥橋から二町（約二一八メートル）ほどである。

千鳥橋よりの一町（約一〇九メートル）余は河岸であった。ひそんでいてかどわかす。できぬことはないが、みつが帰ることと、その刻限を知らねばならない。

みつは、なにゆえ泊まらずに帰った。誰かと会う約束をしていたのか。

覚山は、佐賀町のかどをおれて大川ぞいをすすんだ。

仙台堀の上《かみ》之橋から霊雲院までは二町ほどであった。

境内のそこかしこに、かんたんな屋根なしの葦簾《よしず》張りから、ちゃんとしたこけら葺《ぶ》きまで出茶屋があった。覚山は、賽銭《さいせん》をたてまつって手をあわせ、ふり返って境内をながめ、霊雲院をあとにした。

二

この年の晩冬十二月は大の月で三十日が大晦日《おおみそか》である。夕刻から夜五ツ（七時二十分）の見まわりまで粉雪が舞った。

大晦日は年越し蕎麦を食べる。

万松亭ではこの夜の客にふるまうので、覚山とよねのざる蕎麦を板場の若い衆《しゅ》がとどけにきた。

大晦日は朝までおきていなければならなかったとの説があるが、それでは寝正月になってしまう。

ふだんは、夜五ツごろから夜四ツ（九時四十分）ごろまでには寝る。大晦日は除夜の鐘を聴いてから就眠したということであろう。いまでも夜の十二時は〝午前零時〟と書く。江戸時代は〝暁九ツ〟。つまり、翌朝である。なお、大晦日に除夜の鐘というのは室町《むろまち》時代あたりに定着したようだ。

寛政十年（一七九八）になった。

いつもの刻限に床をはなれて窓の雨戸をあける。吐く息が白い。寝巻のまま一階におりて客間と居間の雨戸をあける。厨の雨戸をあけたよねが居間へきた。よねも寝巻のままだ。

覚山は、寝巻をぬぎ、肌襦袢《はだじゆばん》と下帯もはずした。よねがわたしたまあたらしい下帯をまく。肌襦袢もよねが師走のうちに縫ったものだ。上屋敷へでむくさいの羽織袴をきる。足袋もあたらしい。

厨へ行く。木の匂いがするあたらしい手桶《ておけ》がおいてある。若水桶《わかみずおけ》という。元日の朝に、一家の主は着衣をあらためて手桶に水を汲《く》む。若水という。これを飲めば一年の邪気がはらわれるとされていた。

松江《まつえ》城下の山里で暮らしていたころも、若水を欠かさなかった。

しかし、一昨年の大晦日は、学問と剣のために女人断《によにんだ》ちをしていたにもかかわらず、よねに言いよられて我を失ってしまった。だから、昨年の元日の朝は、肩に顔をあずけて寝息をたてているよねのあまやかな香りに夢見心地となり、若水を汲むのを忘れてしまった。

水口をでて、釣瓶井戸で若水を汲み、厨へもどって待つ。

寝所できがえたよねが、火をともした手燭《てしよく》をもってやってきた。囲炉裏《いろり》ばたに手燭をおき、茶簞笥《ちやだんす》から湯呑み二個をだしてきて床にならべる。

柄杓《ひしやく》で若水を湯呑みにいれ、それぞれ飲んだ。

居間で布子《ぬのこ》（綿入り木綿）にきがえる。てつだったよねが、厨へ行って囲炉裏の火をおこし、居間にもどってきて長火鉢に炭をいれて火をつけた。

明六ツ（春分時間、六時）の鐘が鳴るまえに、いつものようにたいきがきた。たいきは北ならびの裏店に住んでいる。奉公人の休みは春と秋の藪入《やぶい》りのみである。

二日は年始まわりだ。

万松亭の長兵衛《ちようべえ》と長吉が、朝はやく戸口で挨拶してひきあげた。松吉もくぐり戸をあけて顔をだし、あがらずに帰った。よねの弟子らもつぎつぎときた。

覚山は、上屋敷へ年始の挨拶に行った。

出雲《いずも》の国松江藩十八万六千石松平家上屋敷は、赤坂《あかさか》御門内にある。城主は七代目出《で》羽守治郷《わのかみはるさと》。藩政をたてなおした名君であり、諸侯きっての粋人である。この年は初夏四月の参勤まで国もとにある。

覚山は、松江松平家の食客のごとき立場であった。生業《なりわい》は入堀通りの用心棒だが、家業は兵学である。

家老は老中若年寄のもとへ年始へでかけていた。覚山は、用人と文庫の掛に挨拶して、住まいへもどった。

三日から長吉の朝稽古がはじまり、よねの弟子らも稽古にきた。七日までが松の内である。また、この日は七草粥《ななくさがゆ》を食す。上方《かみがた》は十四日か十五日までが松の内である。

正月気分も松の内まで。

八日の昼まえ、三吉がきた。夕七ツ（四時）すぎに笹竹《ささたけ》へきてほしいという。覚山は承知してよねにつげた。

正源寺《しょうげんじ》参道にある笹竹は、弥助の女房きよが女将《おかみ》をしている間口二間半（約四・五メートル）の居酒屋だ。

年が明けて、柴田喜平次が三十七歳、弥助が三十二歳、きよは二十八歳。覚山は三十四歳で、よねは三十一歳になった。

よねはきよより三歳も年上だが、よねのほうが若くみえる。きよはいくぶんふっくらとしていて三人の子があるせいではないかと思うのだが、子の話はよねには禁句である。

正月朔日《ついたち》から十二日まで町奉行所は休みである。ただし、これは公事《くじ》（民事）の訴えを受けつけないということであろう。吟味方も急を要する件でなければ、このかんは詮議を休むかもしれない。

いっぽうで、暮れから正月にかけては酒がらみの喧嘩沙汰《けんかざた》などがおおい。当然、宿直《とのい》はあり、初荷などで町家がうごきだす二日からは定町廻りも見まわりにでたのではあるまいか。

夕七ツ（四時）の鐘が鳴りおわってからしたくをした覚山は、よねに見送られて住まいをでた。

路地を南へむかい、門前仲町裏通りを西へすすむ。湯屋のかどで南へおれる横道から大通りにでる。一ノ鳥居がある大通りは西へ行けば永代橋《えいたいばし》にいたる。

一ノ鳥居から正源寺参道までは四町半（約四九一メートル）ほどだ。途中に、八幡橋《はちまんばし》と福島橋《ふくしまばし》がある。

大通りから正源寺参道におれる。

笹竹の暖簾をわけて腰高障子をあける。

きよがこぼれんばかりの笑顔でむかえた。

「先生、あけましておめでとうございます。今年もよろしくお願いいたします」

「おめでとう。こちらこそよろしくたのむ」

奥の六畳間には喜平次と弥助がいた。ふたりのまえに食膳がある。

喜平次は奥で窓を背にし、部屋にあがって一歩半ほどのところで弥助は厨との壁を背にしている。覚山は、ふたりのあいだで隣家との壁を背にして膝をおり、わきに刀と八角棒をおいた。

きよが食膳をもってきて酌をし、土間におりて障子をしめた。

喜平次が笑みをうかべた。

「まずは新年の挨拶からだ。今年もよろしくな」

「こちらこそよろしくお願いいたしまする」

「さっそくだが、みつが佐賀町から一色町まで帰《けえ》った刻限に見た者《もん》がいねえかあたらせてるんだがまだそれらしきのはひろえてねえ。手先も行かせたし、おいらもじかにあたったんだが、出茶屋でもこれといってひっかかるものはなかった。ところで、先月の二十五日夕刻、誰ものってねえ屋根船がただよってるのを漁師が見つけた」

「二十六日の朝、松吉がまいり、品川沖で見つけたと申しておりました」

喜平次が顎をひく。

「船頭にとっちゃあ他人事《ひとごと》じゃねえからな。ふいの風や、高波で海におっこち、流れが速くて船においてかれたってのも考《かんげ》えられる。死骸《しげえ》はさらに沖へ流されたのかもしれねえ」

定町廻りは暮六ツ（六時）をめどに御番所の同心詰所に顔をだし、年番方に一日の報告をする。ほかの持ち場でなにがあったかも、おのずと耳にはいる。

東海道筋から赤坂《あかさか》、麻布《あざぶ》あたりまでを持ち場にしているのは、片山五郎蔵《かたやまごろぞう》、三十五歳。

五日、高輪大木戸《たかなわおおきど》にちかい芝田町《しばたまち》九丁目海がわ裏店の家主《いえぬし》（大家）初兵衛《はつべえ》から、店子《たなこ》が去年の暮れから帰っていないようだと届けがあった。

初兵衛店は六畳一間で、所帯持ちより日傭取《ひようとり》などの独り者がおおい。屋根船持ちの又八《またはち》もそのひとりである。

暮れの二十五日に品川沖で船頭のいない屋根船が見つかったあと、月番の北御番所からこころあたりがあれば申しでるよう各町に達している。

初兵衛は当番で自身番屋につめる町役人のひとりであり、北御番所からの達しはむろんのこと耳にしていた。

だがそれは、誰ものっていない屋根船が見つかったが、座敷にあらされたようすはなく、船頭があやまって海におちたかもしれないというものだった。

店子の又八は、酒好きの博奕《ばくち》好きで、どうやらよからぬことで稼いでいる。意見をしても糠《ぬか》に釘《くぎ》、馬耳東風《ばじとうふう》であり、海におちて溺《おぼ》れるようならまだかわいげもあるが、又八にかぎってまちがってもそんなことはありえない。

それでも、いちおうようすを見にいった。声をかけて腰高障子をあけたが、ろくすっぽ掃除もしていない男住まいの饐《す》えたがごとき臭《にお》いに顔をしかめただけだった。

二《ふた》月も店賃がたまっている。去年もそうであった。三《み》月もためて、暮れから正月の三日か四日まで姿をくらましていた。

稼ぎが酒と女と博奕に消えてしまうまえに、強談判《こわだんぱん》して店賃をむしりとらねばならない。いつもそうだった。

初兵衛はため息をついた。

袖《そで》ヶ浦《うら》は、本芝《ほんしば》に二箇所あわせて五町（約五四五メートル）ほどの松原と砂浜がある。

品川宿沖でただよっている屋根船を見つけたのも本芝の漁師であった。

本芝ほどではないが、品川宿《しながわじゅく》までところどころにちいさな砂浜がある。

しかし、海沿いのおおくは石垣をつんで埋めたてられ、町家や武家屋敷になっている。それでも、石垣ぞいの径《みち》には網干し場があり、桟橋がある。漁師舟のほかに屋根船や猪牙舟も舫《もや》ってある。

高輪大木戸そばの休み処で、旅立つ者と見送りの者とが別れの杯をかわす。見送ったあと、屋根船や猪牙舟で帰る者らがいる。

品川宿も、このあたりの屋根船持ちや猪牙舟持ちには稼ぎ場であった。海が荒れそうなときは、品川宿の目黒川に難をのがれる。あるいは、本芝の砂浜か、入間川《いるま》や新堀川《しんぼり》にだ。

又八も、屋根船を町内の桟橋に舫い、艪《ろ》と棹《さお》をあずけてある。店賃はためるが、舫い賃と預け賃とはきちんと払っているという。それも、初兵衛にとっては腹だたしいことであった。

念のため桟橋までたしかめに行ったが、やはり又八の屋根船はなかった。大晦日もそうであった。店賃がはらえないので去年とおなじく雲隠れをきめこんでいるのだと、初兵衛はそれこそきめこんでしまった。

のこのこ顔をだしたらとっちめてやると待ちかまえていたが、三日がすぎ、四日になり、五日の朝になっても、もどったようすがない。

いささか気になり、御番所からの達しもあるので届けでたのだった。

「……まっとうに暮らしてる者《もん》が二日、三日と帰《けえ》らねえんなら届けでたんだろうが、店賃をためて雲隠れするような奴じゃあ、初兵衛を責めるわけにもいかねえ。屋根船が又八のもんだってことは、おなし桟橋をつかってる漁師がまちげえねえと思うって言ってる。それに、もうひとつある」

五日の暮六ツ（六時）すぎ、御番所の詰所で又八について耳にした喜平次は、片山五郎蔵に一色町の件にかかわりがあるかもしれないと告げてくわしく話してもらい、さらにわかったことは教えてほしいとたのんだ。

翌六日の夜、五郎蔵は芝田町九丁目の初兵衛店へでむいた。

初兵衛店は棟割長屋だ。又八の両隣と路地をはさんだまむかい、壁をへだてた裏の者に話を聞いた。

すると、右隣の者が、二十六日か二十七日の夜五ツ半（冬至時間、八時三十分）じぶんに寝ようとしていたらとなりの腰高障子がひかれてきしむ音を聞いたという。品川沖で屋根船が見つかったのが二十五日である。

翌日、五郎蔵は朝の見まわりを臨時廻りに願って又八の住まいに行った。

明かりとりは戸口の腰高障子とそのうえの無双窓、竈のまえの格子窓だけで、左右と奥は壁である。

五郎蔵は、手先に命じ、腰高障子二枚と格子窓の障子をはずさせ、無双窓もあけさせた。

敷居をまたいで半間（約九〇センチメートル）幅の土間に立ち、六畳間を見わたした。店賃が安い裏店のおおくは、畳ではなく板間だ。

隅にかさねた夜具があり、行灯《あんどん》と素焼の火鉢がある。箪笥はむろんのこと行李《こうり》さえない。

長押《なげし》のうえには神棚。柱や長押にうちつけた釘に、長着や股引、下帯などがかけられている。

薄汚れ、ろくすっぽ掃除もしていない。いかにも独り者の住まいである。

五郎蔵は雪駄《せった》をぬいであがった。御用聞きの茂吉《しげきち》がついてくる。ほかの手先らは表だ。

あけはなった戸口や窓からの冷たさが、よどんだ臭いをうすめた。

飯はすべてそとで食べていたようだ。戸口よこに水瓶《みずがめ》と竈があるだけで、羽釜《はがま》はおろか薬罐《やかん》さえない。造りつけの戸棚に湯呑み茶碗が一個ふせてあるだけであった。

五郎蔵は、火鉢に眼をとめた。あかるさをさえぎらないように片膝をつく。

――茂吉。

――へい。

――見てみな。

茂吉が、火鉢をはさんで片膝をついた。

かがんで見つめ、顔をあげる。

——旦那、うごかしてありやす。埃が、ここところでちげえやす。

——こいつを神棚のしたにはこびな。うえにのっかれば神棚がのぞける。

うなずいた茂吉が、火鉢の縁《ふち》をつかんでもちあげ、神棚のしたにおいた。

五郎蔵は言った。

——おさえてろよ。

——へい。

五郎蔵は、茂吉の肩に手をのせ、火鉢の縁に立った。つもった埃のなかに、四本の指の跡があった。

火鉢からおりた。

——まちげえなく家捜しをしてる。

「……というしでえなんだ。となりの者《もん》が聞いたきしむ音は又八ではなく、家捜しにきた奴らだ。又八が海におっこちて浮かんでこなかったってのもありえねえわけじゃねえ。海で殺されたんなら、屋根船が二艘《そう》。師走の海だから考《かんげ》えにくいが、猪牙舟もありうる。それと、五郎蔵も言ってたが、家捜しってのがちょいとひっかかる。わかるかい」

覚山はこたえた。

「又八が一味か、一味と以前からかかわりがあった」

喜平次がうなずく。

「みつもおかしな死にかただが、又八も死骸《しげえ》さえわからねえ。船が見つかったんは品川沖だから外海《そとうみ》に流れたのかもしれねえし、重石《おもし》をつけて沈められたのかもな。相模《さがみ》あたりの浜にうちあげられたんなら無縁仏として葬られてる。達しがあったんは御府内の町家だけだからな。はたして又八の件とみつの件とがむすびつくかどうか。なにか思いついたら教えてくんな。もういいぜ」

「失礼いたしまする」

覚山は、喜平次に一揖《いちゆう》して、刀と八角棒を手にした。

笹竹をでて、参道から大通りにおれると、下総《しもうさ》からおもたげな厚い雲が日暮れのけはいをともなって迫りつつあった。

暮六ツ（六時）の見まわりでは、入堀を吹いてくる冷たい風が肌を刺した。堀留の両端で、三名ずつの地廻りが寒さをこらえていた。

夜五ツ（八時）の見まわりにでようと戸口へ行くと、粉雪が夜とたわむれていた。

厨へもどったよねが、あかりをともした小田原提灯《おだわらぢょうちん》と蛇の目傘をもってきた。

夜四ツ（十時）の鐘で戸締りをするさいには星空になっていた。

翌九日はすみきった青空がひろがった。

よねも湯屋からもどり、茶を飲みながら長火鉢でくつろいでいると、庭のくぐり戸がけたたましくあけられた。

「おはようございやす。松吉でやす。おじゃまさせていただきやす」

よねが縁側の障子をあけ、松吉がやってきた。

「正月をむけえたら、ふつうは歳がふえていくもんでやすが、およねさんは減っていってる。今朝は二十五にしかみえやせん」

「ありがとね。おあがりなさい」

手拭で足袋の埃をはらった松吉が、濡れ縁から敷居をまたぎ、障子をしめて膝をおった。

「先生《せんせえ》、消えちまった船頭のことでいくつか耳にしたんでやすが、正月は挨拶回《めえ》りのお客がおおく、遅くなっちまいやした。申しわけございやせん」

「いそがしいのはよいことだ。気にせずともよい」

厨の板戸があけられ、たきが廊下で声をかけて襖をあけた。

「おたぁきちゃぁぁぁん」

はいってきたたきが、膝をおり、松吉のまえに茶托ごと茶碗をおく。

「おたきちゃんとは今年はじめてだもんな。あけましておめでとう」

「おめでとうございます」

「世間じゃあ、正月になったら歳がひとつふえることになってるが、おたきちゃんはとびっきりかわいいから、しばらくは、なんなら来年あたりまで十五のまんまでいいぞ」

ほほえんだたきが、松吉に一礼し、盆を手にした。

たきがでていき、襖がしめられた。

松吉が顔をもどした。

「先生《せんせえ》、消えた船頭が、芝田町の者《もん》で、又八って名だってのはごぞんじでやしょうか」

覚山は顎をひいた。

「昨日《さくじつ》、北町奉行所の柴田どのよりうかがった」

「やはり。ここ数日、北御番所の定町廻りの旦那と手先らが訊《き》きまわっているそうで。先生《せんせえ》が知りたがってるって話したら、船頭仲間があちこちで噂《うわさ》をあつめてくれやした。じつは、去年のうちに、品川沖で見つかった屋根船はその又八のもんじゃねえかって言われてたそうでやす」

「くわしく聞かせてくれ」

「申しあげやす」

二十五日に、又八と夕飯を食って賭場に行く約束をした者がいる。おなじ屋根船持ちで桟橋もちかい。

暮六ツ（冬至時間、五時）ごろに、行きつけの縄暖簾で待ちあわせた。

又八がくるのを待つことなく、茶漬けに味噌汁と香の物をたのむ。茶漬けと味噌汁をかっこみ、熱燗《あつかん》の銚釐《ちろり》をつけて、香の物を肴《さかな》にちびちび飲んでいても、又八はあらわれなかった。

銚釐をもう一本つけて待ったが、又八はこなかった。

ひとりで賭場に行ってもおもしろくない。それに、いささか酔ってしまったので帰って寝た。

翌日、品川沖で船頭のいない屋根船が見つかったとの噂を聞いた。その日もつぎの日も、桟橋に又八の屋根船はなかった。

まさかとは思った。船頭仲間にはひょっとしたらと告げたが、女房にも黙っていた。又八とはときおり賭場に行っている。御番所の役人に知られたらお縄になりかねない。

「……というしでえで、年があけて三日になっても帰《けえ》ってきてねえんで消えた船頭は又八でまちげえねえんじゃねえかって、あのあたりの船頭仲間で言いあってたそうでやす。それと、こいつは昨夜《ゆうべ》聞いたんでやすが……」

以前の又八はまじめな働き者だった。念願の屋根船持ちになり、世話する者があって所帯をもった。そのころは、酒も仲間とのつきあいで飲むていどであった。

ところが、女房が間男をしていた。おなじ長屋の女房が、気の毒で見てられないからと教えてくれた。

そぶりに思いあたるところがあったので、又八は女房を問いつめた。はじめはみとめなかった。こんなことがあった、あんなことがあったとあげていくと、女房は泣いて詫《わ》びた。

許さなかった。いや、許せなかった。

思いきり殴ってやりたかったが、そんなことはできない。かわりに大家に去り状を書いてもらい、追いだした。

「……そのころは三丁目に住んでたそうでやすが、おなしところにはいたくねえと九丁目にひっこしたそうでやす」

「それで酒と博奕か」

松吉がうなずく。

「わからねえわけじゃありやせん。もしやと思い、まさかと思いたかった。それが、やっぱり裏切られていた。くやしくて、自棄《やけ》になったんじゃねえでやしょうか。悪い奴に眼をつけられ、ひきずりこまれたんでやしょう」

「女のこととなると、男は弱いからな」

「おっしゃるとおりで。あっしなんか、他人《ひと》さまに負けやせん」

覚山は苦笑をこぼした。

「なんでも自慢すればいいってものではないぞ」

「すいやせん。ところで、みながいろいろ聞いてきて教えてくれるんも先生《せんせえ》のたのみだからでやす。八丁堀の旦那に、そいつは誰だって訊かれたらこまりやす」

「わかっておる」

「およねさん、馳走《ごち》になりやした」

松吉が、低頭して膝をめぐらし、障子をあけた。

去り状の書式が三行半なので、俗に〝三行半《みくだりはん》〟という。その語感からいかにもみくだしたかのごとき響きがあるが、内容はそうではない。

離縁することになったが、誰と再婚しようが当方はいっさい口出ししないとの保証書である。

覚山は、松吉の願いをふくめて書状にしたため、たきに笹竹へとどけさせた。

三

たきが笹竹からもどるころまでは陽射しがあったが、しだいに曇ってきた。

朝四ツ（十時）からの半刻（一時間）と昼八ツ（二時）をはさんだ半刻ずつ、よねは弟子に稽古をつける。

ころあいをみはからって、覚山は書見台をかたづける。

ともに暮らしはじめたころ、よねが居間にもどってきても、きりのよいところまでと書見をつづけていた。よねがつまらなさそうな顔でため息をついたりするので、妻を娶《めと》るとはどういうことかを、覚山はさとった。

昼の稽古をおえたよねが客間からもどり、たきがふたりの茶をもってきた。

長火鉢をまえに茶を喫していると、戸口の格子戸をあける音がした。

「おそれいりやす」

聞きおぼえのない声だ。

覚山は、戸口へいそいだ。

男が辞儀をした。

「千鳥《ちどり》板場の者《もん》で峰吉《みねきち》と申しやす。旦那がすぐにきていただきたいそうで」

「なにがあった」

「井戸ばたで女中が死んでおりやす」

「あいわかった。したくしてくる」

千鳥は門前山本町の裏通りと猪ノ口橋とのなかほどにある料理茶屋だ。

居間にもどった覚山は、よねにてつだってもらってきがえた。布子《ぬのこ》をぬぎ、小袖《こそで》に羽織袴をきる。

大小を腰にして戸口にひきかえした。

「待たせた」

沓脱石の草履をはく。

ふり返った峰吉が、格子戸をあけて敷居をまたぎ、わきへよった。

表へでる。

空は灰色の雲におおわれていた。

格子戸をしめた峰吉が斜めうしろをついてくる。いそぎ足で路地から入堀通りにでた覚山は、猪ノ口橋をわたった。

千鳥がちかづいたところで、峰吉がまえにでた。

暖簾をわけ、土間へはいる。

「お連れしやした」

つづいて暖簾をわけると、内所《ないしょ》からでてきた主が上り框《かまち》ちかくで膝をおった。

「文右衛門《ふみえもん》と申します。いきなりお呼びたてして申しわけございません。通りの申しあわせどおりに、まずは先生にお見せしてからと思ったしだいにございます」

覚山は、安堵《あんど》させるためにうなずいた。

「見せてくれぬか」

「はい。ご案内いたします」

文右衛門が土間の草履をはいた。

一礼して、表にむかう。

覚山はついていった。

文右衛門が千鳥よこの路地へはいる。千鳥の壁が六尺（約一八〇センチメートル）の板塀につながり、くぐり戸があった。

くぐり戸のまえに立った文右衛門が声をかけた。

「わたしです。あけなさい」

文右衛門が顔をむけた。

「魚売りなど出入りの者らがやってまいります。騒ぎにならぬよう閂をかけさせております」

くぐり戸があけられ、文右衛門がわきによった。

覚山は、腰の大小を左手でおさえ、背をかがめてなかへはいった。

すぐよこに釣瓶井戸がある。

釣瓶は井戸の水をくみあげる桶のことだ。櫓《やぐら》にとりつけた滑車に綱《つな》をさげ、その両端に桶がむすばれている。片方を井戸にたらして水をくみ、もう片方の綱をひいて水のはいった桶をあげる。すると、からの桶が井戸にしずむ。この仕組みの車井戸を釣瓶井戸と呼んでいた。

綱を首にまかれた女が尻餅《しりもち》をついて櫓の柱にもたれかかっていた。白眼《しろめ》をむき、口があき、頭が右にかたむいている。

あきらかに死んでいる。手首の脈をさぐればよりたしかだが、触れることになる。

覚山は、鼻のしたに人差し指をもっていった。

息をしていない。

背をのばしてふり返る。

文右衛門の斜めうしろにくぐり戸をあけた若い衆《しゅ》がひかえている。

覚山は、文右衛門に言った。

「自身番屋へは」

文右衛門が首をふる。

「さきほども申しあげましたようにまずは先生に……」

覚山はさえぎった。

「殺しでまちがいあるまい。誰ぞ自身番屋へ走らせるがよい」

「かしこまりました」

文右衛門が首をめぐらしてうなずく。

若い衆が、くぐり戸の閂をはずしてあけ、でていった。文右衛門が、くぐり戸をしめて閂をかけた。

ふり返った文右衛門に、覚山は訊いた。

「女中の名は」

「きねでございます」

「大年増のようだが」

「二十九のはずにございます。たしかめましょうか」

「いや。よい」

覚山は、文右衛門からきねに眼を転じた。井戸をまわってきねのうしろに行く。

滑車から柱までぴんと張り、柱の内側からまわされた綱に桶がたれさがっている。

井戸のなかの桶が水で満たされているということだ。

柱のよこで片膝をつき、きねの首を見る。

綱が痕からうえにずれている。立っていて首を絞め殺され、尻餅をついた。そのようにみえる。

覚山は、立ちあがり、文右衛門に顔をむけた。

「万松亭は、昼を食したあと、八ツ（二時）の鐘まで休むが」

文右衛門がうなずく。

「手前どももおなじにございます。八ツの鐘から半刻（一時間）ほどがすぎ、水を汲みにきた板場の者が見つけました」

「誰かに恨まれていたとか、こころあたりはないか」

文右衛門が、眉をくもらせて首をふる。

「ございません」

月番は南町奉行所である。その刻限に定町廻りがどのあたりにいるかを自身番屋は承知している。

しばらくして、路地を数名がいそぎ足でやってくる気配がした。

覚山は言った。

「門をはずすがよい」

うなずいた文右衛門が、門をはずしてくぐり戸をあけた。

浅井駿介《あさいしゅんすけ》につづいて御用聞きの仙次《せんじ》と手先二名がはいってきた。

駿介がほほえむ。

「ごくろうだったな。あとはこっちでやる。帰《けえ》っていいぜ」

「失礼いたしまする」

覚山は、一揖《いちゆう》して、くぐり戸から路地にでた。

鼠色《ねずみいろ》の厚い雲がおもたげであった。

路地を吹く風に湿り気がある。

住まいにもどるとほどなく夕七ツ（四時）の鐘が鳴った。そして、ぱらぱらとふりだした雨が、すぐに屋根を叩いた。

雨は小半刻（三十分）ほどで小降りになった。

夕餉をすませ、暮六ツ（六時）の見まわりにでるさいには、雨はやんでいたが空は雲におおわれたままであった。

路地が薄暗いので、覚山は小田原提灯をもった。

万松亭によって小田原提灯をあずける。

入堀通りは岸に柳と常夜灯が交互にある。料理茶屋などからのあかりもあるので、提灯をもたずとも歩ける。

春になったとはいえ、陽がしずむと肌寒くなる。しかも、入堀通りは川風が吹く。

堀留から半町（約五四・五メートル）てまえの門前仲町裏通り正面にある名無し橋たもとの堀留がわに地廻りが三名いる。いつもなら、たもとの両脇は、駕籠《かご》がおかれ、駕籠舁《かき》のほかに船頭もいる。

ちかづいていくと、三名が懐に右手をいれた。

覚山は、眼をほそめた。

右の裏通りにひそむ気配がある。たもとの三名があからさまな態度で注意をひき、ひそむ者が背後を襲う。

通りのまんなかをすすみながら、右手で腰の八角棒を抜く。

たもとの三名が懐から匕首《あいくち》をだした。

覚山は、歩調をかえず、顔もむけなかった。裏通りも見ない。

うなずきあった三名が堀留のほうへ駆けだした。五間（約九メートル）ほどで立ちどまり、ふり返って左右にひろがる。

名無し橋と裏通りのまえをとおりすぎる。

背後から殺気。

覚山は、右よこへ跳んだ。

宙で上体をひねる。

背後からの敵は二名。匕首の刃をうえにして左手を柄頭《つかがしら》にあてている。体当たりをねらっての構えだ。

堀留がわの三名も駆けだした。

二名のほうがちかい。

左足、右足と地面をとらえるなり、覚山は蹈鞴《たたら》を踏んでむきなおった二名に迫った。

間合を割る。

つきだされた右手を打って匕首を落とす。ふたりとも顔をゆがめる。

額を痛打。

――ポカッ。

――ポカッ。

斜めうしろから三名がつっこんでくる。

覚山は、さっとむきなおった。

右端が半歩まえにでている。匕首を落として額に一撃。のこり二名も、容赦せずに打つ。さきの二名につづけて、三名も両手で額をおさえてうずくまる。

覚山は見まわりにもどった。

夜五ツ（八時）の見まわりでは、地廻りの姿はなかった。

翌々日の十一日、昼まえに三吉がきた。柴田喜平次と浅井駿介が待っているので暮六ツ（六時）の見まわりをおえたら八方庵《はっぽうあん》にきてほしいとのことであった。覚山は、承知してよねに告げた。

八方庵は、堀留から門前山本町の入堀通りにはいった四軒めの蕎麦屋だ。

見まわりをおえてから名無し橋をわたり、暖簾をわけて腰高障子をあける。腰掛台の客は二組で、階《きざはし》したの小上がりに弥助と仙次が腰かけていた。

ふたりがちいさく低頭する。

立ちあがった弥助が、階のしたから二階に声をかけた。

「おみえになりやした」

脇によった弥助にうなずき、覚山は草履をぬいで二階へあがった。

通りにめんした六畳間の窓よりに柴田喜平次が、廊下よりに浅井駿介がいた。ふたりのなかほどで対座する。

女房のとくが食膳をもってきた。

酌をし、廊下にでて、襖をしめた。

諸白をはんぶんほど飲み、杯を食膳におく。

喜平次がほほえんだ。

「文をありがとよ。片山五郎蔵に礼《れえ》をたのまれた。めえに住んでた三丁目の大家から話を聞いたそうだ」

間男は油売りだった。

油売りは、かさねた桶を天秤棒《てんびんぼう》の両端にかついで得意先をまわる。食用の胡麻油《ごまあぶら》だけでなく、灯火用の種油《たねあぶら》に魚油《ぎょゆ》、髪につける椿油《つばきあぶら》、傘や油障子などに塗る荏油《えのあぶら》を売る。

長屋へくるのはなかなかの優男《やさおとこ》で、女房どもをさわがせていた。

又八女房のなつは十人並の縹緻《きりょう》だが、長屋の女房ではもっとも若い十九歳だった。

油売りが去ってすこしすると、なつがでかける。大家もおかしいなとは思っていた。

そんななつを女房のひとりが尾《つ》けた。

長屋から近道をすれば三町（約三二七メートル）たらずのところに寺がある。本堂と下男小屋と墓所だけのちいさな寺だ。

その下男小屋になつがはいっていった。女房は本堂のよこに隠れて見ていた。しばらくして、なつがでてきた。なお見ていると、油売りが姿をあらわした。

「……下男が油売りに安く部屋を貸していたようだ。ふたりのことが噂になって、下男は暇をだされ、油売りも出入り差し止めになった」

覚山は眉根をよせていた。

喜平次が訊いた。

「どうかしたかい」

「その尾けた女房、いささか執念深いように思いまする」

喜平次が笑みをこぼす。

「五郎蔵もおなじことを言ってたし、おいらもそう思う。油売りに気があったんじゃねえか」

「得心がまいりました」

「おいら、大家はなつに気があったと思うぜ」

覚山は、眼をみはった。

喜平次がつづける。

「考《かんげ》えてみな。店子がでかけるのをいちいち気にする大家がいるかい。でかけるんが古女房ならどうだ」

「仰《おお》せのとおりにござります」

「間男に会いに行く。髪に櫛《くし》をいれ、紅をひく。あるいは、夜、抱こうとする。いやがられるか、心ここにあらずだったりする。そんなこんなで又八はいぶかしんでいたんじゃねえのかな。根がまじめなだけに、いったん博奕や悪事に手をそめたら、あとは坂道をころがる盥《たらい》よ。五郎蔵が九丁目かいわいの屋根船持ちに手先をあたらせている。おいらのほうは、みつめあてに霊雲院の出茶屋にかよってた客をさがさせてる。こんなところかな。駿介、おめえのばんだ」

駿介が、喜平次にうなずき、顔をもどした。

「千鳥の女中きねの件だが、八ツ半（三時）じぶんに板場の者《もん》が見つけたんは聞いたんだよな」

覚山は首肯《しゅこう》した。

駿介がつづける。

「夜は遅いし、朝は早い。だから、昼飯を食ったあと、半刻（一時間）から一刻（二時間）ほどよこになる。で、起きて、水汲みに行った。きねは二十九の大年増だ。二十二で嫁いだが、酒癖のわるい亭主に酔っては殴られてた。二十四で離縁し、また千鳥につとめるようになった。住まいは永代寺《えいたいじ》の掘割にめんした裏店だ」

千鳥から住まいまでは掘割ぞいを行けば二町（約二一八メートル）たらずだが、路地で近道すれば一町（約一〇九メートル）あまり。

きねが帰るのは夜四ツ（十時）前後。朝は明六ツ（六時）の鐘とともに朝湯へ行き、それから千鳥へ行って朝餉を食べる。

「……知ってのように山本町の十五間川ぞいには町木戸がねえ。長屋の女房によれば、きねはときおり夜明けめえに帰《けえ》っていた。千鳥の亭主にたしかめたが、見世《みせ》に泊まることはなかった。つまり、夜四ツから夜明けめえまですごすところがあった。千鳥から路地をとおって行けるところを手先らにあたらせている」

「見世の者が昼寝をしているじぶんにきねは井戸ばたにいました。桶や盥のたぐいはありませんでした。男がきて待っていた。もしくは、板場の者あたりかもしれませぬ」

　駿介が顎をひく。

「亭主の文右衛門に男はこりごりだと言ってたそうだが、こればっかりはわからねえ」

「はじめから殺すつもりではなかったように思いまする」

「ああ。井戸の綱をつかって首を絞めてる。奉公人はのこらずあたったが、誰も井戸のほうからの物音なんかを聞いてねえ。女中らは厠《かわや》のそばだが、板場の連中はとなりの部屋で休んでる。井戸がちけえから言い争う声がしたんなら耳にへえったはずだ」

「あらがったようすはございませんでした。柴田どのより、女は帯があるゆえ当て身の痕はのこらぬことがあるとうかがいましたが」

　駿介が顎をひいた。

「検使（検屍）した吟味方も、首の縄痕だけだが、当て身で気を失ったか、失わねえまでも息ができなくなったところを綱を首にまかれたのではあるめえかと言ってた。入堀通りの者《もん》はおめえさんをたよりにしてる。これからもよろしくたのむ。なんか耳にしたら教えてもらいてえ」

「かしこまりました」

覚山は、喜平次に顔をむけた。

「失礼してもよろしいでしょうか」

「かまわねえよ」

覚山は、ふたりに一礼して刀と八角棒をとった。

四

三日後の十四日。よねも湯屋からもどり、長火鉢をまえにくつろいでいると、庭のくぐり戸がけたたましくあけられた。

「松吉でやす。おじゃまさせていただきやす」

腰をあげたよねが縁側の障子をあけた。

やってきた松吉が笑顔になる。

「およねさん、十四日でやすが、二十五ってことで勘弁しておくんなさい。先生《せんせえ》が皺《しわ》くちゃ爺《じじい》になっても、およねさんはかわらねえんじゃねえかって気がしやす」

「おあがりなさい」

「へい」

足袋の埃をはらった松吉が、あがってきて障子をしめ、膝をおった。

「先生《せんせえ》、皺だらけになるんは何十年もさきのことで。あっしもいっしょに皺くちゃになりやす」

「お断りだ」

「冷てえことをおっしゃらねえでおくんなさい。男は顔じゃねえ。あっしだけでなく、入堀通りの野郎どもはみな先生《せんせえ》のようにいい女に惚れられてえって思ってるんでやすから」

「あのな、おまえはすぐに顔をもちだすが……」

襖があけられた。

「おたぁきちゃぁぁぁん」

覚山は聞こえよがしのため息をついた。

まるで気にせず、瞳をかがやかせてたきを見つめている。

膝をおったたきが、松吉のまえに茶托ごと茶碗をおいた。

「ありがとな。このめえも言ったが、十五のまんまでいいからな」

はにかんだ笑みをうかべたたきが盆をもってでていった。うしろ姿を見ていた松吉が顔をもどす。

「先生《せんせえ》、美人薄命《はくめえ》で思いついたことがありやす。辰巳《たつみ》芸者は足袋を履《は》くめえ」

よねがあきれ顔だ。

深川芸者は足袋を履かない。冬でも素足だ。

覚山は首をふった。

「おまえなぁ」

「言わねえでおくんさい。あっしも、たまには失敗《しっぺえ》しやす。それはそうと、昨夜《ゆうべ》、客を送った帰《けえ》りに、玉次が艫《とも》にきて障子をあけ、殺された千鳥の女中のことを話してやした。置屋の千代吉姐《ちよきちねえ》さんから聞いたそうで。およねさん、年齢《とし》をごぞんじで」

よねが、小首をかしげ、右手の指をおる。

「たぶん、二十四になったと思う」

松吉がつづける。

「昼を食べたあと、井戸ばたで殺された千鳥の女中の話がでたそうでやす。ほかの者《もん》は千鳥でいちばん年上ってことと、顔を知ってるくれえでしたが、きねって名だと千代吉が教えてくれたそうで」

顔見知りだったのかとの問いに、千代吉が言った。

——ないしょにしておいてほしいってたのまれていたんだけど、亡くなったんだからいいわよね。

千代吉は、門前山本町裏通りから路地をはいった平屋の割長屋に住んでいる。おなじ長屋に独り暮らしの年寄がいる。名は伸造《しんぞう》。無口で、路地で顔をあわせても会釈をするくらいであった。

去年の春、夜四ツ（十時）まえに小田原提灯を手にして路地へおれると、おなじく小田原提灯をさげてやってくる人影にぎょっとした。だが、すぐに女の姿なので安堵した。

ちかづくと、見覚えがあった。どこかの料理茶屋の女中だ。会釈してすれちがうと、うしろから声をかけられた。

——あのう。

千代吉はふり返った。

——千鳥につとめておりますきねと申します。できましたら、お名をお教えください。

千代吉は名のった。

きねが、恐縮げにちいさく低頭した。

——ここで会ったのを黙っててもらえませんか。そこに独りで住んでいる親戚の年寄のようすを見にきているのですが、へんなふうに勘ぐられたくないのでお見世にもないしょなんです。

きねの左手には袱紗《ふくさ》包みがあった。のこった料理を女中らがもち帰る。千代吉らも、夜四ツまで座敷があると夜食にと包んでもらえる。

――承知しました。

「……見世からの帰りに独り暮らしの年寄んとこへ料理をもってく。そんないい女《ひと》が殺されるなんてって千代吉は言ってたそうで」

「そうか。玉次に会ったら、よく話してくれたと礼を言ってくれ」

「先生《せんせえ》が定町廻りの旦那がたと親しくしておられるんは玉次も知ってるはずで。お役にたちたくて、あっしに話してくれたんじゃねえかと思いやす。……およねさん、馳走《ごち》になりやした。失礼《しつれえ》しやす」

低頭した松吉が、障子を開閉して去った。

覚山は、文机《ふづくえ》にむかって書状をしたため、たきに霊岸島南《れいがんじまみなみ》　新堀町《しんぼりちょう》二丁目の〝川《かわ》風《かぜ》〟へとどけさせた。

川風は、浅井駿介の御用聞き仙次の両親《ふたおや》がやっている居酒屋だ。

翌十五日は小正月である。朝は小豆粥《あずきがゆ》を食べる。小豆粥は桜粥ともいう。粥がうすい小豆色になるからだ。

昼まえ、仙次手先の次郎太《じろうた》がきた。浅井駿介が待っているので、暮六ツ（六時）の見まわりをおえたら八方庵にきてほしいとのことだった。

覚山は承知した。

暮六ツの見まわりをおえた覚山は、名無し橋をわたって八方庵の暖簾をわけた。

あいかわらず客はまばらであった。小上がりにいた仙次が腰をあげ、二階にむかって声をかけて脇へよった。

覚山は、刀と八角棒を左手にもち、草履をぬいだ。

二階の六畳間で駿介と対して膝をおる。すぐに、女房のとくが食膳をもってきて酌をした。

とくが襖をしめて階をおりていく。

駿介がほほえむ。

「松吉によろしくつてえてもらいてえ。玉次って芸者にもな」

「かしこまりました。玉次を見かけましたらつたえますし、松吉にもたのんでおきまする」

「昨日《きのう》の夕刻、置屋で千代吉に会い、長屋に仲造をたずねた」

住まいは、奥が六畳の畳敷きで、半間（約九〇センチメートル）幅の土間と竈がある戸口がわが四畳半の板間だった。この造りの割長屋は六畳間の障子をあければ、濡れ縁と物干しとがある。

伸造は、申しわけていどにしか髷がゆえない白髪頭で、目尻と眉間《みけん》にも皺があった。痩身《そうしん》で、やや背がまがっている。

六畳間から不安まじりのいぶかしげな表情ででてきた。

膝をおって低頭し、訊いた。

――御番所のお役人がどのようなご用向きでございましょうか。

職人ではなく店勤めの言葉遣いだ。

――千鳥のきねは知ってるな。

――はい、ぞんじております。

――九日の昼、井戸ばたで殺されているのを見世の者《もん》が見つけた。

はじめはなにを言われたのかわからないようであった。しかしすぐに、唇がゆがみ、眼から大粒の涙がこぼれた。

懐から手拭をだして両眼にあて、肩をふるわせる。

土間に立っていた駿介は、板間に腰かけた。表にいた仙次が土間にはいり、うしろ手に腰高障子をしめた。

駿介は、顔をふせがちにむせび泣く伸造を見ていた。

しばらくして、伸造が両眼にあてていた手拭で鼻をかんだ。

手拭を袂《たもと》におとして顔をあげる。

――千鳥がいそがしいのだろうと思っておりました。お役人さま、誰がそんなむごいことを。

――それがわからねえから調べてる。きねとおめえはいってえどんな関係《あいだがら》でえ。

ややあった。

――おきねは手前の娘にございます。

――おめえ、店者《たなもん》だな。

――一色町の油問屋広瀬《ひろせ》屋で番頭をいたしておりましたが、還暦を機にお暇をいただきました。

――いま、いくつだ。

――六十三になりました。

――きねはおめえんとこへくるのをないしょにしてた。なんで隠さなきゃあならねえんだ。

ふたたびまがあった。

――申しあげます。

広瀬屋は佐賀町に油会所があったころからの老舗《しにせ》の大店である。

三十をすぎ、主の信頼も厚く、取引先からはいずれ番頭に出世するであろうと言われ、伸造もその気ではげんでいた。

たみという十八歳の女中がいた。はじめは気づかなかった。だが、眼があうと頬《ほお》を染める。

そういったことがたびかさなり、もしやと思うようになった。

わるい気はしない。しかし、番頭になるという大望《たいもう》がある。おのれにそれを言いきかせ、気づかぬふりをしていた。

眼がせつなげにうったえるようになり、ついには、わたしのこと嫌いですか、とまで言われた。

たまらず、たみを抱きよせた。

そのときは唇をかさねただけだった。

だが、いちどそうなってしまうと、もう抑えがきかない。

たみに用事を言いつけ、おのれも得意先をまわるとでかけ、蕎麦屋の二階であわただしく抱いた。

それからは、口実をつくっては逢瀬《おうせ》をかさねた。

伸造は、しだいにものたりなくなった。たみのなかで男の精をだせば孕《はら》むおそれがある。だから、なかではださないようにしていた。

しかし、それでは真にむすばれたことにならない。たみに言い、なかで精をだした。いちどだけのつもりだったが、伸造はなかでだすことへの男としての誇りや喜びに酔った。

たみが子を宿した。

悪阻《つわり》がはじまり、ほかの女中にうたがわれた。

内儀に呼ばれ、たみは子を宿していることをみとめた。あいては誰だときびしく問いつめられたが、たみはあかさなかった。

おのれのせいである。名乗りでるべきだ。そう思ったができなかった。そんなことをすれば店を追われてしまう。

ふしだらとの理由で暇をだされたたみは実家《さと》へ帰った。

伸造は、助かったと思い、そう思うおのれを恥じた。

それっきりたみの噂は聞かなかった。郷里《くに》がどこかさえ知らなかった。

男であるからには女を欲する。それをできるだけひかえ、伸造は給金を貯めた。いつの日にか、たみと子を迎えにいき、三名で暮らす。そんなことを考えていたが、歳月が夢をうすれさせていった。

番頭になり、四十になった。主からは、通いでよいから所帯をもったらどうだとすすめられたが遠慮した。おのれの名をあかさなかったたみへのせめてものつぐないであった。

還暦で暇をもらうにあたって、主から永年の奉公への慰労をこめた金子《きんす》をたまわった。こつこつ貯めていた給金は両替屋に預けて利子もついている。倹約すれば二十年くらいは暮らしていける。

見知らぬところへ越すのはいやであった。だからといって、店のにちかくに住むと迷惑がられる。それで、一色町までは歩いてすぐの門前山本町に住まいをさだめたのだった。

引っ越してきたのは仲春二月だった。

初冬十月、中年増の女がたずねてきて、たみの娘のきねですと名のった。

あまりの驚きに、言葉がでなかった。

かたい表情のきねが、失礼しますと板間にあさく腰かけて語った。

晩春三月、母がきた。江戸見物だと言っていたが、話をするためであった。

先年亡くなった父は義理の親で、実の父親は江戸にいる。奉公していた店の手代に恋をしたが、なかなか気づいてもらえなかったので思いをうちあけた。そしてむすばれ、子を宿した。

だけど、あいてはいずれは番頭にと評判の出世頭だった。名乗りでてくれるのではないかと望みをいだきもしたが、それではふたりとも暇をだされてしまう。だから、あいての名をあかさなかった。それで暇をだされて郷里《くに》に帰った。

実家《さと》は、東海道の神奈川宿《かながわじゅく》てまえの入川村《いるかわむら》の百姓だ。おなじ村に、女房に先立たれて三歳の男の子をかかえた百姓がいた。

身重のたみでも嫁にしてくれるという。生まれてくる子はおのれの子として育てると誓ってくれた。

そのとおりだった。妹と弟が生まれたが、わけへだてなく接してくれた。

一色町にある油問屋広瀬屋の仲造さんがおまえの実の父親だと言いのこして、母は帰った。

仲夏五月、兄から母がふいに亡くなったとの便りがあった。母は死期をさとって話しにきたのかもしれない。

きねは、初秋七月の盂蘭盆会《うらぼんえ》に店から暇をもらって墓参りに行くことにした。兄によれば、前夜はふつうだったのに、朝起きてこないのでようすを見にいったら亡くなっていたとのことだった。

泊まった翌朝も墓参りをして、江戸にもどった。

きねは十日ほど迷い、昼の休みに他出の許しを女将からえて、一色町の広瀬屋に行った。

昔、母がお世話になったそうですが、亡くなりましたのでお報せとお礼にまいりましたと、手代に述べた。すると、手代が気の毒げな表情をうかべ、伸造はこの春に暇をもらって門前山本町に住んでいると、おおよその場所と大家の名を教えてくれた。意を決してたずねたのに、肩透かしをくった気分だった。

しばらくは会おうという気になれなかった。

だが、やはり、いちどは会ってみるべきだと思いなおしてたずねてきたとのことだった。

伸造は、正直にすべてを語った。主に所帯をもつことをすすめられたが、たみへのすまなさから独り身をとおしてきたと話すと、かたかった表情がいくらかやわらかくなった。

ひと月ほどすぎた夜、きねが料理を包んでもってきた。

それから、ときどきたずねてくるようになった。掃除をしたり、洗濯物をもって帰ったりした。

師走のなかばごろに、布団と搔巻《かいまき》を古物屋がもってきた。大晦日は、ふたりで年越し蕎麦を食べ、除夜の鐘を聞いた。

年が明けると、きねはときおり泊まるようになった。そして、翌未明に起きてご飯をたいて帰った。

「……ということなんだ。きねは男じゃなく父親のところにかよっていた」

「やさしい心根の女にございまする」

「かもしれねえが、そうじゃねえかもな。千鳥の女中らをあたらせてるんだが、きねをよく言う者《もん》がいねえ。あしざまに言うわけでもなく、口をにごすそうだ。そのあたりをさらにさぐるよう命じてある。そろそろ五ツ（八時）だな。もういいぜ」

「失礼いたしまする」

覚山は、かるく低頭してかたわらの刀と八角棒を手にした。

八方庵から住まいにもどり、袴をぬがずに待っていると、夜五ツの鐘が鳴った。

見まわりをおえた覚山は、きがえてよねが淹れてきた茶を喫しながらきねのことを話した。

四日後の十九日、昼まえに三吉がきた。柴田喜平次と浅井駿介が待っているので暮六ツ（六時）の見まわりがすんだら八方庵にきてほしいとのことであった。

昼すぎまで陽射しがあったが、薄墨色の雲がしだいに江戸の空をおおっていった。日暮れには、雲は鉛色になって重くたれこめた。

八方庵はあいかわらず客がまばらであった。階したの小上がりに、弥助と仙次がいた。

弥助が立ちあがり、二階に声をかけた。

覚山は、二階の六畳間でふたりに対した。

女房のとくが食膳をもってきて、酌をして去った。

喜平次がほほえむ。

「まずは駿介からだ」

駿介が、喜平次にかるく顎をひき、顔をもどした。

「松吉に礼を言ってくれたかい」

覚山はうなずいた。

「見まわりのおり、客待ちをしているのを見かけましたのでつたえました」

「そうかい。そいつはよかった。おかげで手間がはぶけた。じつはな、たみのことをたしかめに広瀬屋へ行って主に会った」

主の八《や》右《え》衛門《もん》は知らなかった。三十年ほどまえのできごとだ。先代も母親も亡くなり、そのころのことを知っている奉公人もいない。

「……申しわけございませんって謝るんだが、なんかひっかかった。たみがたしかに奉公していて、孕んだのが理由で暇になったってのをたしかめるだけのかるい気持ちで見まわりの帰《けえ》りに寄ったんだが、八右衛門のようすが気になったので、手先にあたってみろと命じた」

広瀬屋は揉《も》め事をかかえていた。それで御番所の役人が顔をだしたのではないかと勘違いしたようであった。

「……商人《あきんど》は、嫡男を知りあいの店にあずけることがある。てめえんとこだと甘やかせがちだ。ことに母親がな。だから、余所《よそ》ですこし苦労させて商いを学ばせようってわけよ」

日本橋新《しん》右《え》衛門町《もんちょう》の油問屋伊豆《いず》屋の嫡男昌吉《まさきち》が十七歳の春から広瀬屋の世話になっていた。

昌吉はこの春で十九だが、広瀬屋と伊豆屋との約束では来年二十歳の出代《でがわ》りのころまでいるはずであった。ところが、暮れに家で正月をむかえると帰ったきりもどってこない。

広瀬屋にはおない年の弘吉《こうきち》という嫡男がいる。弘吉と仲違《なかたが》いしたからだとか、主の八右衛門にひどく叱責されたからだとかの噂があった。

「……ふつうなら、来年の出代りまでとたのんだんなら、伊豆屋から倅《せがれ》のわがままについての詫びがありそうなもんだ。それなら、そういうことがあったとさぐってる手先の耳にへえる。商人どうしのつきええを考《かんげ》えても、こいつはどっかおかしい。もうひとつ。昌吉が伊豆屋へ帰《けえ》ったのが去年の暮れ。土蔵のあいだでみつが見つかったんが二十二日だ。そこから広瀬屋までは、十五間（約二七メートル）くれえしか離れてねえ」

喜平次が言った。

「駿介からいまの話を聞いて、思いあたることがあった。霊雲院の出茶屋にみつ目当てでかよっていた客をしらべさせてるってことは話したよな」

「うかがいました」

「出茶屋には、つとめてる娘がふたりいて、かなというもうひとりもわるくねえんだが、みつのほうが色白で眼がおおきく人気があった。だから出茶屋の亭主や女房よりかなのほうがみつ目当ての客をよく憶《おぼ》えている」

　四十すぎの小肥りや五十すぎの年寄が毎日のようにきた。みつは愛想笑いでうけこたえしていたが、ああいうのがいちばん嫌いと言っていた。遊び人や札付、地廻りもきて、みつにおべっかをつかい、あからさまに口説く者もいた。長着に羽織という表店の若旦那も何名か客になった。

「……恥ずかしそうにみつだけでなくおのれめあての客もけっこうくるって言ってた。気があるから、どこそこの誰某《だれそれ》だとしゃべる。町名と名を言う者《もん》もいる。身もとのわかってるのから手先にあたらせた。とくに、遊び人、札付、地廻りをな。客のなかに、二十歳《はたち》くれえの若旦那と、おなじ年ごろの手代がいた。若旦那が手代を昌吉って呼んでいた。それだけじゃあさがしようがなかったが、手代の名が駿介の口からでたってわけよ」

「伊豆屋の構えはどれほどでしょうか」

　駿介がこたえた。

「めえをとおっただけだが、広瀬屋より間口がある。日本橋の店だ、商いも広瀬屋より幅広いと思う」

喜平次がつづけた。

「こういうことじゃねえのかな。倅をあずけるにあたって、老舗だが気がねせずにすむ店をえらんだ。おめえさん、なにが言いてえんだ」

「若旦那の弘吉は手代の昌吉をともなってしばしばみつのいる出茶屋をおとずれていたでよろしいでしょうか」

「かなが憶えてるはじめは、去年の七夕のころだ。みつが十六、かなが十五、弘吉と昌吉は十八だ。月に二度か三度くれえきてたそうだ」

「昌吉は日本橋の大店の若旦那です。それが手代の恰好で弘吉の供として出茶屋へかよう。そこには美しい看板娘がいる。昌吉は手代であり、若旦那の弘吉をたてねばならない。内心はおもしろからず思っていたのではありますまいか」

「かもしれねえ。それで」

「昌吉と弘吉とが仲違いしたとの噂がほんとうだとします。弘吉は気があるからみつのもとへかよった。昌吉もまた、みつを憎からず思った。仲違いの原因は、昌吉がただの手代ではなく日本橋にある油問屋の若旦那で、商いの修業で広瀬屋のやっかいになってるのだと告げたからではありますまいか」

「ありうるな。聞いてたのなら話したと思うが、念のためかなにたしかめさせよう。

それだけかい」

「仲違いしたので家に帰ったきりもどらない。よほどにわがままならそれもありえまする。浅井どのがおっしゃっておられた広瀬屋の主八右衛門のようすですが」

　駿介がうなずく。

「なかには、やましいことがなくとも、おいらたちを見ただけでうろたえる奴がいる。おいらが伊豆屋にたのまれて談判にきたと思ったのかもしれねえ。それと、柴田さんに話したが、みつの死にかんして、八右衛門は弘吉か昌吉、もしくはふたりとものかかわりを懸念しているってこともありうる。ふたりがたびたびみつに会いに霊雲院へ行ってたのを知ってればだがな」

「みつに気があったとしたら、死んだか気を失っているみつを川へ流すのではなく土蔵のあいだによこたえたのもわかりまする。おおせのごとく、どちらか片方ではなくふたりのしわざやもしれませぬ」

　覚山はつづけかねた。

　喜平次が察した。

「ああ。すると、屋根船持ち船頭の又八は関係《かんけえ》ねえことになる。ほんとうに足をすべらせて海におちて溺れてしまったのかもしれねえ。ちょいとばかし考《かんげ》えにくいがな。

昌吉がてめえん家《ち》に帰《けえ》ったのはなにゆえか。みつの死にかかわりがあるんなら、証《あかし》をつかむまではさとられたくねえ。広瀬屋と伊豆屋をさぐらせてる。それも、駿介が広瀬屋へ足をはこんでくれたからだ。そのきっかけが松吉よ。ひろった噂をおめえさんに話してくれるんで助かる。ということなんだ。今日んとこはもういいぜ」

「失礼いたしまする」

覚山は、ふたりにかるく低頭してわきの刀と八角棒をとった。

八方庵から入堀通りにでると、粉雪が舞っていた。

第二章 若旦那

一

初春一月も下旬になった。

二十一日の朝、いつもの刻限に庭のくぐり戸がけたたましくあけられた。

「おはようございやす。松吉でやす。おじゃまさせていただきやす」

よねが縁側の障子をあけた。

やってきた松吉が破顔する。

「およねさん、今朝はいちだんと若く見えやす。心は二十一でやすね」

よねが頬《ほお》を染める。

「恥ずかしくなるようなことを言うんじゃないの」

「あっしが悪いんじゃありやせん。いつまでも若《わけ》えおよねさんがいけねえんでやす」

「おあがりなさい」

「へい」

手拭で足袋《たび》の埃《ほこり》をはらった松吉が、濡れ縁からあがってきて障子をしめ、膝をおった。

「先生《せんせえ》、昨夜《ゆうべ》、客待ちをしてると……おたぁきちゃぁぁぁん」

覚山は、内心でため息をついた。

たきが松吉のまえに茶托《ちゃたく》ごと茶碗をおく。

「およねさんは別嬪《べっぴん》。おたきちゃんはかわいい。先生《せんせえ》は……言わぬが花。内緒話だけどな、先生《せんせえ》が狸《たぬき》に似てるってほざく奴がいたんでひっぱたいてやった。狸がかわいそうだろう」

右手で口をおさえたたきが、盆を手にして立ちあがり、いそぎ足で居間からでていった。

「おまえなぁ」

「先生《せんせえ》、内緒話を盗み聞きしちゃあいけやせん」

「まあ、よかろう。それで」

「それでって、なにがでやす」

「言いかけておったではないか。客待ちをしていてどうしたのだ」

「そうでやした。それを話すためにおじゃましたのに、うっかり忘れるところでやした。五ツ半（九時）じぶんに、万松亭《ばんしょうてい》からお客がでてくるんを待ってると、となりの菊川《きくかわ》から玉次がでてきやした。すっとんでって、先生《せんせえ》が八丁堀の旦那から礼《れえ》を言うようたのまれたそうだって話したら、お役にたててうれしいってよろこんでやした。こっちまでうれしくなりやした」

「そうか。玉次につたえてくれたのか。礼を申す」

「話していて、つくづくしみじみ思いやしたが、玉次はますます綺麗《きれえ》になっておりやす。玉次とおたきちゃん、どっちにすればいいか考《かんげ》え、昨夜《ゆうべ》はなかなか眠れやせんでした」

「せいぜい悩むがよい。悩んでいるうちはしあわせだ」

それからほどなく、茶を喫した松吉が去った。

暮六ツ（六時）の見まわりでは、堀留の両角と門前山本町《もんぜんやまもとちょう》の名無し橋たもとに地廻りがいた。

雨がふっている日のほかは、ほぼ毎日のようにいる。どの一家がどこというわけではない。おそらくは早い者勝ちで、門前仲町のかど、山本町のかど、名無し橋たもとの順だ。

夜五ツ（八時）もおなじ顔ぶれがいた。

門前山本町入堀通りの名無し橋を背にしたところで料理茶屋千鳥《ちどり》から四名の商人《あきんど》と芸者衆、女将《おかみ》がでてきた。

通りに辻駕籠《つじかご》が四挺ならんでいる。駕籠におさまる商人らに、芸者らと女将が低頭する。

駕籠がかつがれ、こちらへやってくる。覚山は、通りのまんなかから軒《のき》したのほうへよった。

女将が気づき、低頭した。会ったことはない。が、このあたりで総髪はおのれひとりだ。

上体をなおした女将に、覚山は顎《あご》をひいた。

三十代なかばで、小肥り。主の文右衛門《ふみえもん》は四十すぎでやや痩《や》せていた。

女将が芸者らをうながして千鳥にもどった。

通りは客や芸者が往《ゆ》き来《き》し、柳と常夜灯のあいだには駕籠と駕籠舁《かき》、猪牙舟《ちょきぶね》や屋根船の船頭がいる。

料理茶屋まえの岸には見送りの芸者や女将の姿があった。

油堀から枝分かれした入堀のかどに架かる猪《い》ノ口《くち》橋をのぼっていく。

橋はまるみをおびている。川を舟がゆきかうからだ。

猪ノ口橋は、幅が一間（約一・八メートル）余で、長さが四間半（約八・一メートル）。

江戸のおおくの橋は、なだらかに盛り土をするぶんだけ川幅よりみじかい。しかし、猪ノ口橋は入堀の幅とおなじだ。猪牙舟や屋根船の出入りがおおいのに川幅が四間半しかないからであろう。

いただきからおりていく。

覚山は眼をほそめた。

右斜めまえの路地にひそむ気配がある。

いくたびもそこで待ち伏せされている。路地の両側ともちいさな店《たな》で、暮六ツ（六時）まえに雨戸をしめる。陽が沈んでもあいているのは、食がらみの見世《みせ》がほとんどだ。

覚山は、羽織の紐《ひも》をほどき、左の欄干《らんかん》へよった。

羽織をぬぎ、まるめて落とす。

路地から人影がでてきた。

袴姿の浪人が三名。

背後の気配に、覚山はさっと首をめぐらした。町人二名が橋をのぼりかけている。浪人らの姿に、立ちどまり、引き返した。

覚山は、顔をもどした。

刺客三名が、左手を鯉口《こいぐち》にあて、ひろがりながら迫ってくる。

上体を敵にむけたまま、欄干から橋のまんなかによる。橋板からほかの橋よりやや急な盛り土を二歩くだり、両足を肩幅の自然体《じねんたい》にひろげる。

三名とも体軀《たいく》がくずれていない。左が痩身《そうしん》、なかが中背、右が馬面《うまづら》。三名が立ちどまり、抜刀。

腰にしているのは、二尺二寸（約六六センチメートル）の加賀《かが》と、一尺七寸（約五一センチメートル）余の刃引の月山《がっさん》と、八角棒。

加賀の鯉口を切って抜き、青眼にとる。

彼我の距離、三間（約五・四メートル）余。二間（約三・六メートル）が間合だ。たがいに踏みこめば、切っ先がとどく。

左の痩身が刀を八相《はっそう》にもっていき、なかの中背が上段にとった。右の馬面は青眼のままだ。しかもゆったりと構えている。

覚山は、加賀を右に返し、切っ先を馬面に擬した。

そして、わずかに左肩をひく。

川岸の柳と常夜灯のかたわらに駕籠舁や船頭があつまりつつある。

敵三名が、じりっ、じりっ、と迫る。

覚山は、眼をおとした。見るのではなく、動きを感取する。

二間。

敵の体軀が膨《ふく》らみ、殺気がはじける。

三名がとびこんでくる。

警戒すべきは、右の馬面。なかの中背が大上段にふりかぶる。愚かな。そのぶん、斬撃が遅れる。馬面のごとく切っ先を撥《は》ねあげるだけでよい。

眦《まなじり》を決して悪鬼の形相となった中背に殺気を放って、左の痩身にむかう。痩身の白刃が八相から袈裟《けさ》に奔《はし》る。右に返していた加賀を左下段に振り、燕返《つばめがえ》しに撥ねあげる。

――キーン。

甲高い音が夜を裂く。

弾かれた白刃が逆八相から迫る。

加賀で薪割りに叩き、薙《な》ぐ。切っ先が右胸に消え、右二の腕を両断、背に抜ける。

「ぐえッ」

痩身が呻《うめ》き、右肩からくずおれる。

斜めまえに跳んで血飛沫《ちしぶき》を避ける。さっと反転。加賀に血振《ちぶ》りをくれ、青眼にとる。

「オリャーッ」

中背が裂帛《れっぱく》の気合を放って跳びこんできた。大上段からの渾身《こんしん》の一撃。白刃が毒蛇《どくじゃ》の牙となって襲いくる。

受けるは愚《ぐ》。

踏みこむ。

剣風を曳《ひ》いて落下する白刃を加賀の鎬《しのぎ》で摺《す》りあげ、面を狙う。が、中背の背後からあらわれた馬面が小手にきた。

覚山は、踏みこんだ右膝を発条《ばね》にして後方へ跳んだ。

ふたりが追ってくる。

左足、右足が地面をとらえる。

とびだしてきたぶんだけ勢いがある馬面の白刃が面にきた。鋭く、疾《はや》い。加賀が奔る。馬面の白刃を横殴りに弾き、中背の上段からの一撃を叩く。馬面が白刃に弧を描かせている。

後方へちいさく跳んで馬面の薙ぎを躱《かわ》す。

両足が地面をとらえる。馬面の右へ踏みこむ。獲物を失った白刃が流れ、右肩がまえにでている。加賀の切っ先を右肩へ。

馬面が後ろへおおきく跳んだ。

中背が突っこんでくる。やはり上段からの薪割りの一撃。乱れがなく、まっすぐ打ちこんでくる。中背の得意技なのであろう。

後方へ跳んだ馬面の両足が地面をとらえた。中背の斬撃を受ければ馬面に狙われる。

右足を右斜めまえへ。加賀を左下段に振って燕返しに撥ねあげる。加賀が昇竜《しょうりゅう》と化して敵白刃の鎬を叩く。そのまま夜空を突き刺し、袈裟に奔る。

切っ先が左肩に消え、右腕を両断、右脾腹《ひばら》まで裂く。心の臓から血が迸《ほとばし》る。

覚山は、斜めうしろへ跳んだ。

「おのれーッ」

馬面が喉《のど》を狙った突きにきた。

捲《ま》きあげて、面にいく。

白刃が、加賀の鎬を叩き、喉を薙ぎにきた。

右足を引き、上体をそらす。白刃の切っ先が喉をかすめる。右肩を引きながら加賀で夜空を突き刺す。敵白刃が右袂《たもと》を両断。

加賀が落雷と化す。馬面が白刃を返すよりも疾く、首の左根もとにはいった加賀の切っ先が、着衣と右二の腕を断って奔る。腕に血が滲《にじ》み石榴《ざくろ》の実となる。

唇を歪《ゆが》め、眼をしかめた馬面が右肩からくずおれる。

覚山は背後に跳んだ。

馬面が音をたててつっぷした。

残心の構えをとき、口をすぼめて肩でおおきく息をする。加賀に血振りをくれ、懐紙をだして刀身をていねいにぬぐう。

懐紙をもどし、加賀を鞘《さや》におさめる。

ふたたび肩で息をして、呻いている馬面を避け、欄干よこから羽織をとった。埃をはたいて腕をとおす。

船頭や駕籠舁らがあっけにとられた顔をしている。刺客三名が地面に倒れて血を流している。蒼ざめている者もいた。

覚山は、いそぎ足でとおりすぎた。

万松亭のまえに長兵衛と長吉がいた。長兵衛が安堵《あんど》の表情で口をひらく。

「ご無事でなによりにございます」

覚山はうなずいた。

「自身番屋へまいらねばならぬ。よねに報せてもらえぬか」

「かしこまりました」

覚山は、長兵衛にちいさく顎をひいた。

堀留から大通りを一ノ鳥居のほうへおれて自身番屋へ行き、理由《わけ》を告げて、月番の定町廻り浅井駿介《あさいしゆんすけ》に報せるようたのんだ。

町役人《ちょうやくにん》に命じられた書役《かきやく》がぶら提灯《ちょうちん》を手に駆けていった。

覚山は、町役人にことわり、刀をはずして縁側に腰かけた。

霊岸島南《れいがんじまみなみ》新堀町《しんぼりちょう》二丁目にある居酒屋川風《かわかぜ》までは十二町（約一・三キロメートル）ほど。仙次《せんじ》がもどっていなくとも手先がいる。手先らは、急な報せがあったさいのてはずをこころえている。

小半刻（三十分）たらずで書役がもどってきた。それからすこしして、浅井駿介と仙次、手先らが駆けてきた。

覚山は立ちあがった。

自身番屋には囲いがあり、なかは玉砂利がしかれている。

駿介と仙次がはいってきた。

覚山はかるく低頭した。

「ごくろうさまにぞんじまする」

「相手は何名《めえ》だ」

「三名にござりまする。猪ノ口橋の門前仲町がわ路地で待ちぶせておりました。ひとりが遣い手でしたゆえ、やむをえず斬りました」

「わかった。おめえさんは帰《けえ》っていい。でえじょうぶだと思うんだが、明日《あす》の朝はでかけずにいてくんな」

「ご雑作をおかけいたしまする」

覚山は、駿介に一礼した。

住まいにもどり、戸口の格子戸をあけて声をかけると、よねが小走りにやってきた。

「よかった」

眼がうるむ。

「心配をかけてすまぬ」

よねが首をふった。

居間で布子《ぬのこ》にきがえ、よねに酒を所望《しょもう》した。

厨《くりや》に行ったよねが、燗《かん》をした諸白《もろはく》と小鉢に盛った香の物を盆でもってきた。

三人も断ってしまった。肉を断つ感触と音が脳裡《のうり》に残っている。これまでの経緯《いきさつ》からして大事ないとは思う。だが、万一の覚悟はしておくようによねに告げた。

酔わぬほどに飲み、よねにもすすめた。

やがて夜四ツ（十時）の鐘が鳴った。

よねが寝床をととのえに寝所へ行った。覚山は、戸締りをして二階へあがった。

ひとつ布団に枕がならべてあった。

初春一月も下旬になったが、夜はまだ冷える。布団も掻巻《かいまき》もつめたかった。

さきによこになる。よねがはいってきて、枕に頭をあずけた。

覚山は、よねのうえになり、唇をかさねた。舌をからめ、襟《えり》から手をいれて胸乳《むなぢ》にふれる。

なんというここちよさ。襟をはだけて乳首を吸う。

よねが声をもらす。

胯間がいきりたつ。

――焦るでない。おちつけ。

心で言いきかせて、よねの帯をほどき、湯文字の紐もほどく。

有明行灯《ありあけあんどん》のあかりに浮かぶ椀を伏せたがごとき白い胸乳と淡い小豆《あずき》色の乳首は神々しいほどの美しさだ。

――よいか。こらえろよ、こらえるのだぞ。

奮励《ふんれい》、奮闘《ふんとう》……。

しかし、いつものごとく、願いむなしく、討死。

二

翌二十二日、朝餉《あさげ》をすませたあと、はやめに湯屋《ゆうや》へ行った。湯を浴び、下帯と肌襦《はだじゅ》袢《ばん》をあたらしいものにした。

住まいにもどってほどなくよねも帰ってきた。

朝五ツ（八時）になってもおとなう者はいなかった。詮議のための呼びだしがあるのなら、朝いちばんで手先をよこして報せてくれるはずだ。

それから小半刻（三十分）ほどして、庭のくぐり戸がけたたましくあけられた。

「おはようございやす。松吉でやす。おじゃまさせていただきやす」

よねが縁側の障子をあけた。

やってきた松吉がぺこりと辞儀をする。

「およねさん、今朝はとびっきり若く見えやす。おてんとうさまも嬉しそうでやすし、二十二の年増盛りってことでどうでやしょう」

よねが噴きだした。

「言いすぎ。恥ずかしくなるじゃない。いいから。おあがりなさい」

「へい」

松吉が、懐からだした手拭で足袋の埃をはらい、濡れ縁からはいってきて障子をしめ、膝をおった。

「先生《せんせえ》、昨夜《ゆうべ》はすごかったそうじゃねえでやすか。見てた者《もん》が、斬られちまうんじゃねえかってひやひやしたと話してやした」

覚山はうなずいた。

厨の板戸があけられた。

廊下でたきが声をかける。

松吉の眼がかがやく。

「おたぁきちゃぁぁぁん」

膝をおったたきが、松吉のまえに茶托ごと茶碗をおく。

「おたきちゃん、今日は二十二日だろう」

「はい」

「だから、およねさんも今日は二十二歳。おたきちゃんは再来年あたりまで十五のまんまでいいからな」

顔をふせて笑いをこらえたたきが、盆をもってでていった。

覚山はため息をついた。

襖《ふすま》がしめられ、松吉が顔をもどした。

「先生《せんせえ》、どうかしやしたか」

「おまえも、再来年まで二十七にしておけばよかろう」

「それ、いいかもしれやせん。来年は二十九。臭《くせ》え歳でいけやせん。今日から二十七ってことにしやす。小耳にはさんだんでやすが、この月ずえまでに又八《またはち》がもどらなければ死んだものとみなし、屋根船を売って店賃や、船の舫《もや》い賃、艪《ろ》や棹《さお》の預け賃にあてるそうで。それでもずいぶんと残ると思うんでやすが、どうなるんでやしょうね」

「さあな。柴田どのが、あの件での達しは御府内だけゆえ、又八の死骸が相模《さがみ》あたりの浜にうちあげられたのならば無縁仏として葬られているとおっしゃっておられた」

松吉がうなずく。

「深川の海ぞいにはそこらじゅうに生簀《いけす》がありやすが、そこに土左衛門《どざえもん》がひっかかるそうで。身もとがわからねえ死骸《しげえ》は、無縁仏としててえげえは回向院《えこういん》に葬られやす。たまに事情《わけ》ありの船が売りにでるんで、あっしもがんばって銭を貯めねばなりやせん」

「たりないぶんは融通してもよいぞ」

松吉が低頭する。

「ありがとうございやす。ですが、無理して手にいれても、きちんと借銀が返せるかわかりやせん。地道に銭を貯めることにしやす。仲間と飲んだりするんはつきええでやすからないがしろにできやせんが、贅沢《ぜえたく》しねえように気をつけておりやす。……おいよねさん、馳走《ごち》になりやした。……先生《せんせえ》、失礼《しつれえ》しやす」

辞儀をした松吉が、障子を開閉して去った。

中食《ちゅうじき》をすませたあと、覚山はきがえ、刀袋に加賀をいれて住まいをでた。

永代橋《えいたい》で永久島《えいきゅうじま》にわたり、湊橋《みなと》で霊岸島へ、霊岸橋で八丁堀島《はっちょうぼりじま》にわたる。南茅場町《みなみかやばちょう》の河岸《かし》ぞいを半町（約五四・五メートル）ほど行ったところにある山城屋《やましろ》は、刀剣のほかに十手捕縄などを商い、研ぎもたのめる。

主の庄左衛門《しょうざえもん》はでかけていた。研いだ刀をとどけにくる手代の藤吉《とうきち》に加賀をあずけた。

とどけにきたおりに研ぎ代を払っている。半期や年末払いだと利子がつくので、そのつど払いのほうが安い。

覚山は住まいにもどった。

翌二十三日の昼まえに三吉がきた。柴田喜平次と浅井駿介が待っているので暮六ツ（六時）の見まわりをおえたら八方庵《はっぽうあん》にきてほしいという。覚山は承知してよねに告げた。

陽が沈むと、川風がいまだ肌を刺す。堀留の両角に三名ずつの地廻りがいたが、門前山本町の名無し橋たもとにはいなかった。

見まわりをおえた覚山は、名無し橋をわたり、八方庵の腰高障子をあけた。

客が二組と、階《きざはし》したの小上がりに弥助と仙次がいた。腰をあげた弥助が二階に声をかけた。

覚山は、草履《ぞうり》をぬいで二階にあがり、喜平次と駿介に対座した。

女房のとくが、食膳をもってきて、酌をして去った。

駿介が口をひらく。

「一昨日《おとつい》は御番所へ行ったんが遅かったんで、宿直《とのい》の年番方にご相談して、お奉行には昨日《きのう》の朝ご報告した。刺客に襲われたのであれば斬りすてるはやむをえぬが、三名か、と仰《おお》せになり、しばしご思案のごようすだった。で、お城にて土佐守《とさのかみ》どののご存念をお訊《き》きするゆえ夕刻にまたまいれとの仰せであった」

土佐守とは、北町奉行小田切《おだぎり》土佐守直年《なおとし》のことである。この年五十六歳。寛政《かんせい》四年（一七九二）一月に大坂町奉行より転任。幕府用語では〝御役替え〟。南町奉行の村上《むらかみ》肥後守義礼《ひごのかみよしあや》は、五十二歳で、寛政八年（一七九六）九月に目付より転任。

村上肥後守は南町奉行就任からまだ一年と数ヵ月しかたっていない。小田切土佐守は六年も北町奉行の任にあり、しかも前職は大坂町奉行。肥後守としては土佐守の判断をあおいだほうが無難と思案したのであろう。

夕刻、詰所で年番方に報告をすませた駿介は、肥後守に面談を願い、すぐに御用部屋へとおされた。

「……土佐守さまも、おめえさんが刀を抜いたのなら刺客どもは遣い手だったに相違あるまいと仰せであったそうな。で、お咎《とが》めなしということだ。ついでだが、三名とも身もとをあかすものはもってなかった」

「松吉が、無縁仏は回向院に葬られると話しておりましたが」

「おいらもそう思うが、どこの寺にはこばれたかは聞いてねえ。気になるんならたしかめておくぜ」

「いいえ、けっこうです」

喜平次がほほえむ。

「斬らなけりゃあ、斬られてた。そうだろう」

「仰せのとおりにござりまする」

「何度も言ってるが、おめえさんが入堀通りで睨《にら》みをきかせてるんで、おいらも駿介もたすかってる。北も南もお奉行はそれがわかってらっしゃる。おめえさんがめったに刀を抜かねえこともな。お咎めなしはそういったことを斟酌《しんしゃく》してだと思う。これまでも刺客が遣《つか》い手だったことがあったよな、用心してくんな」

「おこころづかい、いたみいりまする」

「霊雲院《れいうんいん》出茶屋のかなだが、手先を行かせるつもりだったが若え娘《わけ》だからな、これえだここで会った翌日、見まわりの帰《けえ》りによった。手代の昌吉《まさきち》が、ほんとうは日本橋新右衛門町《しんえもんちょう》にある油問屋の若旦那で、一色町《いっしきちょう》の油問屋広瀬《ひろせ》屋で商いの修業をしてたんだと教《おせ》えたらおどろいてた。知らなかったんかいって訊いたら、うなずいてから、でも、おみつさん、知ってたかもって言うんだ」

四脚ある緋毛氈《ひもうせん》を敷いた腰掛台はいずれも客がいた。

給仕をする娘はかなひとりだ。たしかめるだけだから腰掛台から離れたところに呼んでの立ち話ですむはずであった。

喜平次は、あとでまたくると言った。

霊雲院から笹竹までは小半刻（三十分）のはんぶんもかからない。かなのつとめは暮六ツ（六時）までだ。

夕七ツ半（五時）すぎじぶんに、喜平次は笹竹をでた。

境内につくころには、西空を染める夕陽が相模の稜線にとどこうとしていた。

出茶屋に客の姿はなかった。

喜平次は、弥助と手先ふたりを腰掛台のひとつに坐らせ、親爺《おやじ》に茶を注文した。そして、かなと話がしたいと言って刀をはずし、三人とはべつの腰掛台にかけた。

女房であろう四十なかばの小肥りが茶を淹《い》れた。かなが、盆ではこんできて右横におき、弥助らにもおいてもどってきた。

喜平次は言った。

——かけてくんな。

うなずいたかなが、躰《からだ》ふたつぶんほどあけてあさく腰かけ、盆を膝にのせた。

茶を一口飲んで茶碗をもどし、喜平次は顔をむけた。

——みつは昌吉が日本橋表店の若旦那だと知ってたかもしれねえって言ってたろう、なんでそう思うんだい。

——さっきはすいません。そんな気がしただけです。ちがうかもしれません。

——わびることはねえ。ちがっててもかまわねえから、なんでそんな気がしたか話してくれねえか。

かなが、こくりとうなずいた。

「……弘吉と昌吉の年齢《とし》を訊くんで、ふたりとも十九だと教えた。かなは十六、みつは生きておれば十七。持参銀めあてとかの事情《わけ》があって、十八、九の倅《せがれ》に嫁をむかえるのもありはする。だが、てえげえは、はやくても二十二、三になってからだ。かなは、若旦那の弘吉と手代の昌吉を二十歳《はたち》くれえと思っていた。そう思いたかったんだろうな。二十歳なら、かなが十八になれば二十二だ」

かなの住まいは小名木川《おなき》にめんした海辺《うみべ》大工《だいく》町《まち》で、霊雲院から一町（約一〇九メートル）も離れていない。しかも、裏門からでればすぐである。

そのことをみつは知っていたし、かなもまた行ったことはないがみつの住まいが一色町の裏通りだと知っている。

喜平次が一色町の油問屋と口にしたとたんに、みつがふたりを知っているのではないかとの思いが頭にうかんだ。おなじ町内にある表店の若旦那。知っていておかしくない。

それだけではない。

背は若旦那のほうが高い。しかし、手代はすずやかな顔だ。かなが手代はいい男だけどえらぶとしたらやっぱり若旦那よねと言うと、みつがあたしには若すぎるからかなちゃんにまかせる、けど、人は見かけではわからないわよとこたえた。どういう意味か訊いたら、そんな気がしただけとほほえんだ。

「……それを想いだしたらしい。いつごろのことだって訊いたら、九月のなかごろから二十日あたりだったと思うってこてえた。おなし町内《ちょうねえ》で、表通りの大店の若旦那と裏通り小店の小町娘、たげえに顔は知らなくても噂《うわさ》くれえは耳にしてるかもしれねえ。で、霊雲院からみつの従妹《いとこ》のたけをたずねた。聞いたことがねえって言ってた。みつの両親《ふたおや》にも会った」

父親の銀二郎《ぎんじろう》は広瀬屋に嫡男があることは承知していたが、名と歳は知らなかった。おめえ知ってるかと訊かれた女房のとめがこたえた。そしてふたりとも、日本橋にある油問屋の若旦那を広瀬屋があずかって商いの修業をさせているのを知っていた。

「……とめによれば、飯を食いながら町内《ちようねえ》の噂話をする。広瀬屋は大店だし、若旦那はおみつより二つうえ。もうすこし歳が離れていたらよかったのにねえと言った憶《おぼ》えがあるそうだ。日本橋の大店の若旦那が手代として世話になってるらしいのもしゃべってる。広瀬屋の若旦那とおない歳だってこともな」

「名もぞんじておるのでしょうか」

喜平次がうなずく。

「日本橋のどこの油問屋かまでは知らなかったがな」

「客の若旦那と手代がおなじ年ごろで、若旦那が手代を〝まさきち〟と呼んだ。それで、みつは、広瀬屋の若旦那弘吉と世話になっている日本橋新右衛門町の油問屋伊豆《いず》屋の若旦那だとさとった」

喜平次が顎をひく。

「弘吉は昨年の七夕のころから月に二度か三度、昌吉を供にして霊雲院にかよってる。みつに気があったってことだ。身分は手代だが、昌吉は客分のごとき立場だ。毎度供をしたんは、昌吉もまんざらじゃなかったからだろうよ」

「みつが出茶屋につとめだしたのがいつからかはごぞんじにござりましょうや」

「昨春三月の出代《でがわ》りからだ。それまでは稽古ごとをしていた。踊りのほかに、手習所の師匠をしている浪人の内儀に行儀作法と茶の湯、生花を教わっていた」

「たしか、みつのほうが出茶屋につとめたいと言いだしたように憶えておりまする」

喜平次がうなずく。

「一昨年《おととし》、縁談がふたつもちこまれた。ひとつは裏通りの小店からで、銀二郎がことわった。もうひとつは表通りのそこそこの店からだった。銀二郎は迷い、とめの考《かんげ》えをたしかめると、とめもわるい話ではないと思うけどと言葉をにごした。だから、とめにみつの気持ちを訊かせた。みつは、できればことわってほしいとこたえた」

それが一昨年の初冬のことだった。

しばらくして、みつがお寺の出茶屋でつとめたいと言った。大店だけでなく、お武家さまに声をかけられるかもしれない。とめはみつの願いを銀二郎につたえた。みつがそうしたいならと銀二郎が了解した。

ちかくの寺町通りの寺にも出茶屋はあるが、さほどにぎやかではない。深川でもっとも参詣《さんけい》が多いのは富岡八幡宮《とみがおかはちまんぐう》である。住まいからは十町（約一・一キロメートル）ほどだ。

とめは、みつをともなって見に行った。これはと思うおおきな出茶屋はまにあっているると断られた。

それで、霊雲院に行くと、いまいるふたりが来年の出代りでやめるがそれでよければと言われた。

「……ということよ。つまり、かなも去年の出代りからだ。弘吉の目当てはみつだったってかなが言っている。だが、みつのほうはその気がなかった。みつが帰《けえ》ったじぶんはまだ雪はふってねえ。思いつめて言いよったが、冷たくふられたのかもしれねえ。だいぶたっちまったな、ここまでにしておこう」

「失礼いたしまする」

覚山は、ふたりに低頭し、刀をとった。

住まいにもどって酔いざましの茶を喫しながらよねに話していると、夜五ツ（八時）の鐘が鳴った。

覚山は、よねの見送りをうけて小田原提灯《おだわらぢょうちん》を手に住まいをでた。

暮六ツ（六時）の見まわりでは姿を見なかったが、堀留の両角と名無し橋の山本町たもとに地廻りがいた。

初春一月も下旬だが、冷たい風が肌を刺した。入堀通りから猪ノ口橋にかかると粉雪が風に舞った。

その粉雪も、万松亭につくころには消えた。

翌日はどんよりとした曇り空で、昼すぎからしばらく小雨がぱらついた。見まわりのおりも小雨もようであった。

つぎの二十五日は快晴だった。

いつもの刻限に、いつものごとく庭のくぐり戸がけたたましくあけられた。

「おはようございやす。二十七歳の松吉でやす。おじゃまさせていただきやす」

笑みをこぼしたよねが縁側の障子をあけた。

やってきた松吉が笑顔をはじけさせる。

「今日は二十五日でおよねさんの日。おてんとうさまもあんなによろこんでおりやす」

「おあがりなさい」

濡れ縁からあがった松吉が、障子をしめて膝をおった。

「春の陽気のせいでやしょうか、先生《せんせえ》も、なんか、いつもよりいい男に見えやす」

「おまえ、酔っておるのか。それとも、悪いものを食べたのか」

「朝っぱらから酒を飲んだりしやせん。さっき、猪ノ口橋んとこで玉次に会いやした。夜だけじゃありやせん、朝見てもとびっきりの別嬪でやす。それが、にっこりとほほえんで、おはようございやすって、かわいい声で。もう、どうしやしょう」

「鼻をつまんで口をとじてろ」

「そんなことしたら、死んじまいやす」

「そのほうがよいかもしれぬ」

厨の板戸がひかれた。口をとがらしかけた松吉が眼をかがやかす。

声がかけられ、襖があいた。

「おたぁきちゃぁぁん」

はいってきたたきが、膝をおって松吉のまえに茶托ごと茶碗をおいた。

「おたきちゃんは、ほんとうにかわいいな。むりして歳をかさねることはねえぞ。あと四、五年は十五のまんまでいい」

笑みをこぼしたたきが、ちょこっと辞儀をして、盆をもち、でていった。

襖がしめられ、松吉が顔をもどした。

「おたきちゃんと玉次。ほんとうに悩んじまいやす。どうしたらいいんでやしょう」

「しあわせな奴だ」

「ありがとうございやす。先生《せんせえ》、昨夜《ゆうべ》、縄暖簾《なわのれん》で聞いたんでやすが、一色町の油問屋広瀬屋の若旦那が亡くなったそうで」

覚山は眉根《まゆね》をよせた。

「いつのことだ」

「一昨日《おとつい》の夜に溺《おぼ》れ死んだってことでやす」

「溺れ死んだ。あやまって川に落ちたということか」

松吉が首をふる。

「わかりやせん。今夜がお通夜《つや》だそうで。一色町じゃあ、年の瀬に娘が殺されやした。これが身投げなら、ひょっとしてかかわりがあるんじゃねえかと思ってお報せにめえりやした」

「よく教えてくれた」

「へい。またなにか耳にしたらお話ししにめえりやす。……およねさん、馳走《ごち》になりやした。失礼《しつれえ》しやす」

辞儀をした松吉が、障子を開閉して去った。

広瀬屋をうかがいに行こうかとの思いが頭にうかんだ。が、すぐさま、おのれをいましめた。

昼まえに三吉がきた。夕刻に柴田喜平次がたずねたいとのことであった。覚山は承知し、よねにつたえた。

夕七ツ（四時）の鐘からしばらくして戸口の格子戸があけられた。

「ごめんくださいやし」

覚山は、迎えにでて、ふたりを客間に招じいれた。

よねとたきが食膳をはこんできた。たきが弥助のぶんをとりにもどる。喜平次から酌をしたよねが、弥助にも注いで去った。

覚山は、喜平次に顔をむけた。

「よろしいでしょうか」

喜平次がほほえむ。

「ここはおめえさん家《ち》だ。なんでえ」

「今朝、松吉がまいり、一昨日《いっさくじつ》、広瀬屋の嫡男が溺れ死んだと申しておりました」

「死んだんは広瀬屋の弘吉だけじゃねえ、伊豆屋の昌吉もだ。昨日《きのう》の夕刻、詰所へ行ったら、年番方がみつの一件にかかわりがあるかもしれねえんで南から報せがあったと教えてくれた」

二十三日の暮六ツ（六時）から小半刻（三十分）ほどたったころ、日本橋新右衛門町の油問屋伊豆屋を深川一色町の油問屋広瀬屋の若旦那弘吉がたずねた。

表は戸締りがしてある。くぐり戸が叩かれ、手代が土間におりてこたえると、弘吉が名のり、昌吉に会いたいと言った。手代から番頭へ。番頭が主につたえ、主が倅の昌吉に訊いた。

昌吉が会いますとこたえ、表のくぐり戸をあけてでていった。

伊豆屋から二町（約二一八メートル）ほど東へ行けば、八丁堀島とのあいだを流れる楓川《かえで》がある。川幅は、狭い箇所で十一間（約一九・八メートル）、広い箇所で二十間（約三六メートル）。

夜五ツ（八時）まえ、京橋川から楓川におれて日本橋川へむかっていた猪牙舟の客が、川面《かわも》に浮いている黒っぽいものを見つけた。客は四十すぎの大工の棟梁《とうりよう》だった。

さらにちかづくと、うつぶせの男であった。

棟梁は、ふり返った。

――船頭、人が浮いてる。

――なんですって。……大変《てえへん》だ。

顔をもどした棟梁が声をあげた。

――もうひとりいるぞ。

船頭は艪から棹にかえた。

――お客さん。ゆっくりと寄せやすんで、申しわけありやせんが、ふたりをつかんでおくんなさい。栈橋へつけ、自身番へ報せやす。

――わかった。

船縁《ふなべり》から身をのりだした棟梁がふたりをつかみ、猪牙舟が栈橋につけられた。船頭が栈橋にとびおり、手早く艫《とも》と舳《みよし》の舫い綱を杭《くい》にゆわえた。

猪牙舟にもどった船頭が、棟梁のよこでかがむ。

――お客さん、あっしがつかんでおきやすんで、自身番へ報せておくんなさい。お願《ねげ》えしやす。

――まかしときな。

棟梁が、栈橋から石段をあがっていき、ほどなくもどってきた。

――冷てえだろう。かわろう。

――ありがとうございやす。

――町役人に、死骸《ほとけ》を栈橋へあげてえんで何名《なんめえ》かよこしてくれってたのんでおいた。八丁堀の旦那がくるまで川に手をつっこんでるわけにもいくめえ。

夜五ツ（八時）の鐘が鳴った。

鳴りおわるまえに、町役人と半纏《はんてん》に股引《ももひき》姿の者五名が桟橋におりてきた。五名が死骸を桟橋にひきあげてすこしして、南御番所の定町廻りが駆けつけ、やがて御用聞きと手先らもやってきた。

「……楓川をわたれば八丁堀だからな、自身番の者《もん》は掛《かかり》の住まいを知っている。南の定町廻りが、死骸《しげえ》をあらためてると、手代がおりてきて、若旦那って叫んだ。夜五ツになってももどらねえんで手代らを手分けしてさがしにやったらしい」

手代らが、ふたりをさがしにかいわいの食の見世に行っている。南の定町廻りも、手先に範囲をひろげて食の見世をあたらせたが、ふたりはきていなかった。

楓川は両岸とも河岸で白壁の土蔵がならんでいる。南の定町廻りは、ふたりが土蔵のあいだで話をしたのではないかと考えていた。

「……それでまちげえあるめえよ。南が、ふたりとも泳げねえのはたしかめている。いくつか考《かんげ》えられる。喧嘩《けんか》になり、ふたりとも川に落ちた。もしくは、どっちかが落ちた。泳げねえんだから助けにとびこんだとは思えねえんだが、度を失い、あとさき考《かんげ》えずにとびこんだかもしれねえ。あるいは、突き落とし、溺れるのを見て、観念し、てめえも身を投げた。ふたりを見た者《もん》がいねえか、南が手先にさがさせてる。なんかわかったら教えてもらえることになっている」

覚山は言った。

「伊豆屋の場所をお教え願います。楓川の河岸を見てみたくぞんじまする。ついでに伊豆屋の店構えも」

「日本橋川から楓川にはいってひとつめが海賊橋《かいぞく》、ふたつめが中橋《なか》。中橋を背にして二町（約二一八メートル）ほど行った左にある」

「わかりました」

諸白を飲み、料理を食べたふたりが辞去した。

三

翌二十六日は朝から雨もようであったが、昼ちかくなるにしたがって薄墨色の雲が割れて青空がひろがった。

中食をすませた覚山は、きがえて住まいをでた。

青空はさらにひろがり、陽射しが暖かかった。

路地から裏通り、横道をとおって大通りにでた。西へ足をむけ、永代橋で永久島へわたる。御船手番所《おふなてばんしょ》うらの豊海橋《とよみ》で霊岸島新堀をこえ、亀島川《かめしま》の霊岸橋で八丁堀島へわたった。

南茅場町の山城屋まえをとおりすぎる。

日本橋川と楓川とのかどに丹後《たんご》の国田辺《たなべ》藩三万五千石牧野《まきの》家の六千八百坪余の上屋敷がある。

海鼠塀《なまこべい》のむこうで松が枝をひろげている。江戸の町家は家屋が蝟集《いしゅう》しており、緑があるのは武家屋敷と寺社くらいだ。

上屋敷にそって南へ行き、西におれる。

一町（約一〇九メートル）余さきに海賊橋がある。わたって河岸ぞいの通りを南へすすむ。

海賊橋からつぎの中橋までおおよそ二町半（約二七三メートル）。海賊橋とは物騒な名だが、御船手頭の向井将監《むかいしょうげん》の屋敷が東岸にあったことにちなむようだ。田辺牧野家の上屋敷になる以前は向井将監の屋敷があったのだろう。中橋は小浜橋《おばま》ともいう。西岸に日本橋の魚河岸に対抗した新肴場《しんさかなば》があったので幕末ごろから新場橋《しんば》とも呼ばれ、明治になってそれが正式名称となる。

百万都市江戸には諸国から日々大量の物資がはこばれてくる。それを荷揚げ保管するのが河岸にある土蔵だ。船積問屋が河岸の地所を幕府から拝借して土蔵を建てている。桟橋もそうだ。

海賊橋をわたり、河岸ぞいの通りを南へむかう。

河岸ぞいは、日本橋川から京橋川にかけて片町の本材木町《ほんざいもくちょう》が一丁目から八丁目まである。二丁目から三丁目にかけてが新肴場で、三丁目のなかほどに中橋が架かっている。

中橋を背に横道をはいった左が新右衛門町だ。

暖簾がなく、一枚だけ雨戸があけられた店がある。雨戸に〝忌中〟の張り紙があった。てまえの店との境の軒下に、〝油問屋伊豆屋〟の縦長看板がさがっている。

伊豆屋は蔵造りで、間口も広瀬屋より二間（約三・六メートル）ほど幅がある。となりの店とのあいだには裏店への木戸があった。

やってくる者らが、戸締りがされた店にちらっと眼をやってとおりすぎていく。総髪に驚きの眼をむけ、あわててそらす者もいた。

伊豆屋のまえをとおりすぎ、日本橋にいたる大通りにでた。

北の日本橋ではなく南の京橋のほうへむかい、つぎの横道を東へおれる。

大通りから河岸ぞいの通りまで二町半（約二七三メートル）ほど。一町（約一〇九メートル）たらず北へすすみ、中橋をわたる。

たもとわきの川岸にたたずみ、対岸に眼をやる。

土蔵の通路から川岸にでて話をすれば、盗み聞きされるおそれはない。

広瀬屋の弘吉が伊豆屋をたずねたのが三日まえの二十三日。伊豆屋の昌吉が家にもどったのが、晦日《みそか》かその前日あたり。

みっつの死が暮れの二十二日。ひと月がすぎている。弘吉が昌吉をたずね、呼びだした。昌吉はおうじ、ともにでかけた。

川岸をはなれた覚山は、南に足をむけた。

弘吉が伊豆屋をおとずれたのが暮六ツ（六時）から小半刻（三十分）ばかりすぎたころ。猪牙舟が川面の死骸を見つけたのが夜五ツ（八時）まえ。

八丁堀島南端の弾正橋《だんじょう》までおおよそ七町（約七六三メートル）ほどであった。

ふたりが中橋ちかくの川岸にいたとする。猪牙舟が死骸を見つけた場所まで流れるのにどれほどかかるかによって、ふたりがどれくらいいっしょにいたかがわかる。

覚山は帰路についた。

住まいにもどり、よねは弟子に稽古をつけているのでひとりできがえ、文机《ふづくえ》にむかった。

墨を摺りながら文案をねり、はじめにさしでがましさを詫《わ》び、思案をつづった。読みかえして封をし、たきに笹竹へとどけさせた。

この年の初春一月は小の月で、三日後の二十九日が晦日だ。

二十九日、昼まえに三吉がきた。柴田喜平次と浅井駿介が八方庵で待っているので暮六ツ（六時）の見まわりをおえたらきてほしいとのことであった。覚山は承知してよねに告げた。

陽が西にかたむき、日暮れのおとずれとともに北風が吹きはじめた。暮六ツの見まわりにでると、地廻りの姿がなかった。北風よりも八方庵にいる柴田喜平次と浅井駿介をはばかってであろう。

見まわりのあと、名無し橋をわたって八方庵の暖簾をわけ、腰高障子をあけた。三脚ある腰掛台の二脚にふたり連れの客がいた。弥助と仙次がいつものように小上がりにいる。

ふたりがぺこりと低頭し、腰をあげた弥助が階《きざはし》から二階を見あげて声をかけた。

覚山は、弥助にかるくうなずいて草履をぬぎ、階をあがった。

二階の六畳間に一揖《いちゆう》して入室し、柴田喜平次と浅井駿介とのあいだの壁ぎわで対座した。

女房のとくが食膳をはこんできて、酌をした。顔があかるい。辞儀をしたとくが襖をしめておりていった。

喜平次がほほえむ。

「うれしげな顔してたろう」

「ええ」

「いい娘がみつかったってことだ。出代りは三月の五日からだが、明日《あす》からくるそうだ。仕着せや前垂《まえだれ》をととのえるのに物入りでしたって、さっきうれしげに話してた」

「そうでしたか。それはようございました」

喜平次が顎をひく。

「文をありがとよ。掛の定町廻りは志村金吾《しむらきんご》って名で、おいらは顔を知ってるてえどだ。おめえさんに礼《れえ》を言ってくれって駿介がたのまれた。一昨日《おとつい》の朝、金吾は、中橋から川に下駄を落とし、手先に火をつけた線香をもたせて川岸を追わせた。猪牙舟が見つけたところまで小半刻（三十分）のはんぶんあまり。弘吉と昌吉は半刻（一時間）ほど話していたことになる。さらに刻限がしぼれたわけで、とおりかかった者《もん》を手先らにさがさせてるってことだ」

弘吉と昌吉が死んだ二十三日の夜、金吾は、猪牙舟の船頭と大工の棟梁のほかに、伊豆屋と、駆けつけた広瀬屋から話を聞いている。

二十六日、覚山からの書状に眼をとおした喜平次は、手先にもたせて駿介のもとへ走らせ、読んでから金吾にわたすよう言付けた。

夕刻、御番所の詰所で書状を読んだ金吾は、九頭竜覚山が何者かをふくめて駿介から経緯を聞いた。そして、年番方に理由《わけ》を話し、翌日の見まわりを臨時廻りにかわってもらえるよう願った。

二十七日の朝、楓川で死骸が流れたであろう刻限をはかった金吾は、深川一色町の広瀬屋に行った。

広瀬屋の主は八右衛門《やえもん》、四十八歳。二十三日は嫡男のふいの死にひどく動揺していてしどろもどろだった。

八右衛門が番頭とくるまえに、伊豆屋からあらましを聞いていた。主の名は市兵衛《いちべえ》、四十七歳。のちに知ったが、伊豆屋には一女一男の子があり、姉はとうに嫁いでいる。

市兵衛は番頭のほかに手代ふたりをともなってやってきた。桟橋におりてきて昌吉を見おろすなり立ちつくし、茫然自失の体《てい》であった。番頭が手でしめし、うなずいた手代ふたりが主の両脇うしろに立った。

表情も声も失っている市兵衛をあきらめ、金吾は番頭から聞いた。

報せをうけて駆けつけてきた八右衛門も要領をえず、やはりついてきた番頭と話した。

伊豆屋の昌吉が商いの修業で昨年暮れまで広瀬屋の世話になっていたことと、弘吉がたずねてきた刻限はわかった。しかし、用向きについては、伊豆屋も広瀬屋も知らなかった。

「……おいらが見習だったころ、こんなことがあった」

残暑が去って秋らしくなってきたある日の夕刻、娘三人が浜町川《はまちょう》の千鳥橋ちかくで身投げをした。

夕刻の町家の往来は多くの者がゆきかっている。娘三人が川岸にやってきて、手をつないでたがいにうなずき、そろってとびこむのを幾名もが見ていた。

江戸では、男の身投げは覚悟のうえだから見ないふりして死なせてやるのが情けであり、女はふとしたはずみで身投げをするので助けることになっていた。

てえへんだ、とちかくにいた者らが駆けより、つぎつぎと川へとびこんだ。つられて勢いよくとびこみ、泳げないのを想いだして助けをもとめるおっちょこちょいもいた。

娘ひとりにふたりがかりで千鳥橋の栈橋までつれていく。溺れかけた男は、ひとりが、あとさき考《かんげ》えずにとびこむんじゃねえ、と小言をあびせながら栈橋までひっぱった。栈橋におりてきた男らは娘たちをふたりずつでていねいにひきあげた。栈橋の男らはつぎに、娘たちを助けた男らをひきあげた。最後に、溺れかけた男にも、めんどうくさそうに手をかした。

町役人がやってきた。

娘らは、橘町《たちばなちょう》二丁目裏通り小店の仲良し三人組だった。

報せをうけて親が駆けつけた。

親の姿に娘らが泣きだした。

すぐに助けられたので水は飲んでいない。しかし、着ているものから髪までずぶ濡れだった。川の冷たさに、娘たちの顔も蒼ざめていた。

町役人は、それぞれの親に娘をひきとらせた。

三人とも無事ではあったが、いちおう御番所へとどけなければならない。翌日、町役人は娘たちの住まいをたずねて親から事情《わけ》を聞いた。

ひとりが死にたいと言った。理由《わけ》はない、つまらないし、淋しいし、生きていてもしかたないかなと思う。すると、ふたりがかわいそうだからいっしょに死んであげると言い、三人で浜町川に身投げしたとのことであった。

「……三人そろってってのがめずらしかったのと、泳げねえくせにとびこんで溺れかけた奴がいたってのがおかしかったんで憶えてる。若え娘《わけ》ひとりやふたりでのわけのわからねえ身投げならたまにある。だが、野郎ふたりが手をつねえで身投げしたってのは聞いたことがねえ。広瀬屋の弘吉と伊豆屋の昌吉は半刻（一時間）ばかりいっしょにいた。会いに行った弘吉が昌吉を問いただし、言いあいになったんじゃねえかって思う」

金吾が、一色町の広瀬屋の暖簾をわけて土間へはいり、主に会いてえ、と言うと、手代が奥へ報せに行き、膝高格子囲いの帳場からでてきた番頭が膝をおって低頭した。

――お役人さま、主はすぐにまいります。お待ち願います。

八右衛門がいそぎ足でやってくる。

辞儀をして腰をおろそうとする八右衛門に、金吾は言った。

――話が聞きてえ。

膝をおった八右衛門が見あげる。

――どうぞおあがりください。

金吾は、首をめぐらして御用聞きの岩次《いわじ》に顔をむけた。

——おめえはついてきな。

手先ふたりに眼をやる。

——おめえらは商《あきね》えのじゃまにならねえように隅で待ってろ。

袂からだした手拭で足袋のほこりをはらって板間にあがる。

さきになった八右衛門が客間に案内した。

金吾は上座につき、斜め二歩まえで岩次が廊下を背にした。八右衛門が下座のやや廊下よりで膝をおってかるく低頭する。上体がなおるのを待って、金吾は口をひらいた。

——あの日、番頭は、日本橋新右衛門町伊豆屋の跡取り昌吉が商《あきね》えの修業でおめえんとこで世話になってたと話してた。

八右衛門がうなずく。

——さようにございます。問屋仲間の口利きでおあずかりいたしておりました。

——昌吉が伊豆屋へ帰《けえ》ったのはいつだ。

——大晦日にございます。

寛政九年（一七九七）の晩冬十二月は大の月で三十日が大晦日である。

――番頭もそう言ってた。年の瀬までってことであずかってたのかなと思った。だが、こっちの調べじゃあ、二十歳《はたち》になる来年の出代りまでって約束だったそうじゃねえか。

――仰せのとおりにございます。おあずかりしたのは一昨年《おととし》の三月からにございますが、お彼岸と盂蘭盆会《うらぼんえ》、暮れからお正月にかけては帰っておりました。ですから、今年も正月の三日あたりにはもどってくるものと思っておりました。それが、四日に、あちらさまの番頭が手代ふたりをともなってまいり、母親がたいへんに寂しがっておられるのでお世話になるのはこれまでにしたいと申し、手代に荷物をもたせて去りました。番頭は、わがままをお許し願いますといくたびも頭をさげておりました。

　そういうしだいにございます。

　――そうかい。おめえんとこの弘吉と伊豆屋の昌吉はおない歳だよな。ふたりの仲はどうだった。

八右衛門が、眉根をよせてかすかに首をかしげる。

ほんのすこしで眼をあげた。

――よかったように思います。倅は昌吉を供にしてよくでかけておりました。手代たちから評判の蕎麦《そば》屋などを教えられ、昌吉をさそってでかけておりました。

——帰《けえ》りに出茶屋あたりによったんだろうな。

八右衛門がうなずく。

——倅はわずかな酒で赭《あか》くなるほうで、どちらかといえば甘い物が好きでした。仰せのごとく、出茶屋や水茶屋によったかもしれません。

——あやまって落ちたんか、そうじゃねえのかをはっきりさせねえとならねえんだ。番頭は用向きを知らなかった。おめえはどうだい。

——悔やんでおります。行かせるべきではありませんでした。あの日、夕餉のおりに、昌吉に会いに行きたいと申しました。理由《わけ》を問いますと、わたくしのいじわるに怒って家に帰ってしまったとの声があり、会ってはっきりさせたいと申します。それで、行かせたしだいにございます。

——口喧嘩になったかもしれねえわけか。

八右衛門がうなずく。

——そうではあるまいかと。

——口ぶりから察するに、それだけじゃあるめえ。

八右衛門がためらう。

金吾は、おだやかにうながした。

——しゃべったほうがいい。

——申しあげます。先日、問屋仲間の寄合がございました。昌吉をおあずかりする話をされたのは内神田《うちかんだ》の問屋さんです。伊豆屋さんがそのかたに昌吉のわがままを詫びて手前によしなにつたえてほしいとたのまれたそうにございます。

——伊豆屋は寄合仲間じゃねえわけか。

——さようにございます。伊豆屋さんは日本橋かいわいの問屋仲間にくわわっているとのことにございます。寄合仲間でないところにあずけたいからとのお話でした。内神田の問屋さんと伊豆屋さんとがどのようなおつきあいかはぞんじません。ご迷惑をおかけしたくありませんので、屋号もお許し願います。

——いまんとこはそれでいい。つづけてくんな。

八右衛門がうなずく。

——想いだしたのですが、昌吉をおあずかりするさいにも、番頭が手代に荷を背負わせてまいりました。こたびも番頭と手代。詫びも内神田の問屋さんをとおしてでございます。ありていに申しますと、いささか不快であり、伊豆屋さんとは二度とかかわりあいをもちたくないと思っておりました。ですから、倅にもそうしてもらいたかったのですが、倅の評判にかかわることでしたので許したしだいにございます。

——寄合仲間でもねえ店の倅をあずかった。その内神田の問屋に断れねえ義理でもあるのかい。

八右衛門が首をふる。

——内神田の問屋さんが、あらかじめ三年ぶんの預り賃として千匁《もんめ》をとどけてくださいました。先日の寄合でお目にかかったおりに、三分の一をお返ししたいと申しあげると、伊豆屋さんからその話がでたら迷惑料としてお納めくださいと言づかっているとのことでした。

寛政十年（一七九八）の相場は、一両がおおよそ六十一匁あたりだから千匁は約十六両余になる。大工の手間賃が月平均で百二十匁（約二両）ほど。現代の大工の月収が三十万円くらいだとすると、一両は十五万円。

いっぽうで、一両は銭換算で約六千四百文《もん》。十六文の二八蕎麦が四百杯食べられる。立食い蕎麦を三百円として計算すると、一両は十二万円。二百七十円で十万八千円。

十万八千円だと、月収が二十一万六千円。三十代なかばで裏長屋住まい。女房に子がひとりかふたり。やはり、一両十五万円あたりが妥当ではなかろうか。

十五万円として十六両で二百四十万円。三年のあいだに一度は閏月《うるう》がはいるから、三十七で割ると、月に約六万五千円の食い扶持《ぶち》をふくめた預け賃ということになる。

「……広瀬屋をあとにした金吾は、新右衛門町の伊豆屋へ行った。主の市兵衛からおもしれえことを聞いている。内神田の問屋は鹿島《かしま》屋って屋号だそうだが、市兵衛がわたした預り賃は千匁じゃなく、千五百匁だ。しかも、その額も鹿島屋が言った」

覚山は眉根をよせた。

「仲介の謝儀《しゃぎ》にしてはいささか多いように思えますが」

「ああ。市兵衛は鹿島屋に謝礼《しゃれえ》として百匁わたしてる」

「なんと」

喜平次が顎をひく。

「つまり、六百匁をてめえの懐にした。金吾は弘吉と昌吉の件にめどがついたら考《かんげ》えるって話してたそうだが、どうかな。商人はもめごとをいやがる。市兵衛には弟があって、婿入りした藍玉《あいだま》問屋のとなりが鹿島屋だ。で、弟が鹿島屋に昌吉の修業先をさがしているが心あたりはないか訊いた。だからなおさら、市兵衛としては表沙汰《おもてざた》にしたくあるめえよ。おいらのほうはこんなとこだ」

喜平次にうなずきかえした駿介が、顔をむけ、口をひらく。

「千鳥の件だが……」

夜五ツ（八時）の捨て鐘が鳴りだした。

「手短にすます。さぐらせてるんだが、奉公人の口が堅《かて》え。きねの父親の件がそうだったが、入堀通りの者《もん》はおめえさんになら話す。万松亭の長兵衛、船頭の松吉、知りええの芸者なんかにそれとなくあたってくんねえか」

「承知いたしました」

喜平次が言った。

「長話してすまなかった。もういいぜ」

「失礼いたしまする」

覚山は、かたわらの刀と八角棒を手にした。

そのまま見まわりをして、万松亭で長兵衛に浅井駿介のたのみを告げた。

四

仲春二月は梅見月《うめみづき》との異称がある。

朔日《ついたち》の朝、けたたましく庭のくぐり戸があけられ、春の青空よりもあかるい声がひびいた。

「おはようございやす。二十七歳でがんばってる松吉でやす。おじゃまさせていただきやす」

笑みをこぼしたよねが、立ちあがって縁側の障子をあける。

にこやかな松吉があらわれた。

「春らしくなってきやした。おてんとうさまも、およねさんも、かがやいておりやす。今日は二月朔日でやすから、おまけして二十一歳ってことでどうでやしょう」

「恥ずかしくなることを言うんじゃないの。しまいにはほんとうにぶつわよ」

「あっしがわるいんじゃありやせん。ちっとも歳をとらねえおよねさんがいけねえんで」

「いいからおあがりなさい」

「へい」

足袋の埃をはらった手拭を袂におとし、松吉があがってきた。

障子をしめて膝をおる。

「先生《せんせえ》、春の陽気にさそわれ、朔日の挨拶にめえりやした」

廊下から声がかけられ、襖が開いた。

「おたぁきちゃぁぁん」

覚山はため息をついた。

松吉は鶏のごとく首をのばしてたきを見つめている。

たきが膝をおり、松吉のまえに茶托ごと茶碗をおいた。

「およねさんに似たのかな、おたきちゃんも今日は若く見える。うん、十四でいいよ。なら、こっちも二十六だ」

よねがあきれ顔だ。

うつむきかげんのたきが、ちいさく辞儀をし、盆をもって廊下にでて襖をしめた。

覚山は言った。

「松吉」

「なんでやしょう」

「朔日の挨拶と申しておったが、毎月朔日にまいっておったかな」

「先生《せんせえ》、そんなむつかしい顔して、こまけえこと気にしちゃあいけやせん。今日が朔日だからそう言っただけで。月のはじめにおよねさんとおたきちゃんの顔をおがむ。そして先生《せんせえ》を見る。生きててよかった、あきらめることはねえって、心のそこからしみじみ思いやす」

「おまえは口癖のごとくわしを悪しざまに申す」

「ですから、こまけえこと気にしちゃあいけやせん。おかげで、みな、夢をもち、はりきって生きてるんでやすから。男は顔じゃねえ、およねさんのような別嬪が惚れてくれる。考《かんげ》えただけで、わくわくしやす」

「ひとりでわくわくしてろ。ところでな、南町奉行所定町廻りの浅井どのに、料理茶屋千鳥についてなにか耳にしたら教えてほしいとたのまれた。手先らにさぐらせても、なかのようすがつかめぬそうだ。心してくれぬか」

「わかりやした」

茶を喫した松吉が辞去した。

よねの弟子は見習がおもだが、見習がとれてからも三味線や踊りの稽古にかよってくる。よねにも、むりがないていどに信用のおける弟子に声をかけるようたのんである。

稽古は朝四ツ（十時）からの半刻（一時間）と昼九ツ半（一時）からの半刻ずつ二組だ。

昼八ツ半（三時）すぎ、稽古をおえたよねと居間で長火鉢をまえにくつろいでいると、戸口の格子戸がひかれた。

「ごめんくださいませ」

聞きおぼえのない声だ。眼で問うよねに、覚山はうなずいた。腰をあげたよねが、襖をあけて戸口へ行った。

よねがもどってきた。

「伸造《しんぞう》と名のるお年寄りで、先生にぜひとも聞いてほしいことがあると申しております」

覚山は、眉根をよせた。

「殺された千鳥の女中きねの父親が、たしかそんな名であった。茶をたのむ」

「あい」

よねが厨へむかい、覚山は戸口へ行った。

痩身で白髪頭の伸造が、辞儀をして顔をあげた。

「伸造と申します。以前、広瀬屋で番頭をいたしておりました」

「千鳥の女中だったきねの父親だな」

「さようにございます」

「あがるがよい」

「ありがとうございます。失礼させていただきます」

沓脱石《くつぬぎいし》にあがって背をむけ、上り框《かまち》に腰をおろして懐からだした手拭で足袋の埃をはらい、ふり返って草履をぬいだ。

覚山は客間の襖をあけてなかにはいった。

上座につく。仲造が下座で膝をおり、一礼して上体をなおした。

「あのう、みなさま、先生とお呼びしているとのこと。手前もそうさせていただいてよろしいでしょうか」

「かまわぬ」

「お教え願います。手前のことをどなたさまよりお聞きになられたのでございましょうか」

「はじめは顔見知りの芸者からだ。くわしくは、南町奉行所の定町廻り浅井どのよりおうかがいした」

廊下から声がかかり、たきが襖をあけてはいってきた。ふたりのまえに茶托ごと茶碗をおき、辞儀をして襖をしめ、去った。

覚山はうながした。

「用向きを聞こうか」

「かしこまりました。広瀬屋の若旦那弘吉さんがお亡くなりになったはごぞんじにございましょうか」

覚山はうなずいた。

仲造がつづける。

「これは御番所へお届けすべきこととぞんじますが、町役人にご一緒を願わねばならず、あとでお礼をせねばなりませんのでわずらわしゅうございます。それでなくとも、御番所へまいるのはたぶんに気がひけます。広瀬屋の旦那さまにお話しするのも考えましたが、若旦那に旦那さまをふくめ店の者には内緒にと口止めされておりますのでそれもかないません。ちかくに住む芸者に御番所につてのあるおかたをごぞんじないかとお訊きしましたところ、先生をご紹介してくださいました」

「あいわかった。芸者の名は千代吉だな」

「さようにございます。お聞きください。正月の六日、広瀬屋へ新年のご挨拶にうかがいました」

仲造は広瀬屋の番頭であった。正月五日ごろまでは、客があったり、挨拶に他出したりで、主の八右衛門が多忙なのを承知している。それで、昨年も今年も六日の朝に挨拶にうかがった。

八右衛門に祝賀を述べて辞去すると、表までついてきた弘吉が、二、三日うちにたずねてもいいかと訊いた。

仲造は、いつなりともおこしくださいとこたえた。

独り住まいになった仲造を気にして、弘吉は半年にいちどくらいのわりで顔を見にきていた。

八日の昼すぎに弘吉がきた。

散らかしておりますがどうぞおあがりくださいと言うと、ここでいいと上がり口に腰をおろした。

戸口の腰高障子にめんした四畳半の板間には素焼の火鉢があり、炭を燃やして薬罐《やかん》で湯を沸かしている。

仲造は、お待ち願いますとことわって茶を淹れ、弘吉のよこに茶托と茶碗をおいた。

すこし離れて膝をおると、弘吉が言った。

――昌吉のことだが……。

顔をむけた弘吉に、仲造は首をかしげた。

――はて、手前はぞんじませぬ。どなたにございましょう。

弘吉の表情が怪訝《けげん》から得心にかわる。

――そうか、昌吉がきたのは仲造がいなくなったあとであった。日本橋新右衛門町の油問屋伊豆屋の若旦那だ。あずかる話は知ってるだろう。

――ぞんじております。

伸造が門前山本町に越してきたのは一昨年《おととし》の初春一月晦日である。晩春三月の出代りから日本橋にある油問屋の若旦那をあずかることは、主の八右衛門から聞いていた。

――師走《しわす》の二十二日朝、どこもかしこも雪におおわれていた朝だ。河岸の土蔵のあいだで、裏通りの娘が雪に埋もれて死んでいるのが見つかった。

――髪結床でみなが話しておりました。なんでも評判の美人だったそうで。

弘吉がうなずく。

――清住町《きよすみちょう》よこの霊雲院にある出茶屋の看板娘だった。手代の勇吉《ゆうきち》に教えてもらい、昌吉をさそって見にいった。名をみつというのだが、たしかに美人だった。それで、ときどき、昌吉と茶を飲みに行っていた。

「……伊豆屋の若旦那もみつが気にいっていたそうにございます」

「そうとわかっていて昌吉をともなってかよっていた。出茶屋にはみつのほかにもうひとり娘がおるが、弘吉よりも昌吉のほうがいい男だと申しておったそうな。その娘は知らなかったが、昌吉がただの手代ではなく日本橋にある油問屋の若旦那だということを、みつはぞんじておったようだ。弘吉がみつに気があるのなら、横取りされるかもしれぬ昌吉はともなわぬように思うのだが」

「若旦那は心根のやさしいおかたでした。旦那さまは主としての弱さになるのではないかとご案じになり、しばしば意見されておりました。手前は、年をかさねればわかることもありましょうし、きびしいよりはやさしいほうが奉公人に慕われますと若旦那をかばいました」

「それで、弘吉は独り暮らしになったそのほうのようすを見にたずね、こたびも相談にまいったわけだな」

「そのことでございますが、若旦那によりますと、伊豆屋の若旦那はお正月や盂蘭盆《うらぼん》会《え》のほかにも、使いの手代がやってきて法事などで日本橋のお店に帰っていたそうにございます」

二十一日も、昌吉は夕刻に新右衛門町に帰り、翌朝もどることになっていた。

父の使いで永代橋まえの佐賀町《さがちょう》にある油屋へ行った弘吉は、夕七ツ（冬至時間、三時二十分）の鐘を聞いて帰路についた。

油屋から油堀までは二町（約二一八メートル）ほどである。半町（約五五メートル）ばかりになったとき、油堀ぞいの通りから昌吉がでてきた。

日本橋新右衛門町に帰るには永代橋をわたる。だから、こちらに躰をむける。ところが、昌吉は背をむけた。

下《しも》之橋をのぼる昌吉のうしろ姿に、弘吉は眉をひそめ、思いいたった。

帰るまえに霊雲院によってみつに会うつもりなのだ。

ぬけがけである。不快であった。追いかけていって、問いつめる。頭にうかんだが、そうはしなかった。

そんなことをすれば、昌吉が腹をたて、ただの手代ではなく日本橋にある油問屋の若旦那だとみつに告げるかもしれない。みつがどう思っているのかはよくわからない。だけど、もうひとりのかなは気があるそぶりをしめす。みつほどではないが、かなだってなかなかの縹緻《きりよう》よしだ。

日本橋表店の若旦那だと知れば、ふたりとも昌吉のほうをむくにきまってる。だから、昌吉を追わずに帰った。

翌朝の明六ツ（七時）まえ、通りにめんした店の丁稚《でっち》らが雪かきをはじめたが、ほどなく騒ぎがおこった。

父の八右衛門に言われてたしかめにいった手代がもどってきて、河岸の土蔵のあいだで女が雪に埋もれていると告げた。

やがて、御番所の役人がきて、死んでいるのが裏通りの薪炭屋栄屋《さかえ》の娘みつだと判明した。

驚いた弘吉は、みずから見にいった。

大勢の野次馬が遠巻きにしていて、土蔵のあいだの路地には岡っ引の手先らが立ちふさがっていた。

狭い路地に五、六名もいて、女の着物がわずかに見えるていどだったので、弘吉はひきかえした。

数年まえあたりから裏通りにある薪炭屋の娘が美人だとの評判を耳にするようになった。そのうち、屋号が栄屋で、娘の名がみつだということも知った。

初秋七月にはいったばかりの陽射しがことさらつよい日だった。他出からもどってきた手代が、出入りの油売りがいいことを教えてくれましたと言った。

あまりに暑いのでひと休みして喉《のど》をうるおそうと霊雲院の出茶屋へよった。そこには、若くて綺麗な出茶屋娘がふたりいる。

緋毛氈《ひもうせん》を敷いた腰掛台のひとつに顔見知りの油売りがいて、笑顔であいさつしてきた。手代も頬笑みをうかべてあいさつを返し、おなじ腰掛台に腰をおろした。

四脚ある腰掛台のうえは、組んだ柱に葦簀《よしず》が張られて陽射しをさえぎっている。境内はひろいのでそよ風も吹いてきた。

茶を喫した手代は、天秤棒《てんびんぼう》をかついだ油売りとともに出茶屋をあとにした。

出茶屋からじゅうぶんに離れたところで、手代は、ふたりとも綺麗だねと言った。

ややあって、油売りが、ごぞんじないんで、と訊いた。

手代は、斜めうしろの油売りに顔をむけた。

――なにが。

――赤い前垂の娘《こ》は、ご町内《ちょうねえ》で一色小町《いっしきこまち》って評判の薪炭屋のおみつでやす。

――あの娘が。どうりで美人なはずだ。

店でみつの噂がでたおり、弘吉はそんなに美人ならいちど見てみたいものだと話していた。手代はそれを憶えていてもどるとすぐに教えてくれたのだった。

七夕まえに、弘吉は昌吉をさそって霊雲院に行った。たしかに、評判どおりの美人だった。

昌吉も気にいったようであった。それからは、ふたりで月に二度か三度霊雲院へでかけた。

みつが死んでいた二十二日、昌吉がもどってきたのは朝五ツ半（九時三十分）じぶんであった。みつの亡骸《なきがら》は御番所へはこばれ、野次馬は散り、通りの雪はのこらず壁ぎわによせられていた。

弘吉のなかで、黒い雲が渦巻いていた。

家に帰るはずの昌吉がみつに会いにいき、その晩にみつが死んだ。まさかとは思う。

もどったあいさつをしに部屋へやってきた昌吉に、弘吉は言った。

——昨日《きのう》、父の使いで佐賀町に行った帰り、油堀の通りからでてきたおまえを見た。こっちにくるかと思ったら、背をむけて下之橋のほうへ行った。新右衛門町の家に帰るんなら永代橋をわたるんじゃないのか。

昌吉が困惑の表情で眼をおとした。

——ちょっと寄るところがあったもので。

——そうかい。帰るまえにおみつに会いにいったんでは。

昌吉が顔をあげた。

——ちがいます。ほんとうに寄るところがあったのです。霊雲院へは行ってません。嘘だと思うんなら、たしかめてください。

弘吉はひややかに言った。

——今朝、河岸の土蔵のあいだで、雪をかぶって死んでいるおみつが見つかった。

昌吉はひどく驚いたようすをしめしたが、弘吉には芝居じみて見えた。

「……それで、口をきかなくなり、伊豆屋の若旦那はお正月をすごしに帰ったきりもどってこなくなったそうにございます。若旦那はこのようにお話しになり、手前の思案をおたずねにございました」

出茶屋にいるもうひとりのかなに訊けば、昌吉がきたかどうかわかる。だが、なにゆえそのようなことを知りたいのかとたずねられたら、いかにも昌吉を疑っているかのようでこたえに窮してしまう。迷っているうちに日がたち、年が明けてしまった。

昌吉が正月に帰ったままもどってこないのは、やはりやましさがあるからではあるまいか。

みつの住まいはちかい。おのれが知らないだけで、ふたりはひそかに会っていたのではなかろうか。

ならば、ふたりに騙《だま》されていたことになる。

不快であった。

まさかとは思うが、いきちがいがあって、昌吉がみつを殺《あや》めてしまったのでは。

頭のなかがもやもやしておちつかない。すっきりさせるには昌吉に会ってたしかめるしかないが、どう思うか。

「……手前は、おやめになったほうがよろしいかとぞんじますとおとめしました。理由《わけ》はふたつございます。ひとつは、調べるのは御番所のお役目にございます。ふたつめは、もしもその娘の死に伊豆屋の若旦那がかかわりがあるのでしたら、正直にこたえるとは思えません」

「たしかにそうだな。それで」

「はい。若旦那はいましばらく考えてみるとおおせにございました」

「がまんできずにたしかめにまいったというわけか」

「そう思います」

「あいわかった。よく報せてくれた」

「先生、おきねのことはどうなっておりましょうか」

「なにも聞いておらぬ。掛の浅井どのよりお話があり、よいと仰せであれば報せよう」

「お願いいたします。ながながとお邪魔し、申しわけございません。失礼させていただきます」

低頭した仲造が腰をあげた。

襖がしめられ、戸口の格子戸が開閉した。

とうに夕七ツ（四時）の鐘は鳴り、障子に夕陽が射している。

覚山は居間にもどった。

よねはたきと夕餉のしたくにかかっていた。ほどなく、ふたりが食膳と飯櫃《めしびつ》をはこんできた。

夕餉を食しながら、仲造の話をかいつまんで語り、礼を言い、たのみもあるので、千代吉と玉次にきてもらえないだろうかと相談した。

よねが、明日《あす》の朝お稽古にくる見習の妓《こ》のひとりがちかくの置屋さんなので、帰りによってつたえるよう話しておきますとこたえた。

夕餉をおえ、食膳をかたづけたよねにてつだってもらってきがえ、暮六ツ（六時）の鐘で見まわりにでた。

見まわりからもどると、大小と八角棒を刀掛けにおき、羽織をぬいでよねにわたして、文机にむかった。

墨を摺りながら、文案を練り、仲造が語った要点をまとめた。墨が乾くのを待ち、おって封をした。

夜五ツ（八時）の捨て鐘で羽織に腕をとおして大小を腰にさし、八角棒を手にした。小田原提灯をもったよねがついてくる。

沓脱石の草履をはき、ふりかえって小田原提灯をうけとる。うなずいて背をむけ、土間へおりる。

格子戸を開閉して路地を南へ行く。東へまがり、路地から入堀通りへでる。

星明かりの蒼い夜空に、白い雲がうかんでいる。

万松亭へよって小田原提灯をあずけ、入堀通りを南の堀留へむかう。

堀留の両角に三名と四名の地廻りがいた。堀留をまわって門前山本町の入堀通りにはいる。名無し橋のたもとには地廻りの姿がなかった。

夜五ツはおおかたの客がひける刻限である。暮六ツ半（七時）からの座敷なら終わるのは夜五ツ半（九時）。暮六ツからの座敷で半刻（一時間）のなおしをいれる客もいる。町木戸がしまる夜四ツ（十時）すぎに猪牙舟か屋根船で帰る客もいる。

むろんのこと、夕七ツ（四時）から暮六ツまでの座敷もある。暮六ツまでに屋敷にもどっていなくてはならない武家は、昼八ツ（二時）や昼八ツ半（三時）からの座敷になる。ただし、留守居役はべつである。留守居役こそ、夜五ツ半や夜四ツまで座敷をかける。

ひけどきの通りはにぎやかだ。料理茶屋のまえには駕籠がおかれ、客のほかに見送りの女将や芸者らが通りや桟橋への石段がある川岸にいる。

八方庵をすぎ、名無し橋のてまえで、裏通りから浪人二名がでてきた。

こちらに躰をむける。肩が張り、険難《けんのん》な眼つきだ。

武に生きる者の心得として覚山は通りのまんなかをすすむ。不意打ちをくらわぬためだ。侍どうしがすれちがうさいは、たがいに左による。鞘がぶつかるのを避けるためだ。

覚山は、左の川岸へよった。

ふたりも川岸のほうへよる。

ゆきかっていた男女が、いっせいにいそぎ足になる。

覚山はたちどまった。

ふたりが、歩きながら左手で鯉口をにぎる。

羽織をぬぐいとまはない。右はおのれとおなじ五尺七寸（約一七一センチメートル）でげじげじ眉。左は五尺五寸（約一六五センチメートル）で狐眼。ふたりの足はこびからおおよその技倆《ぎりよう》を推測する。

覚山は、腰から八角棒を抜き、左手にもちかえた。

ふたりが、眼をほそめ、肩をいからせる。左手で鯉口を切り、右手で刀を鞘走らせた。

刃引の脇差は一尺七寸（約五一センチメートル）余の多摩《たま》だ。鯉口を人差し指でにぎって親指で鍔《つば》をおし、右手で多摩を抜く。

白刃を青眼にとったふたりが迫る。

三間（約五・四メートル）を割る。

覚山は動かない。

水形流《すいぎょう》不動の構え。両足を肩幅の自然体《じねんたい》にひろげ、右手の多摩と左手の八角棒をたらしている。眼は、敵を見るのではなく地面におとす。見れば、敵に心を覗《のぞ》かれる。見るのではなく、敵の動きを感取する。

まもなく二間（約三・六メートル）。

二間がおおよその間合である。刀どうしなら、たがいに青眼に構えてとびこめば切っ先がとどく。

敵ふたりが、白刃を青眼から上段にもっていく。

軒したや川岸で遠巻きにしている野次馬が息をのむ。あたりに張りつめた沈黙がおちた。

二間。

敵ふたりが腰をおとす。

ふたりの体軀が殺気に膨《ふく》らむ。

「オリャーッ」

「死ねぇーッ」

裂帛《れっぱく》の気配を放ち、眦《まなじり》を決してとびこんできた。振りかぶった大上段からの白刃が夜気を裂く。右のげじげじ眉がわずかにまえで、白刃も速い。

静から動。

ふたりのあいだにとびこむ。

げじげじ眉の鎬《しのぎ》を多摩で撃つ。

――キーン。

甲高い音が夜陰に響く。

右足を踏みこむ。

撥ねた多摩を奔らせ狐眼の鎬を叩き、棟《むね》を抑える。右足を爪先立ち。左に回しながら左足をよこにもってくる。

よこに一歩ひらいたげじげじ眉が薙ぎを見舞わんと一文字に白刃を奔らせている。

狐眼も多摩を撥ねあげんと両手に力をこめた。

こちらは片手。

右斜め後ろへおおきく跳ぶ。

げじげじ眉の白刃の切っ先がかすめすぎていく。

見誤った。思ったよりも遣《つか》える。

狐眼がさっとふり返り、げじげじ眉が流れた白刃をとどめる。げじげじ眉のほうが二歩ぶんほど遠い。

左腕を水平にあげて八角棒をげじげじ眉に擬し、狐眼との間合を詰める。

白刃を振りかぶった狐眼が薪割りにくる。

素早く八角棒をもどして多摩と筋違《すじかい》にし、白刃を受ける。八角棒を抜き、小手に。右手親指を痛打。そのまま水月《みぞおち》に突きを見舞う。

水月を突かれた痛みは脳天へ突きぬける。狐眼が、眼をとじ、柄《つか》から両手を離す。

覚山は、右手をあげるようにして左から迫るげじげじ眉へ狐眼の刀を弾いた。両手で水月をおさえながらうずくまる狐眼の脇をゆく。

飛んできた刀を避《よ》けたげじげじ眉が、背をまるめてうずくまった狐眼のむこうをまわる。

顔面が朱に染まり、悪鬼の形相だ。

「おのれーッ」

突きにきた。切っ先が毒蛇の牙となって迫る。

加賀で擦りあげ、左斜めまえに踏みこむ。げじげじ眉の切っ先が右肩さきをすぎる。八角棒で額に一撃。振りおろして小手を痛撃。

げじげじ眉の刀を落とす。

軒したのほうへうしろ向きに三歩すすむ。

ふたりに眼をくばったまま、八角棒を腰にもどし、懐紙をだして加賀の刀身をていねいにぬぐい鞘におさめた。

懐紙をふところへもどして見まわりをつづけた。

第三章　逢瀬

一

翌二日。

湯屋《ゆうや》からもどった覚山は、たきに書状をもたせて笹竹《ささたけ》へ使いにやった。

脇差の多摩《たま》と打粉《うちこ》の小箱を手に、縁側の障子をあけて膝をおった。多摩を抜き、青空にかざす。眼につく疵《きず》はない。刃引《はびき》の刃を左手人差し指でそっとなぞる。障るほどの疵はなかった。打粉をして、懐紙でていねいにぬぐい、鞘《さや》にもどして刀掛けにおいた。

よねももどってしばらくして、庭のくぐり戸がけたたましくあけられた。

「おはようございやす。若返っちまった松吉でやす。おじゃまさせていただきやす」

笑みをこぼして立ちあがったよねが縁側の障子をあけ、松吉が姿をみせた。

「おてんとうさまも、およねさんも、かがやいておりやす。今朝はいちだんと若く見えやすが、怒られちまうんで二十二だとは申しやせん、へい」

「おおあがりなさい」

「ありがとうございやす」

松吉が手拭で足袋《たび》の埃《ほこり》をはらっているあいだに、よねは襖《ふすま》をあけて厨《くりや》へ行った。はいってきて松吉が、障子をしめ、膝をおる。

「先生《せんせえ》、二軒さきの船宿千川《せんかわ》のつぎが二間（約三・六メートル）幅の横町になっておりやす」

覚山はうなずいた。

松吉がつづける。

「八百屋や豆腐屋なんかの小店《こだな》がならんでおりやすが、醤油《しょうゆ》屋もあって、そこに平助《へいすけ》って倅《せがれ》がおりやす。年齢《とし》は二十五で、しょっちゅう面《つら》だしやす。有川《ありかわ》の厨のほか、所《しょ》帯《てえ》をもってる船頭もおりやすんで、注文がなくともしばらくだべってやす。あっしらは、醤油屋が油売ってるんじゃねえって言うんでやすがどこ吹く風でやす」

襖があけられ、よねが盆をもってはいってきた。

「あれっ、おたきちゃんは」

覚山はこたえた。

「ちと使いにやった」

「先生《せんせえ》、使いはあっしが帰《けえ》ってからにしておくんなさい」

「むちゃを申すでない。昨日《さくじつ》もまいっておったではないか。おまえがいつくるか、わかるはずがなかろう」

「そうおっしゃいやすが、山本町《やまもとちょう》の入堀通りで浪人二名《めえ》をやっつけた。それをあっしが知る。そしたら、今朝くる。どうでやす」

「その夜のうちに耳にするとはかぎるまい」

「それはそうでやすが、昨夜《ゆうべ》、縄暖簾《なわのれん》ですけべえから聞きやした」

「ちょっと待て。そのすけべえとは誰のことだ」

「あっ、すいやせん。まちげえやした。あっしらは平助を逆さにして助平《すけべえ》と呼んでおりやす。なにしろ三度の飯より女が好きで。飯はがまんできても女はがまんできねえってぬかし、しょっちゅう岡場所へかよっておりやす」

「おまえも負けてはおるまい」

「そんなことありやせん。屋根船を買う銭を貯めねばならねえんで、このごろはひけえておりやす。それよか、聞いておくんなさい。助平の奴、年がら年じゅう醤油って言ってるからだと思うんでやすが、〝そういう〟って言えず、〝しょうゆう〟って言うんでやす」

よねが噴《ふ》きだす。つられて、覚山も笑った。

「たわけを申すでない」

「ほんとうでやす。口癖になってるんじゃねえでやしょうか。昨夜《ゆうべ》、五ツ（八時）から小半刻（三十分）あまりじぶん、有川にもどって、かたづけをすませ、いつもの縄暖簾へ行くと、仲間のほかに助平もおりやした。で、助平が、仲間に唾《つばき》をとばすんじゃねえって怒られながら、あっしにも先生《せんせえ》が浪人ふたりをやっつけたようすを身振り手振りで話してくれやした。奴ら、裏通りを永代寺《えいたいじ》のほうへ行ったそうでやすから為《ため》助《すけ》一家の用心棒じゃねえでやしょうか」

「かもしれぬ」

松吉がのこった茶を飲んだ。

「助平は、先生《せんせえ》が浪人とやりあうのをはじめて見たそうで。あんなに強《つえ》えんだから、深川《ふかがわ》一別嬪《べっぴん》の米吉姐《よねきちねえ》さんが惚れるんもむりはねえって言ってやした」

「あら、ありがとね」

「いいえ。あっしもそう思ってやすから。およねさんが淹《い》れてくれたお茶はおたきちゃんとはまたちがう旨《うま》さがありやす。馳走《ごち》になりやした。……先生《せんせえ》、失礼《しつれえ》しやす」

辞儀をした松吉が、障子を開閉して去った。

くぐり戸があけられ、頓狂《とんきょう》な声がひびく。

「おたぁきちゃぁぁぁん」

覚山は、苦笑をもらし、首をふった。

ほどなく、たきが書状をとどけたむねを告げにきた。

仲春二月になりだいぶ春らしくなってきたが、火鉢の炭は欠かせない。

松吉の言いようではないが、これほど美しくやさしい女性《にょしょう》がそばにいてくれる。おのれはつくづく果報者だと思う。

見つめていたようだ。よねが小首をかしげ、眼で問うた。

覚山は、ほほえみ、火箸《ひばし》をとった。

時を告げるまえの捨て鐘は三度《みたび》撞かれる。捨て鐘につづいて朝四ツ（十時）の一度めの鐘で戸口の格子戸があけられた。

「お師匠《つしょ》さま」

よねが稽古をつけに客間へ行った。

覚山は、書見台をもってきて読みかけの書物をひらいた。

朝の稽古は半刻（一時間）だ。

客間には刻限を知るための香盤《こうばん》時計がある。

香盤時計には、抹香を敷くものと線香を立てるものがある。より正確な刻限を知らねばならぬ大店では、明六ツ（日の出）から暮六ツ（日の入）まで抹香を敷くおおきな香盤時計をつかう。万松亭は昼九ツ（正午）から夜四ツ（十時）までだ。ほかの料理茶屋もそうであろう。

よねはかんたんな線香のものをつかっている。

時刻は二十四節気で調整される。昼夜の一刻が二時間なのは春分秋分のおりだけだ。あとは昼夜のながさがちがう。冬至の昼の一刻が一時間四十分、夜の一刻が二時間二十分。夏至の昼の一刻が二時間二十分、夜の一刻が一時間四十分。

季節にあわせて半刻ないし小半刻のながさに線香を切り、火をつけて立てる。短くなれば、灰のうえに横にして燃えつきさせる。

稽古を終えたよねが居間に顔をだし、弟子に言付けをたのんだことを告げて中食《ちゅうじき》のしたくに厨へ行った。

昼の稽古は、昼九ツ半（一時）から昼八ツ半（三時）までの半刻ずつ二組だ。

二組めの弟子が帰り、よねが客間にもどってきてほどなく、戸口の格子戸が開閉した。

「ごめんくださいませ」

女の声だ。

戸口へ行ったよねがもどってきた。

襖をあけて廊下に膝をおる。

「先生、千代吉《ちよきち》と玉次《たまじ》がまいっております」

覚山は、うなずき、腰をあげた。

ふたりは客間の下座にいた。玉次のほうがわずかにさがっている。ついてきたよねが襖をしめ、右斜めまえにひざまずく。

畳に三つ指をついてふかぶかと低頭したふたりが上体をもどす。

二十四歳の千代吉は年増の色香をただよわせ、十九歳の玉次はまぶしく咲きほこっている。

覚山は、千代吉から玉次、千代吉へと眼をもどし、言った。

「昨日《さくじつ》、伸造がまいっておった。そなたにすすめられたとのこと。礼を申す」

「いいえ。ご迷惑ではなかったかと案じておりました」

「そんなことはない。昨夜《さくや》、書状をしたため、今朝、女中を使いにやって正源寺《しょうげんじ》参道の笹竹へとどけさせた。すでに定町廻りの柴田どのにわたっているであろう」

「わざわざご丁寧におそれいります」

かるく辞儀をした千代吉が、上体をもどして小首をかしげる。

「あのう、先生、お言付けでは玉次もいっしょにとのことにございました。なにゆえでございましょう」

「うむ。じつはな、そなたらもぞんじておる千鳥《ちどり》の女中きね殺しについて、南の定町廻り浅井どのにたのまれた。なかのようすがつかめず困っておるそうだ。それで、わしに、ぞんじよりの者らに声をかけてくれまいかとのことだ。さぐってくれということではない。なにか耳にしたら教えてもらえぬか」

ふたりがうなずく。

顔をもどした千代吉の表情がためらいにゆれる。

覚山は、いっそうおだやかに声をかけた。

「遠慮せずに聞かせてもらいたい」

千代吉が意を決したようすで口をひらく。

「先生、けっして悪口ではございません」

覚山はほほえんだ。

「わるくはとらぬ。話してくれ」

「あい。お座敷のまえかあとで、かならず内所《ないしょ》へご挨拶にうかがいます。あたしだけでなく、お姐さんたちや、ほかの妓《こ》たちも話しておりますが、千鳥さんの旦那さまと女将《おかみ》さんはあまり仲がよくないんじゃないかって気がします」

「ほう」

「噂《うわさ》です。そのつもりでお聞き願います」

「承知した」

「女将さんは千鳥のひとり娘で、旦那さまはお婿さんだそうです。噂では、娘のころ、女将さんは板場の男《ひと》と恋におちた。それを知った父親がたいへんに怒《いか》り、その若い庖丁人を追いだした。俎板《まないた》で庖丁をつかうことはできても商いはできまいというのが、父親の言いぶんだったとのことです。それで、噂になっているでしょうから深川ではなく山谷《さんや》のほうの料理茶屋の次男をお婿さんにむかえた。それが頭にあるからかもしれませんが、おふたりのあいだがなんとなくよそよそしく感じます」

「そうか。よく話してくれた」

「古い噂話ですし、お役にたつとは思えません。このようなことでよろしいのでしょうか」

「ああ、むろんだとも。なにがきっかけになるかわからぬ。……玉次も、聞いたことや気づいたことがあったら教えてくれぬか」

「あい」

失礼いたしますと三つ指をついたふたりが立ちあがり、よねが戸口まで送った。

格子戸が開閉されたあとに客間をでて居間にもどった覚山は、文机《ふづくえ》をまえにした。

書状をしたため、長火鉢をまえによねとくつろいでいると、夕七ツ（四時）の鐘が鳴った。

すこしして、格子戸があけられ、弥助のおとなう声がした。

覚山は、戸口へむかった。

土間に柴田喜平次と弥助がいた。

覚山は言った。

「どうぞおあがりください」

喜平次がこたえる。

「いや、いい。文をありがとよ。これから伸造に会ってくる」

「しばしお待ち願えますか」

喜平次がうなずく。

いそぎ足で居間にもどった覚山は書状を手にした。

戸口にもどって書状をさしだす。

「ご迷惑でなければ浅井どのにおわたしいただけませんでしょうか」

「わかった。あずかるよ」

書状をうけとった喜平次が懐にしまう。

弥助が格子戸をあけて表へでた。背をむけた喜平次が敷居をまたぎ、弥助が格子戸をしめた。

ふたりが消えるのを待って、覚山は立ちあがり、居間へもどった。

三日後の五日は、夜明けまえから明六ツ（六時）すぎまで小雨がふったりやんだりした。

明六ツを小半刻（三十分）もすぎたころには、雲間から陽射しがこぼれた。

昼まえに三吉がきた。暮六ツ（六時）の見まわりがすんだら柴田喜平次と浅井駿介が待っているので八方庵にきてほしいとのことであった。覚山は承知してよいにと告げた。

暮六ツの見まわりにでると、堀留の両端にも、名無し橋のたもとにも地廻りの姿はなかった。

見まわりをおえ、名無し橋をわたって八方庵の暖簾をわけ、腰高障子をあけた。

「いらっしゃいませ」

若やいだあかるい声がでむかえた。

蜜柑《みかん》色の着物に朱色の前垂《まえだれ》をした娘が、笑顔をはじけさせ、ちょこんと辞儀をした。

三脚ある一畳の腰掛台にはすべて客がいて、弥助と仙次は小上がりに腰かけていた。

弥助が腰をあげ、階《きざはし》のしたから二階に声をかけた。

覚山は、草履《ぞうり》をぬいで階をあがった。

襖はあけられていた。

通りにめんした六畳間のまんなかに素焼の火鉢があり、窓がわに柴田喜平次が、廊下がわに浅井駿介がいた。

ふたりのまえに食膳がある。

刀と八角棒をわきにおき、ふたりに挨拶をする。階をあがってくるけはいがあり、声がかけられて襖があけられた。

辞儀をした娘が食膳をもってはいってきた。

ふたりに背をむけぬよう斜めまえに膝をおり、食膳をおく。

喜平次が言った。

「おあき、紹介しておこう。入堀通りの用心棒をしている学者先生《せんせえ》だ」

「九頭竜覚山と申す。よろしくな」

「あきにございます」

畳に三つ指をついて低頭した。

上体をもどし、喜平次と駿介にも辞儀をして部屋をでた。

襖がしめられ、あきが階をおりていく。

喜平次が顔をもどした。

「十五歳だそうだ。火事で焼け、建てなおした裏店に越してきた。ここにつとめていてあの火事で焼け死んだおせいが住んでた長屋だ。なんかの縁かもしれねえな。……さて、まずはおいらからだ。伸造からくわしく聞いたよ。届けでなかったんをいくたびも詫《わ》びるんで、気にしねえようくり返し、なんか想いだしたらおめえさんに話すよう言っておいた。おもしれえことがわかった」

日本橋新右衛門町《しんえもんちょう》伊豆《いず》屋の倅昌吉《まさきち》と深川一色町《いっしきちょう》広瀬《ひろせ》屋の倅弘吉《こうきち》の一件は、いまのところ南町奉行所の扱いである。ふたりの死が霊雲院《れいうんいん》出茶屋の看板娘みつの件にかかわりがあると判明すれば、喜平次の掛になる。

年番方に願って南御番所へ筋をとおした喜平次は、三日朝の見まわりを臨時廻りにかわってもらい、伊豆屋をたずねた。

伊豆屋へ昌吉がもどったのが大晦日《おおみそか》の朝だったのは南御番所定町廻り志村金吾《しむらきんご》の調べでわかっている。

昌吉は、その日のうちに父親の市兵衛《いちべえ》に、もう広瀬屋へはもどりたくないと話している。

理由《わけ》を訊《き》くと、おない歳の弘吉との仲が気まずくなったからだとこたえた。くわしくは許してほしいと願うので、市兵衛もむりには訊かなかった。

年が明けて二日の朝、仲立ちをしてくれた内神田《うちかんだ》の鹿島屋《かしま》へ年始の挨拶をかねて相談に行くと、鹿島屋のほうで昼に一色町の広瀬屋をたずねてくれるとのことであった。

夕刻、鹿島屋がきて、話をつけたので明日《あす》か明後日《あさって》にでも昌吉の荷をとりにいかせてもらいたいとのことであった。

市兵衛は、骨をおってくれた鹿島屋に低頭して礼を述べた。

「……知ってのごとく、鹿島屋は伊豆屋市兵衛を広瀬屋へ行かせたくねえ。てめえの猫糞《ねこばば》がばれかねねえからな。昌吉と弘吉との仲が気まずくなったんは、暮れの二十一日、日本橋新右衛門町へ行くはずの昌吉が霊雲院のほうへむかうのを見た弘吉が、二十二日にもどってきた昌吉を問いつめたからだ。それっきりふたりは口をきかなくなり、大晦日に伊豆屋へ帰《けえ》ったきりもどってこなくなった。で、きっかけは二十一日だ。市兵衛に、なんの用で昌吉を呼んだか訊いた」

　喜平次の眼がきらめく。

　覚山は眉間《みけん》をよせた。

「二十一日、昌吉は伊豆屋へは行かなかった。そういうことにござりましょうや」

　喜平次が力強く顎《あご》をひく。

「ああ。市兵衛が怪訝《けげん》な顔になり、二十一日でございますかって言って、昌吉を呼んではおりませんがってこてえた。おいら、また訊きにくるかもしれねえってことわり、いそぎ霊雲院へむかった。出茶屋の腰掛台が客でうまってたんで、すこし離れたところにかいなを呼び、みつの死骸《しげえ》が見つかったまえの日の夕七ツ（冬至時間、三時二十分）すぎに広瀬屋で手代をやってる昌吉がこなかったかたしかめた」

　顔をくもらせたかいなが首をふった。

——広瀬屋の若旦那と手代、あの人も日本橋のお店《たな》の若旦那なんですよね。どちらも見ていません。

——まちげえねえかい。

かながうなずく。

——あのまえの日ですもの。ほかのお客はいました。ですが、ふたりはきてませんん。

——そうかい。わかった。もういいぜ。

「……というしでえなんだ。昌吉が広瀬屋へもどったんは二十二日の朝五ツ半（九時三十分）じぶん。師走《しわす》の下旬。前夜は雪もふった。奴はいってえどこへ行ってた。昨夜《ゆうべ》、八丁堀《はっちょうぼり》の居酒屋で、志村金吾をまじえ、三名《めえ》で会った。わかったことを金吾に話し、おいらの手先と金吾の手先でてわけして二十一日から二十二日にかけての昌吉のうごきを追うことになった。みつの件に関係《かんけえ》ねえのがはっきりしたらこれまでどおり金吾の掛、かかわりがあるのがわかったらおいらの掛になる。どうかしたかい」

「みつは、小島屋《こじま》で従妹《いとこ》のたけと夕餉《ゆうげ》をとっていっしょに湯屋へまいり、夜五ツ（七時二十分）より小半刻（三十五分）ほどたったころに帰ったやに憶《おぼ》えておりまする。みつと昌吉とが会ったとします。冬のさなかにござりますれば、夜は冷えまする。みつと会うまで昌吉が寒風にさらされていたとは思えませぬ。会って、殺《あや》めてしまった。翌朝までまたどこぞですごさねばなりませぬ。身分は手代。金子《きんす》をどうしたのであろうかと思ったものですから」

「おいらもそれが気になった。で、霊雲院から伊豆屋へひっけえし、市兵衛に訊いた。ふた月ごとに手代を使いにやり、小遣《こづけえ》をわたしていたそうだ。みつが帰《けえ》らなくとも両親《ふたおや》は心配《しんぺえ》しねえ。みつを出合茶屋へ誘った。たぶん、昌吉にそれらしいそぶりを見せ、会う約束まででした。ところが、いざとなってことわられ、昌吉はかっとなったのかもしれねえ」

「ですが、危害がくわえられたようすはなかったとうかがいましたが」

喜平次が顎をひく。

「行く、行かねえでこじれ、みつが悲鳴をあげそうになった。昌吉はあわてて口をおさえにかかる。みつを土蔵の壁におしつけ、口をふさぐ。そのさい、指が鼻の穴までふさいじまった。息ができねえんで、みつがあばれる。昌吉はますますおさえつける。気を失ったみつから力がぬける。死んだと思った昌吉は、動顛《どうてん》し、みつをよこたえ、逃げた。これなら、川に流さなかった絵解きになる」

覚山は首肯《しゅこう》した。

「たしかに。昌吉はどこで夜をあかしたのでござりましょう。出合茶屋かそのての船宿で部屋をとって一膳飯屋あたりで腹をみたし、みつをむかえにまいったのではありますまいか」

「かもしれねえ。みつにふられ、我を忘れて殺しちまった。岡場所で血を鎮めたのかもな。深川はそこかしこに岡場所がある。亀戸天神《かめいどてんじん》周辺には出合茶屋が多くある。おいらも気になったんでな、伊豆屋から広瀬屋へ行った。主の八右衛門《やえもん》によれば、勤めになれてきてからはほかの手代とおなじようにひとりで取引先へ行ってたそうだ。小遣がある。手代や出入りの者《もん》から岡場所や出合茶屋を教えられてたとしてもおかしくはねえ」

「みつは夜遅くに帰れる。昌吉もほかの手代より融通がきく。ふたりはひそかに会っていた。そしてあの夜、昌吉はついにみつとむすばれるものと思っていた」

「昼の見まわりをおえた帰《けえ》りに、ふたたび霊雲院の出茶屋へ行った。めえに話したと思うが、かなの住まいは裏門からすぐだ。昼九ツ（正午）前後はてえげえ客がとだえる。かなは家にもどって食べ、みつはおにぎりの弁当だが、小島屋へ食べにいくこともあった」

喜平次は、その足で小島屋でたけと母親に会い、一色町裏通りの薪炭屋栄屋《さかえや》でみつの両親《ふたおや》に会った。

たしかにみつは小島屋でたけと昼を食べていた。ふたりは仲がよかった。月に四五回から七八回だ。夕餉をともにすることもあったから、数日に一度はということになる。

「……たけにあらためて訊いてみたが、みつが男の話をすることはなかったそうだ。あの年ごろの娘で、仲のよい従妹《いとこ》になら話しそうなものだ。それにちっとばかしひっかかってる。おいらのほうはこんなところだ。駿介」

喜平次にうなずいた駿介が顔をもどす。

「まずは書状の礼だ。千代吉にもつてえてくんねえか」

「かしこまりました」

「千鳥主の文右衛門《ふみえもん》が入り婿だってのを調べなかったんはおいらの迂闊《うかつ》だ。これまでにわかったことを話す。知ってることがあるかもしれねえが聞いてくんな」

文右衛門は四十三歳。内儀のつやは三十七歳。夫婦《めおと》になったのは、十九年まえで、文右衛門が二十四、つやが十八の年。一女一男の子がある。まんなかにもうひとり男の子があったが三歳まで生きられず流行病《はやりやまい》で亡くなった。一昨年《いっさくねん》の春、十七歳になった長女が山谷の料理茶屋へ嫁いだ。つやの父親は十二年ほどまえに、母親は十年まえに他界。

「……書状に文右衛門の実家《さと》が山谷とあったが、娘の嫁ぎさきと勘違《かんちげ》えしたんじゃねえかな。柳橋《やなぎばし》の料理茶屋の次男じゃなく三男だ。板前《いためえ》を追いだしたんは文右衛門を婿にむかえるめえの年、二十年めえだ。つやは、まだ半人前《はんにんめえ》だった板場の者《もん》と恋におちた。そのころいたのがまだ何名《なんめえ》かのこってる。だから、板場はつやの味方だ。きねは出戻りだが、いちばんの年上なんで文右衛門が女中頭としてあつかってた。女中のなかにはそれが気にいらねえのがいたようだ。そんなとこかな」

「ありがとうござりまする」

喜平次が言った。

「そろそろ五ツ（八時）だな。おめえさんはもういいぜ」

「ご無礼つかまつりまする」

覚山は、ふたりに一揖《いちゆう》してかたわらの刀と八角棒をとった。

階をおり、あきの声を背にうけ、腰高障子を開閉し暖簾をわけて通りにでる。

柳の葉が夜風とたわむれ、雲間で星がまたたいていた。

住まいにもどってきがえずに待ち、夜五ツの見まわりにでた。

千鳥まえの川岸に女将と芸者らの姿があった。桟橋か屋根船か猪牙舟《ちょきぶね》にむかっていくたびか辞儀をしたつやが、ふり返りかけて気づき、両足をそろえてまえで手をかさね、ちいさく辞儀をした。

顔に険がない。むしろ、名のごとく艶《つや》がある。夫婦仲がわるいようには見えない。小肥りであり、化粧もしている。さらに、心が面にでないよう気をくばるのは女将としての心得かもしれない。

しかし、おのれは女にうとい。よねしか知らない。

そのよねにさえ、いまだに、女とは摩訶不可思議《まかふかしぎ》な生き物だと沈思、感嘆、忘我、悦楽、迷路を彷徨《ほうこう》している。

辞儀にこたえてかるく顎をひいてとおりすぎ、万松亭《ばんしょうてい》へよって小田原提灯《おだわらぢょうちん》をうけとって住まいにもどった。

夜四ツ（十時）の鐘が鳴りおわるまではおきておかねばならない。

捨て鐘が鳴りだし、覚山は言った。

「およね。つまり、その、なんだ、今宵、よいかな」

眼をふせてほんのりと頰《ほお》をそめたよねが、鐘が鳴りおわると立ちあがり、二階へむかった。

客間と厨は戸締りをすませてある。

覚山は、有明行灯《ありあけあんどん》から手燭《てしよく》に火をとって戸口の雨戸をしめに行った。

裏長屋などは心張り棒をもちいるが、この住まいは窓をふくめて雨戸にはすべて錠がある。

雨戸の錠は〝猿〟もしくは〝猿錠〟という。敷居《しきい》や鴨居《かもい》の溝の戸袋よりに窪《くぼ》みがあり、そこを杭で埋め、できた隙間《すきま》を横木で塞《ふさ》いで雨戸を動かなくする仕掛けだ。昔の板製の雨戸にはこれがあった。上部を止めるのは〝上げ猿〟、下部を止めるのは〝落し猿〟という。

なにゆえ猿なのかというと、『大言海』の「猿」の項には「〔猿繫《サルツナギ》ノ語原ヲ見ヨ〕（一）戸ニ設クル樞機《シカケ》ノ名」とあり、「猿繫」には「猿ハ、物ヲ取レバ、止《トド》メテ放サズ」とある。

落し猿をして居間にもどる。庭のくぐり戸に閂《かんぬき》をかけてから居間の雨戸をしめ、行灯の火を吹き消して二階へ行った。

床がのべられ、素焼の火鉢で炭が燃えはじめていた。部屋隅の行灯はこちらがわに覆いをかけてある。

ほのかなあかるさのなかで、よねは白い寝巻に白い帯をむすんでいるところだった。

覚山は、てつだってもらってきがえながら思った。

――醤油屋の平助とやらを嗤《わら》えぬな。

ひとつ掻巻《かいまき》にくるまって、肌をよせあい、天女の甘美におぼれた。

二

翌六日朝は快晴で、陽射しがずいぶんと暖かかった。

朝四ツ（十時）の捨て鐘が鳴るまえに戸口の格子戸があけられ、弟子の声がした。よねが戸口へむかう。

捨て鐘につづいて時の鐘が四度《よたび》撞かれた。覚山は、脇差を腰に、刀を左手にさげて戸口へ行き、住まいをあとにした。

料理茶屋菊川《きくかわ》よこの路地から入堀通りにでる。

入堀から油堀《あぶら》ぞいを一色町へ行く。

河岸の桟橋には荷舟がつけられ、人足らがいそがしくたちはたらいている。大八車がおかれ、戸前があけられた土蔵もある。

みつの通い路をたどる。

緑《みどり》橋をわたってすぐ右横の千鳥《ちどり》橋をこえる。

いっしょに食べたり泊まったりしていた従妹の住む搗米《つきごめ》屋小島屋は、大川とのかどから二軒めだ。

大川ぞいも河岸《かし》で白壁の土蔵がならんでいる。仙台《せんだい》堀に架かる上《かみ》之橋から二町（約二一八メートル）ほどで霊雲院だ。

惣門《そうもん》から境内《けいだい》にはいる。かながつとめる出茶屋は本堂にいたる敷石の右にある。覚山は、左にある出茶屋に足をむけた。

緋毛氈《ひもうせん》を敷いていない一畳大の腰掛台が一脚あるだけだ。夫婦《めおと》らしき年寄がいとなんでいた。

注文をとりにきた老婆に、茶をたのむ。

十五間（約二七メートル）ほど離れた出茶屋にかなの姿がある。赤い着物に鶯《うぐいす》色の前垂があざやかだ。

四脚のうち二脚の腰掛台に客がいた。

老婆が茶をもってきてよこにおいた。

覚山は、茶を喫して茶碗をもどし、かなのうごきに眼をやった。

みつの死から明日《あす》でひと月半になる。

屋根船持ち船頭又八《またはち》の件は、家捜しされていたことから殺しに相違ない。だが、みつの件とかならずしもむすびつくとはかぎらない。

なんの手懸りもなかったところへ、広瀬屋で手代として商いの修業をしていた伊豆屋の倅昌吉の不可解なふるまいがうかんだ。

昌吉は嘘をついてひと晩の暇をえた。みつは帰らなくとも従妹の家に泊まったと思われる。そしてみつは、昌吉がただの手代ではないのを知っていた。

ふたりはひと夜の逢瀬《おうせ》を約した。昌吉は、みつが泊まりがけで情をかわすのを承知したとうけとった。

みつはどうであろう。夜、土蔵のあいだで待ちあわせ、しばらく話をするだけだと思っていた。

いや、みつもその気だったが、いざとなっておじけづいた。

どちらもありうる。わからないのは、なにゆえあの土蔵のあいだなのかだ。

昌吉は、広瀬屋八右衛門をだましてでかけている。

なるほど、暮六ツ（日の入）まえに店は戸締りをする。しかし、屋台の蕎麦《そば》売りが声をかけながらとおりかかれば、食べにでてきた手代なりに見つかってしまうかもしれないではないか。

みつが会うならあそこでとこだわり、昌吉はしたがうしかなかった。

そうかもしれない。

いまひとたび、かいなのほうに眼をやる。

茶を飲みほして茶代をおき、立ちあがった。

きた道をひきかえす。

住まいにもどり、戸口の格子戸をあけると、厨の板戸が開閉してよいねがやってきた。襷掛《たすきが》けに渋茶の前垂をしている。

前垂に紐《ひも》はない。帯にはさむ。千代の前垂もおなじだ。

よいねが膝をおる。

「お帰りなさいませ」

「うむ」

うなずいた覚山は、沓脱石《くつぬぎいし》に片足ずつのせて手拭で足袋の埃をはらった。

手拭をよいねにわたし、腰から刀をはずして、草履をぬぐ。

居間の刀掛けに大小をおく。きがえをてつだったよいねが中食のしたくをつづけに厨へもどった。

覚山は、文机のまえに座した。

浅井駿介にたのまれた千代吉への礼をよねの弟子に託せばよかろうと思っていた。今朝、朝餉のおりに話すと、昼八ツ（二時）にくる見習の妓《こ》がちかくの置屋なので言付けをたのみますと言っていた。

霊雲院で、かなに眼をやっていると、ふとそれが頭にうかんだ。定町廻りからの礼とはおだやかではない。詮索や邪推をまねくおそれがある。

南御番所定町廻りの浅井駿介どのに礼をたのまれたむねをひらがなでしたためる。中食のおりに、よねに理由《わけ》を語り、むすび文をあずけた。

江戸は朝に夕餉までの米を炊《た》く。したがって、朝食は炊きたてのご飯だが、中食と夕餉は蒸すか茶漬けにする。

はこばれてきた食膳には、茶漬け、蜆《しじみ》の味噌汁、鶯菜（小松菜《こまつな》）と油揚げの炒《いた》め物、香の物の小鉢があった。

よねの茶漬けは、料理茶屋や一膳飯屋ふうだ。鰹節《かつおぶし》のだし汁で茶を淹れ、ご飯茶碗よりすこしおおきめの椀に飯を盛って具をのせる。まわりに茶をそそぎ、醤油で味つけする。

具は、叩いた梅干や刻んだ沢庵《たくあん》やその葉、浅漬した三河島菜《みかわしまな》の刻み、季節の塩辛など。この日は焼いてほぐした塩鮭《しおざけ》に刻んだ浅草海苔《のり》が散らしてあった。

塩鮭は奥州《おうしゅう》仙台の名産であり、仙台塩引と呼ばれた。現代《いま》は塩辛といえば烏賊《いか》だが、明治以降の産物のようだ。江戸期は、魚類、貝類、海老《えび》、蟹《かに》、海胆《うに》などを塩辛にしている。三河島菜の産地である三河島村は、千住《せんじゅ》大橋の上流南岸あたり。明治に大陸から白菜がはいってきて、三河島菜は消えていった。

食べおえて食膳を厨へもっていったよねが、しばらくしてもどってきて、たきを使いにだしたと告げた。

昼九ツ半（一時）じぶんに弟子がきて、よねが稽古をつけに客間へ行った。

陽射しが暖かいので縁側の障子は両側にあけてある。

覚山は、書見台を縁側ちかくにおき、読みかけの漢籍をひらいた。しかし、すぐに、眼を空へやる。

広瀬屋若旦那の弘吉が手代の昌吉をともなって霊雲院の出茶屋へ行くようになったのは、昨年の七夕のころから。

晩秋九月の中旬、かながが、手代はいい男だけどえらぶとしたらやっぱり若旦那よねと言うと、みつは、あたしには若すぎるからかなちゃんにまかせる、けど、人は見かけではわからないわよとこたえている。

おなじ年ごろの若旦那と手代が客としてやってくるようになった。若旦那が手代を

〝まさきち〟と呼ぶ。ありふれた名である。しかし、二度三度とかさなるうちに、みつは表通りにある油問屋広瀬屋の若旦那弘吉と、商いの修業にきている日本橋のほうの油問屋の若旦那ではあるまいかと思いいたった。

かなと話したおりには、みつはふたりが広瀬屋の弘吉と日本橋にある油問屋の昌吉であるのを知っていた。ふたりの年齢《とし》もだ。そして、みずからには若すぎるゆえ若旦那はかなにまかせるとゆずった。それだけでなく、人は見かけではわからないわよと思わせぶりも口にしている。

町内の噂話として母親のとめから弘吉と昌吉がおない歳で、昌吉が日本橋の油問屋の若旦那だと聞いている。しかし、とめも屋号までは知らなかった。

みつは従妹のたけにさえなにも話していない。人は見かけではわからない。あの手代も若旦那なのよということであろう。ならば、なにゆえかなにほんとうのことを教えなかったのだ。

かなが知らないことをおのれは知っている。誇りたさがほのめかしとなった。かなに昌吉へ眼をむけてほしくない。つまり、みつは昌吉に気があった。そういうことなのか。

澄んだ青空に白い綿雲が浮いている。

覚山は、漢籍に眼をもどした。

昼八ツ半（三時）に弟子が帰り、よねの気配が廊下をとおりすぎて厨の板戸をあけた。すぐに板戸がしめられ、もどってきて居間の襖をあけた。

襖をしめたよねが長火鉢の猫板をまえに膝をおった。

すこしして、たきが声をかけて襖をあけ、はいってきて、ふたりの茶を長火鉢においた。

女の気持ちは女に訊いたほうがよい。たきは歳がちかい。しかし、みつの死は男がらみかもしれず、まきこむのはためらわれる。

昨夜《さくや》、夜五ツ（八時）の見まわりから帰り、夜四ツ（十時）の鐘を待つあいだに、昌吉の嘘についてのあらましと、柴田喜平次がみつ殺しで昌吉を疑っていることを語った。

廊下にでて襖をしめたたきが厨へ去った。

覚山は、顔をよねにむけた。よねがかすかに小首をかしげる。覚山は、ほほえみ、従妹のみつがおなじ出茶屋につとめるかないには思わせぶりをしているにもかかわらず、従妹のたけにはなにも話していないことを告げてどう思うか訊いた。

よねが、柳眉《りゅうび》をよせて眼をふせる。

ながくはなかった。

「たしか、母親どうしが姉妹でしたね」

「そうだ」

「いっしょに夕餉を食べ、湯屋へもいっしょに行き、泊まることもあった。いちばんの仲よしでしょう。ふたりがそうなのは、母親どうしも仲がよいからだと思います。母親としては、まっさきに、娘が疵物《きずもの》にされて捨てられるのを心配し、出茶屋を辞めさせるかもしれません。みつは、それをおそれ、従妹には黙っていた。だけど、日本橋の表店《おもてだな》の若旦那に声をかけられ、会っているなら、誰かに自慢したい。だから、思わせぶりを口にした。そういうことではないでしょうか」

「なるほどな。想いだしたが、同輩のかなは、みつに、手代はいい男だけどと申しておる。みつは、おのれには若すぎるゆえ広瀬屋の若旦那はかなにまかせると申して安《あん》堵《ど》させた。人は見かけではわからぬというのも、思わせぶりではなく、いい男ほど性根はわからぬとつたえたかったのかもしれぬな。さすれば、かなが昌吉に眼をむけることはあるまいと考えた」

「あい。いい男と言われて心配になったのかもしれません」

しばらくして、よねが夕餉のしたくに厨へ行った。

夕餉をすませてきがえて待ち、暮六ツ（六時）の鐘で見まわりにでた。

陽射しがあるあいだは春めいた陽気になってきているが、夕陽が相模《さがみ》の稜線に消えると、夕闇が冷たさをともなっておとずれる。

夜の帷《とばり》がおりれば、冬のさなかほどではないにしろ、冷たい川風が襲いくる。

暮六ツも夜五ツ（八時）も、堀留の両脇と名無し橋の山本町たもとに地廻りがいた。

翌七日。

長吉《ちようきち》の朝稽古は暁七ツ半（五時）から明六ツ（日の出、六時）までの半刻だ。

暁七ツ半ごろには、夜は白んでいる。明六ツがちかづくにしたがい下総《しもうさ》の空からあわい青みをおびていく。

縁側の障子をあけて朝餉を食していると、陽が翳《かげ》った。

ふたりで湯屋へむかうころには、永年つかいふるした綿のごとき薄汚れた雲がふえつつあった。

湯屋からでると、空は濃淡のある灰色の雲におおわれていた。

よねがもどってすこしして、ひくくたれこめた雲から雨がおちてきた。音をたてず、糸のごとき雨が半刻（一時間）ほどふった。

雨はその半刻だけだったが、夜になっても大気はしめり、川風は冷たかった。

未明に、いきなり雷鳴がとどろいた。

よねは雷をおそれる。

覚山は上体をおこした。

またしても雷神が吼《ほ》えた。よねはしっかりと眼をとじて両手で耳をおさえている。

覚山は、枕をもってよねの寝床にうつった。よねがしがみついてくる。抱きよせ、背をなでる。

雨音がぱらぱらと屋根瓦を叩き、しだいに激しくなった。

覚山は、よねの背をやさしくなでながら屋根瓦を砕かんばかりの雨音を聞いていた。ときおり、雷も鳴った。

冬の名残をいっきに流しさるがごとき春の雷雨であった。

雷鳴が遠ざかり、豪雨もほどなくやみ、夜明けとともに雲ひとつない澄んだ青空がひろがった。

昼まえに三吉がきた。柴田喜平次が夕七ツ（四時）すぎに笹竹へきてほしいという。覚山は承知してよねに告げた。

覚山は、夕七ツの鐘を聴きおえてから大小と八角棒を腰にさし、小田原提灯を懐にしまって住まいをでた。

路地から裏通り、湯屋のかどをおれて大通りにでる。

夕七ツすぎの通りはにぎやかだ。店者や振売りなどがゆきかっている。遊びさきから帰る子らや子守の娘、裏店の女房らの姿もある。大工など出職《でしょく》の勤めも夕七ツまでだ。かたづけをすませて大工箱をかついで帰路をいそぐ大工、おなじく股引《ももひき》に印半纏《しるしばんてん》姿の出職らの姿があった。

「ごめんよっ」

天秤棒の両端に盤台《ばんだい》をぶらさげた魚売りが追いこしていった。

八幡《はちまん》橋、そして一町（約一〇九メートル）たらずの福島《ふくしま》橋とのぼりおりした覚山は、正源寺参道にはいり、右にある笹竹の暖簾をわけて腰高障子をあけた。

小上がりにかけていた女将のきよが、満面の笑みをうかべ、腰をあげた。

辞儀をするきよに、覚山は笑みをかえしてかるく顎をひいた。

奥の六畳間は障子があけられ、柴田喜平次と弥助の姿があった。ふたりのまえには食膳がある。

覚山は、喜平次に一揖し、刀と八角棒を腰からはずして六畳間にあがった。なかほどで壁を背にして膝をおり、かたわらに刀と八角棒をおく。

きよが、食膳をはこんできて、酌をして去り、六畳間の障子をしめた。

諸白《もろはく》で喉《のど》をうるおした喜平次が、杯をおいて顔をむけた。

「このめえ、みつとかなが昼飯をどうするかしゃべったろう」

「うかがいました」

「たしかめてえことがあったんで霊雲院へ行き、親爺《おやじ》に会った。かなはてめえん家《ち》で昼飯を食う。みつは、弁当か、佐賀町《さがちょう》の小島屋へ行き、従妹のたけと食う。そのさい、ふたりともいなくならねえようにしてた。かなが飯から帰《けえ》ってきてから、みつはでかける。ふたりが出茶屋からいなくなるのはほかにもある」

「後架《こうか》にございますな」

喜平次が苦笑をこぼす。

「年ごろの娘だぜ、色気のねえかたっくるしい言いかたはよしてくんな。手水《ちょうず》はがまんできねえこともあるからな。とくに寒い季節になるとな」

覚山はうなずいた。

「みつに男がいたとします。帰り道で男が待っているというのもありえますが、若い娘、ことにみつは美形であったそうにございますれば眼につきまする。そのようなことがあれば、すでに柴田どのの耳にはいっているはずにございまする。境内にあらわれた男が、敷石を本堂へむかう。気づいたみつが主にことわり、本堂へ行く」

喜平次が顎をひく。

「で、いつ、どこで会えるか話す。おもしれえことがわかった」

中《なか》之橋が架かる掘割の北岸を半町（約五四・五メートル）余すすんだ今川町《いまがわちょう》にちいさな蕎麦屋がある。

昨年の晩秋九月になってすぐのころ、昼九ツ半（一時）じぶんに若い男女《なんによ》の客があった。十五、六の娘はたいそうな別嬪で、二十《はた》歳前後の手代ふうもなかなかの男ぶりだった。

娘は恥ずかしげにしていた。手代ふうがなにか言い、娘がうつむきかげんにこたえる。ふたりともちいさな声だったので、なにを話しているかは聞こえなかった。

ふたりはつゆ蕎麦を注文した。ふたりぶんの蕎麦代を懐から巾着《きんちゃく》をだした手代ふうがはらった。

それを見て、親爺は、若い手代に巾着にいれるほどの銭があるはずもなく、横道や裏通りの小店の倅《せがれ》《けえ》であろうと思った。

「……ふたりが帰ったあと、親爺とかみさんとで、親どうしがみとめた仲かもしれねえなって話してる。若《わけ》え男女がつれだってくるなんてめったにあることじゃねえ。それで憶えてたそうだ。みつの死骸《しげえ》が見つかったときも、手先が訊きにいってる。けど、そんときは、二十一日の夜、みつらしき娘がこなかったかどうかしかたしかめてねえ。そのいちどだけなのか、ほかにもあるのか、仙台堀ぞいや小名木川《おなき》ぞいもあたらせてる。またなんかわかったら報せる。もういいぜ」

「失礼いたしまする」

覚山は、喜平次に一礼し、かたわらの刀と八角棒を手にした。

喜平次はみつが従妹のたけに昌吉のことを話しそうなものだと言っていた。よねの考えを告げるつもりでいたが、またのおりにするしかない。

笹竹をでて帰路につく。

下総の空がかすんだ水色になりつつあった。

三

住まいにもどり、居間で羽織と袴をぬいでよねにわたす。

絹の綿入りを小袖《こそで》といい、木綿《もめん》の綿入りを布子《ぬのこ》という。他出は小袖で、家内では布子を着す。裏地のない着物は、絹も木綿も単衣《ひとえ》。綿をいれていない裏地つきが袷《あわせ》。夏に着る薄地の木綿が浴衣《ゆかた》。

浴衣は湯帷子《ゆかたびら》の略。字からわかるように、もともとは湯浴みに着用した。禁裡《きんり》や公家の世界から一般に普及したのは室町時代末ごろで、江戸時代の天明期《てんめい》（一七八一〜八九）あたりから夏の普段着として庶民がもちいるようになった。

暮六ツ（六時）まで半刻（一時間）もないので、小袖のままで長火鉢をまえにした。たきに茶を申しつけに行ったよねがもどってきた。

よねが膝をおったとたんに、庭のくぐり戸が乱暴にあけられた。

「先生ッ」

長吉だ。

長火鉢に両手をついて立ちあがる。大股で縁側に行き、障子をあけた。

長吉が口をひらく。

「数名のお武家が睨《にら》みあい、喧嘩《けんか》になりそうにございます」

「あいわかった」

長吉に背をむけ、壁ぎわの刀掛けから、刃引の脇差、刀、八角棒の順で着流しの腰にさす。

濡れ縁にでて、沓脱石の草履をつっかける。

くぐり戸のよこにいた長吉が、路地にでる。覚山は、左手で脇の大小と八角棒をおさえ、身をかがめてくぐり戸をまたいでしめた。

いそぎ足の長吉が、斜めまえにある万松亭のくぐり戸をあけた。

覚山は、早足で庭をぬけて表の土間へ行った。

暖簾をわけて左を見ていた長兵衛が、顔をむけ、安堵の表情になった。

「先生、となりの菊川さんとの境で三人ずつのお侍が刀を構え、たがいに相手の非を声高に言いあっております」

覚山は、うなずき、表にむかった。

暖簾をわけて左をむく。

なるほど、羽織袴の三名ずつが三間（約五・四メートル）たらずで、いずれも刀を青眼に構えて対峙《たいじ》している。

しかし、六人とも腰がひけぎみだ。

菊川がわは三名とも若い。

万松亭もとなりの菊川も、門口《かどぐち》の両脇に緋毛氈を敷いた縁台がある。覚山は、縁台のまえをすすんだ。

菊川の三名が怪訝な表情をうかべる。

両者のまんなかで立ちどまり、壁を背にする。

万松亭がわは三名とも三十代なかば。大名家の家臣のようだ。羽織がやぼったい。羽織の裏地が浅葱《あさぎ》木綿がおおかったことから、江戸の者は浅葱裏とあざけった。

こちらは、総髪に着流し。脇に大小と八角棒。

三十代の三名もいぶかしげだ。

覚山は、双方に眼をやってから口をひらいた。

「入堀通りの用心棒をいたす九頭竜覚山と申しまする。往来での抜刀沙汰《ざた》。みなが迷惑しておりまする。双方とも刀をおひき願いたい」

二十代のまんなかが吼えた。

「用心棒ふぜいがでしゃばるでない。その頭はなんだ。儒者か。ならば、書物でもかじってろ。いらざる口出しは怪我のもとぞ」

覚山は、ゆっくりと首をふった。

「臆病な犬ほどよく吼える」

「なにッ。いまいちど申してみよッ。ただではおかぬ」

三名が切っ先をこちらにむけた。

構えがまるでなっていない。刀は左手で握り、右手であしらう。熱心に稽古している長吉のほうがまだしもである。

覚山はさとした。

「自身番屋から報せが走ってるであろう。町方が駆けつけるまえに去るがよい」

「ふん。木端《こっぱ》役人など怖れはせぬ」

「つまりは御直参《ごじきさん》のご子息ということですな。たしかに、町奉行所のお役人では手出しができませぬ。しかしながら、手先にお屋敷まで尾《つ》けさせることができまする。往来で抜刀しての騒ぎ。町奉行さまよりお目付にお報せすればいかがなりますかな」

「お、おのれ」

三名の表情が、うろたえ、不安にゆれる。

自身番屋はその刻限に定町廻りがどのあたりにいるか承知している。月番は北町奉行所で、柴田喜平次はいまだ笹竹にいるか、北町奉行所へむかっている。

だが、たとえ報せがあったとしても、町役人は書役《かきやく》を使いにだしてはいまい。これまでがそうであった。

覚山はさらに告げた。

「ほどなく暮六ツ（六時）。そこもとらが刀を構えておるゆえ、みな、とおれずにこまっておる。……うしろを見るがよい。油堀のほうから乗物（武家駕籠《かご》）がやってくる。騒ぎになるまえに刀をおさめ、早々に去るがよかろう」

三名がはじかれたかのごとくふり返る。

ふたりで乗物を担ぎ、供侍や中間《ちゅうげん》の姿もない。この刻限に花街《かがい》にあらわれる。大名家の留守居役であろう。

留守居役の乗物を留守居駕籠という。おおくの大名家が節約のために駕籠屋をつかっている。

顔を見あわせた三名がうなずきあい、刀を鞘におさめて背をむける。遠巻きにしていた者らも散る。

おなじく刀を鞘におさめた三十代三名がちかづいてくる。立ちどまった三名が、かるく低頭してなおり、まんなかが半歩すすんだ。

「助かりもうした。お礼を申しまする。家名の儀はご容赦願いまする」

覚山はこたえた。

「大事《だいじ》にはいたりませなんだゆえかまわぬとぞんじまする。ですが、なにがあったかはうかがわねばなりませぬ。相手は御直参かその子息。町方よりご下問があるやもしれませぬ。お聞かせ願えましょうや」

「承知いたしました」

春めいた陽気だったので、三名は誘いあって江戸見物にでた。両国橋《りょうごく》で大川をわたり、まずは亀戸村《かめいどむら》の梅屋敷へ行った。名木臥竜梅《がりょうばい》で知られている。梅は満開であった。

梅屋敷から亀戸天神へまわり、昼どきになったので、門前で蕎麦を食した。そして、横十間川《よこじっけん》ぞいを南へすすみ、おおきな池に浮かぶ島嶼《とうしょ》のごとき木場《きば》を歩き、汐見《しおみ》橋をわたって三十三間堂《さんじゅうさんげんどう》、富岡八幡宮《とみがおかはちまんぐう》、永代寺《えいたいじ》を参詣《さんけい》して、八幡宮の出茶屋でひと休みした。

門限は暮六ツ（六時）である。しかしこの日は、一献《いっこん》かたむけてから屋敷にもどることで上役の許しをえている。それで、三名は国への土産《みやげ》話に辰巳《たつみ》芸者を見ようと入堀通りへやってきたのだった。

大通りから堀留のかどをおれて門前仲町の入堀通りにはいった。朱塗りの常夜灯に緑の柳。二階建ての料理茶屋がならび、門口よこには緋毛氈を敷いた縁台がおかれている。芸者の姿はなかったが、いかにも華やかできらびやかであった。

堀留からすこしはいった入堀に架かる橋のところまでくると、油堀のほうから三人組の若い武士があらわれた。

よこにひろがり、いかにも傍若無人《ぼうじゃくぶじん》に闊歩《かっぽ》してくる。駆けてきた魚売りが立ちどまり、ひきかえしぎみに猪《い》ノ口《くち》橋をのぼっていった。

油堀のほうへむかう者らが、軒したや川ばたによった。

やってくる三人組は、幕臣か、その子息のようであった。かかわりあいはさけたい。

三人は、軒したのほうへよった。

鞘が触れあうのをさけるために、すれちがうさいは左がわをとおる。武に生きる者の心得である。二本差しばかりではない。女子供も、鞘に触れて無礼だと咎《とが》められぬように左側をとおる。

にもかかわらず、三人組がこれみよがしに嘲弄《ちょうろう》の嗤いをうかべ、左が聞こえよがしに言った。

――む。なにやらにおってきたぞ。

右がつづける。

――ふむ。臭くてかなわぬ。

なかが言う。

――いかにも。おもしろくないゆえ、美形の芸者をながめ眼福いたそうと思うておったに、よりにもよって、このようなところにはまるっきり縁のなさそうな田舎猿があらわれおった。迷惑な。

こちらのひとりが言い返した。

――あまりの雑言《ぞうごん》。無礼であろう。

――おお。猿が人の言葉をしゃべりおる。

――おのれ、言わせておけば。

刀に手をかける。

なかがあおる。

――おもしろい。ひと暴れしたいところであった。田舎剣法、見せてもらおう。

若侍三名が、左手で鯉口《こいぐち》をにぎりながら二歩さがり、右手を柄《つか》にあてた。

左が愚弄する。

――どうした。さっさと抜かぬか。……なにゆえ抜かぬ。……ははあ、さては竹光か。

三名が嘲笑した。

――言わせておけば……我慢できぬッ。

右が抜刀。ほかのふたりも刀を抜かざるをえなかった。三名は、軒がわから通りのまんなかにでた。

若侍三名も刀を鞘走らせて青眼にとった。

「……それがしが、無礼がすぎまする、言いすぎであったとおっしゃっていただけませぬか、そうしていただけましたら、刀をおさめ、それがしどもは退散いたします、と申しました。すると、ほざけ、猿め、と。刀を抜いたものの、刃傷《にんじょう》沙汰になりますれば、ただではすみませぬ。睨みあっていたところに、ご貴殿があらわれたしだいにござりまする」

三名のうしろを年増芸者と三味線箱をかかえた置屋の若い衆《しゅ》がとおりかかる。顔をむけた年増芸者がちいさく辞儀をした。

覚山は、芸者から三名に眼をもどした。

「わかりもうした。じきに暮六ツ（六時）、芸者らが座敷へむかう刻限にござりまする。そこの縁台におかけになってご見物なされ。お茶をはこばせましょうほどに」

「それはかたじけない」

低頭する三名に答礼し、覚山は万松亭の暖簾をわけた。すぐそこに長兵衛がいた。

「先生、聞いておりました。すぐにお茶をもたせます」

覚山は、ほほえみ、土間から裏庭をとおって住まいにもどった。

暮六ツの鐘が鳴って見まわりにでた。入堀を一周して小田原提灯を借りに万松亭へ行った。内所から長兵衛が火をともした小田原提灯を手にでてきた。

万松亭はおおきな料理茶屋だ。多くの芸者が座敷をつとめにやってくる。暮六ツの鐘のすこしまえ、三名は茶碗を返しにきて、覚山への礼を言付《ことづ》けて帰ったという。

覚山は、小田原提灯をうけとり、住まいにもどった。

翌九日は、未明からの雨で冬にもどったかのごとく肌寒かった。雨はふったりやんだりであった。空は、ずっと薄汚れた綿のような色におおいつくされていた。

雨の日は夜のおとずれがはやい。暮六ツの鐘が鳴るころには、あたりは夜の帷がおりていた。

格子戸をあけた覚山は、音もなくふる雨に蛇の目傘をひろげ、小田原提灯の柄《え》とともに左手でにぎった。

いつでも抜刀できるように右手はあけておかねばならない。武に生きる者の心得である。

右手で格子戸をしめ、路地を行く。

入堀通りは、常夜灯があり、料理茶屋などからのあかりもある。覚山は、万松亭によって小田原提灯をあずけた。

座敷を終えて帰路につくのか、暮六ツ半（七時）からの座敷にそなえてちかくで夕餉をとるのか、蛇の目傘をひろげて左褄《ひだりづま》をとった芸者と、三味線箱を脇にかかえて番傘をひろげた置屋の若い衆《しゅ》が、堀留のほうへむかっている。

小雨のなか、素足と朱色の蹴出《けだ》しが色っぽい。

若い衆が早足でまえにでて、小綺麗な蕎麦屋の暖簾をわけて腰高障子をあけた。蛇の目傘をとじた芸者がなかにはいり、若い衆がつづく。

堀留のかどにも、名無し橋の山本町たもとにも、地廻りの姿はなかった。

見まわりを終えた覚山は、万松亭で小田原提灯をうけとり、住まいにもどった。

夜五ツ（八時）の見まわりのさいは、雨はやんでいた。それでも、空はまっ暗なままであった。

翌十日は快晴であった。

空は青く澄みわたって雲ひとつなく、陽射しは暖かかった。

長吉に稽古をつけて、朝餉をすませ、よねと湯屋へ行く。

朝四ツ（十時）の捨て鐘とともに戸口の格子戸があけられ、弟子の声がした。よねが稽古をつけに客間へ行った。

覚山は、縁側ちかくに書見台をおき、障子を左右にあけた。

昼まえに三吉がきた。柴田喜平次が夕七ツ（四時）すぎにたずねたいとのことだった。覚山は承知し、よねに告げた。

夕七ツから小半刻（三十分）たらずで戸口の格子戸があけられた。

「ごめんくださいやし」

覚山は、むかえに行き、柴田喜平次と弥助を客間に招じいれた。いつものごとく、覚山は上座につき、喜平次が南の庭にめんした障子を背にし、弥助が下座で膝をおった。

よねとたきが食膳をはこんできた。よねが喜平次から酌をしているあいだに、たきが弥助の食膳をもってきた。

弥助にも酌をしたよねが、廊下にでて辞儀をし、襖をしめた。

食膳には、浅蜊《あさり》の酒蒸し、田楽豆腐《でんがくどうふ》、三河島菜の浅漬があった。

喜平次が、串をつかんで田楽豆腐をひと口食べて皿にもどし、諸白を注いで飲んだ。

顔をあげる。

「小名木川と仙台《せんだい》堀ぞい、霊雲院からさほど離れておらず、ふたりが逢引《あいびき》しそうなところを手先にあたらせた。裏通りには行くめえが、そこも念のためにな。今川町の蕎麦屋のほか、ふたりがあらわれた気配がねえ」

「いちどしか会っていないと」

　喜平次がうなずく。

「もうすこしひろげて、おんなしところもめえに行った者《もん》とはちがうのにあたらせてる」

「過日、みつが仲のよいたけに男の話をすることがなかったのがいささかひっかかるとおおせにござりました」

「憶えてる。それがどうかしたかい」

「よねに、みつが仲のよい従妹のたけに昌吉について口にしていないのをどう思うかたずねましたところ、ふたりの母親も仲がよいはずだと申しておりました。娘が疵物にされるのを心配した母親が出茶屋を辞めさせるかもしれない、と。だからたけには黙っていた。しかし、自慢したいので、同輩の娘には思わせぶりを口にした」

「なるほどな。そうかもしれねえ。およねに礼《れえ》を言ってくんな。もうひとつ話しておきてえ」

　師走の二十五日、四谷《よつや》の鮫河橋谷町《さめがはしたにまち》で殺しがあった。鮫河橋谷町は寺社にかこまれた細長い町家だ。わずかに、武家地と門前町もある。

東北に弧を描くように通りがあり、南西は寺に接している。通りには、ほかの町家とおなじく小店がならんでいる。裏には長屋もあるが、路地が縦横《たてよこ》にのびる岡場所として知られていた。

寛政《かんせい》の改革で三分の二ほどの岡場所がとりつぶされたが、深川七場所や谷中《やなか》、根津《ね づ》、音羽《おとわ》、赤坂《あかさか》などに三十ヵ所ちかくがのこった。しかしそれらも、天保《てんぽう》の改革を主導した老中水野《みずの》忠邦《ただくに》によって一掃される。

夜五ツ（冬至時間、七時二十分）の鐘から小半刻（三十五分）ばかりがすぎたころ、ひとりの男が路地にいる者にぶつかったり、つきとばしたりしながら駆け去った。

戸口の格子戸をあけて柱にもたれかかって客をさそっていた女郎らが男を知っていた。名は辰吉《たつきち》、二十七歳。岡場所に巣くう悪漢《わる》だ。

どこの岡場所も縄張にする地廻りがいる。そのほかに、岡場所に住みつき、女郎や縄暖簾など食の見世《みせ》への客の案内や、客との揉《も》め事を仲裁する者らがいる。客が口できかなければ、凄《すご》み、殴り、匕首《あいくち》をだしておどす。それでも埒《らち》があかぬときは、地廻り一家へ使いが走る。

辰吉は、そんな案内や仲裁、取立てで口銭《くちぜに》（手数料）をえているひとりである。懐にはつねに匕首をのんでおり、一家より杯をもらっていないだけで、地廻りとかわらぬ悪漢《わる》だ。

見ていた女郎らは、どこかで揉め事があっていそいでいるのだろうと思った。ところがそうではなかった。

ほどなくして、騒ぎがおこった。

ぎんという五十代なかばの金貸女がいる。岡場所に住む者に貸し、やってくる客には烏金《からすがね》を貸している。翌朝、烏が鳴くまえに返済しなければならないから烏金という。日歩《ひぶ》である。しかし、かならずしも朝のうちに返さなければならないわけではない。

女郎を買ったり飲み食いしたりする銭がたりなくなって借りる。だから、翌日の借りた刻限をめどに返せばよかった。

ぎんは独り住まいである。かよいで裏店の女房が朝夕にくる。

風邪で寝こんでいた女郎が、熱もさがって起きられるようになったので、当座の生活《たずき》をまかなう銭を借りにぎんの住まいをたずねた。

ぎんの住まいは平屋の割長屋で、かいわいではひろいほうであった。

六畳が二間。路地にめんした奥行三尺（約九〇センチメートル）、幅二間（約三・

六メートル）に、一間（約一・八メートル）余の土間と、へっつい（竈《かまど》）と流しをしつらえた板間がある。板間よこにはおおきな水瓶《みずがめ》がおかれている。

女郎は、声をかけて腰高障子をあけ、金切り声をたてた。ぎんが見ひらいた眼をこちらにむけ、仰向けによこたわっていた。

夜をつんざく金切り声に、まわりから男らが駆けつけた。

自身番屋へ報せがいく。自身番屋の書役が、ぶら提灯をさげて月番の北御番所へ走った。

やがて、北御番所から宿直《とのい》の臨時廻りが若い同心二名と小者六名をしたがえてやってきた。

ぎんの首に痣《あざ》があった。首を絞め殺されたのだ。ちかくにあけられた銭箱がころがっていた。

若い同心二名に周辺をあたらせ、かよいの女房がいたというので呼ばせた。

まずは、死んでいるのがぎんにまちがいないことをたしかめさせた。女房によれば、この夜は取立てにつかっている辰吉を呼びつけてあると語っていたという。辰吉に銭を貸しているが、なんだかんだと言い逃れをして、返してくれない。今夜こそ、とっちめて、いつ返すのかはっきりさせると言っていた。

銭箱にいくらあったかは知らない。でも、たいがいは銀が六十匁《もんめ》（一両弱）と銭が一貫文（たてまえでは千文、じっさいは九百六十文、この時代は六千四百文あたりで一両）くらいを用意してあると聞いたことがある。

若い同心のひとりがもどってきて、辰吉というのが駆け去っていくのを三名の女郎が見ていると報告した。

これでまちがいない。

辰吉の住まいを聞いて、小者四名と行ったが、もぬけの殻《から》であった。住まいがある裏長屋への木戸まえに縄暖簾があった。小者のひとりに若い同心ふたりを呼びに行かせた。

臨時廻りは、若い同心二名に、縄暖簾で格子窓の障子をすこしあけて夜四ツ（九時四十分）の鐘まで辰吉がもどるのを見張ってるよう命じて小者ふたりをつけた。辰吉は、年齢《とし》のほかに、五尺七寸（約一七一センチメートル）の骨太な体軀であることがわかっている。

夜四ツの鐘で町木戸も裏長屋への木戸もしめられる。町木戸は木戸番にくぐり戸をあけてもらわねばならず、裏長屋への木戸はたいがいは木戸よこに住む家主（大家）にやっかいをかけねばならない。同心は、御用の筋と言えば木戸番がただちにくぐり戸をあける。

辰吉はもどらなかった。

持ち場の定町廻りがつかっている御用聞きの手先が辰吉を知っていた。ほかの手先に住まいを見張らせ、顔を知っている手先にたちまわりそうなところをあたらせたが行方をつかめなかった。

四日後の二十九日の朝四ツ（十時二十分）まえ。本銀町《ほんしろがねちょう》三丁目の両替屋からでてきたちかくに店をかまえる商人《あきんど》が襲われた。

裏店への路地からあらわれた男が、左手で胸座《むなぐら》をつかみ、右手の匕首をつきつけて、財布をだせとおどした。

主を助けようとした手代が腹を刺されてうずくまる。血がついた匕首に、商人は手代を助けねばと懐に手をいれて財布をだした。

財布を奪った男は、四丁目のほうへ駆け去り、神田《かんだ》堀へのかどに消えた。

医者が呼ばれた。しかし、腹をふかく刺された手代は血が流れすぎていて助からなかった。

財布には両替屋からおろしてきた十両と、二朱銀（八枚で一両）が十数枚に五匁銀（十二枚で一両）がおなじく十数枚はいっていた。

逃げた男は、人相と背恰好から辰吉でまちがいなさそうであった。

十両盗めば死罪である。さらにふたりも殺している。辰吉が商人を襲ったはなにゆえか。逐電《ちくでん》する金子をえるためだ。

御府内および近郊の探索とともに、各所へ人相書《にんそうがき》がまわされた。

「……先月、箱根《はこね》の関所破りをくわだてたのがお縄になり、小田原城下へしょっぴかれた。詮議にあたった町奉行所の者《もん》が、人相書の辰吉に似てるのに気づいた。問いつめたがはかねえ。そんで報せがあり、吟味方同心が供に辰吉を知ってる手先もくわえて小田原城下へでむいた」

関所破りは辰吉に相違なかった。唐丸籠《とうまるかご》で辰吉を江戸へはこぶ算段をする。相模と武蔵《むさし》の国境《くにざかい》である多摩《たま》川の六郷《ろくごう》ノ渡《わたし》までは小田原大久保《おおくぼ》家町奉行所で、そこからは北御番所ということで相談がまとまり、日付をきめた。すると、掛の者が、まさかとは思うがもしもお心あたりがおありなら、と話しだした。

正月の十二日朝、酒匂《さかわ》川河口の浜に土左衛門《どざえもん》が流れついているのを漁師が見つけた。

水ぶくれし、そこかしこが魚にかじられていた。幾日も海にあったということだ。懐に巾着があったが、身もとがわかるようなものはなかった。年齢《とし》は四十くらい。

てのひらの胼胝《たこ》から漁師か船頭のように思えた。だが、城下に行く方知れずの漁師や船頭はいない。

身の丈五尺三寸（約一五九センチメートル）。

膝下までの紺《こん》股引に、色が褪《さ》めた紺地の刺子《さしこ》半纏《ばんてん》。船宿の船頭なら屋号のはいった半纏をきている。このあたりの漁師は刺子半纏などという上等なものはもっていない。

首をひねっていると、同輩が、江戸には屋根船持ちや猪牙舟持ちの船頭がいると聞いた。それなら、屋号のない半纏をきていても得心がいく。

なお、土左衛門には、左肩から背のほうに二寸（約六センチメートル）ばかりさがったところに小指の爪ほどの黒子《ほくろ》がある。

江戸日本橋から小田原城下まで二十里二十町（約八二キロメートル）。まさかとは思うが、身もとのわからぬ死骸が浜に流れつくことがときたまある。

早桶《はやおけ》にいれ、ちかくの寺に埋葬してある。

吟味方同心の脳裡《のうり》には、暮れの二十五日に品川《しながわ》沖をただよっていた屋根船とその船頭又八《またはち》のことがうかんでいた。

そのむねと、たしかめてお報せいたす、と告げ、小田原城下をあとにした。

「……掛の片山五郎蔵《かたやまごろぞう》が、又八を知ってる者《もん》にあたり、左肩したに黒子があるんをたしかめた。又八の船に血の痕《あと》はなかったって聞いてる。つまり、おぼれさせたってことだ。殺《や》った奴か奴らには猪牙舟か屋根船がある。たぶん、屋根船だろう。片山が、屋根船もちの船頭をあたらせてる。そろそろ暮六ツ（六時）だ。長居しちまってすまねえ」

喜平次が左脇の刀をつかんだ。

覚山は、喜平次のあとについた。つづいて廊下にでた弥助が客間の襖をしめた。

去っていくふたりを、覚山は、廊下に膝をおって見送った。

四

夕餉を食するいとまはなかった。

しだいに薄暗くなり、暮六ツの鐘が鳴った。したくをして待っていた覚山は、よねの見送りを背に住まいをあとにした。

路地から入堀通りへでる。

入堀はまっすぐではなく門前山本町裏通りまえあたりでおれた浅いくの字になって

いる。北の端に猪ノ口橋があり、南の端が大通りにめんした堀留だ。

暮六ツの鐘が鳴りおわると、水を満たした釣瓶《つるべ》が井戸に落ちるかのごとく夜の帷がおりてくる。すると、朱塗りの常夜灯があかるく暖かな帯を通りにひろげる。

柳の葉が川面《かわも》を吹く夜風とたわむれている。

覚山は眉をひそめた。

名無し橋まえの裏通りにひそむ気配がある。地廻りどもなら息づかいが聞こえてきそうな隠れかただが、そうではない。

通りのまんなかをすすんでいる。裏通りまで三間（約五・四メートル）ほどで歩みをとめ、睨みつける。

「先生《せんせえ》、ごめんよ」

駕籠をかついだ駕籠舁《かき》ふたりが、かたわらを駆けすぎていく。駕籠舁が裏通りを背にし、かどから大小と袴姿があらわれた。

さらに一名。

まわりにいた者らが逃げ散る。

通りにでてきた二名がよこにならび、抜刀。

覚山は、一瞬躊躇《ちゅうちょ》。敵は容赦なく斬る。弱さは不覚につながる。わかっている。しかし、できうれば、血を流したくない。

刃引の月山《がっさん》と八角棒を抜く。月山の刀身は一尺七寸（約五一センチメートル）。樫《かし》の八角棒は径《けい》が一寸（約三センチメートル）で長さが一尺五寸（約四五センチメートル）。

やや腰をおとした敵二名が摺《す》り足になる。

覚山は、肩幅の自然体《じねんたい》に両足をひろげて両手をたらした。眼を二名のあいだの地面におとす。

水形流《すいぎょう》、不動の構え。

青眼にとった二名が迫る。

白刃の切っ先が、常夜灯や料理茶屋からの灯りに怪しくひかる。

右が角ばった体軀《たいく》の猪首《いくび》。左が細身の狐眼。背丈は二名とも五尺五寸（約一六五センチメートル）ほど。

二名が白刃を青眼から上段へもっていく。

覚山は動かない。

二間（約三・六メートル）。

両名の体軀が膨らみ、殺気が弾ける。伸びあがり、とびこんでくる。狐眼のほうが足裏ひとつぶんまえへでている。しかも、猪首は振りかぶりが深い。

狐眼のほうが遣《つか》える。

静から動。

右足を猪首のほうへ踏みこみ、左足を追わせる。

上体をひねった狐眼が、白刃を薪割りに落下。ひねりながらの薪割りだと、太刀筋と勢いが鈍る。

心得がある。

風を切って迫る白刃の鎬《しのぎ》を、八角棒で撃つ。上体がやや狐眼むきになる。右足の踵《かかと》を右へすべらせ、月山に弧を描かせる。

唸《うな》り、剣風を曳《ひ》く。

刀は棟《むね》のした両面に溝がある。溝のおかげで突いて抜きやすく、斬るさいも刀身が奔《はし》る。しかし、棟は刃にくらべて軟らかく造られている。斬撃のさいに刃にかかる衝撃を棟の軟らかさで吸収するためだ。したがって、そのぶん棟は脆《もろ》い。撃てば、歪《ゆが》むか、折れる。

狐眼が、斜めうしろへおおきく跳び、両腕をひろげて月山の一撃を避けた。

「もらったぁーッ」

猪首が裂帛《れっぱく》の気合を放った。

大上段からの白刃が、蒼くなりだした夜空を裂く。

月山と八角棒が一文字に奔る。白刃の鎬を撃つ。八角棒を撥《は》ねあげ、猪首の右手甲を痛打。

猪首の顔が歪み、右手の握りが緩《ゆる》む。

さらに右手首ごと柄頭を握る左手の親指に一撃。

左から殺気。

地面を左足で蹴り、右後方に跳ぶ。薙《な》ぎにきた白刃の切っ先が、腰にさした刀の柄したをかすめすぎる。

猪首の刀が地面に音をたてた。

「おのれーッ」

狐眼が悪鬼《あっき》の形相で突っこんでくる。

右足、左足と地面をとらえる。

喉を狙った突きにきた。白刃の切っ先が毒蛇《どくじゃ》の牙と化して迫る。

左足をよこへ。月山を叩きつけて白刃を右へ払い、八角棒で小手を狙う。

狐眼が、柄から右手を離してひろげることで小手の一撃を避け、頭上でふたたび柄を握る。伸びあがって踏みこみ、まっ向上段からの白刃が夜気を裂いて落下。

獲物を失った八角棒を引く。

引いた八角棒に月山を添えて交差。突きあげる。

――ガッッ。

折れよ、砕けよ、とばかりの衝撃。

八角棒を左へ倒しながら、左足を右足のうしろにもっていき爪先立ちになる。

狐眼が刀を引く。

逃げる白刃を八角棒で抑えつけ、白刃から解き放たれた月山に弧を描かせる。狐眼の左手甲を痛打。八角棒を奔らせ、右手親指の根もとを撃つ。

狐眼の両手から刀が落ちる。表情が、苦痛、驚愕《きょうがく》、憤怒《ふんぬ》と変化し、睨みつけた。

「お、おのれ、ぐ、愚弄《ぐろう》しおって」

左手から血がでない。刃引の脇差だと悟ったようだ。

覚山は、後方へ跳んだ。

残心の構えをとる。

「刀を拾い、去るがよい」

猪首は、痛むであろう両手で刀を鞘におさめようとしている。狐眼が、屈《かが》み、親指をつかわずに右手で逆手に柄を握り、腰をのばした。猪首がどうにか刀身を鞘におさめた。狐眼も、両手で刀を鞘にもどす。

三歩さがったふたりが背をむけ、裏通りへ去っていく。

覚山は、八角棒を腰にさし、懐紙をだして月山の刀身をていねいにぬぐい鞘にもどした。


まわりで手を叩く者がいる。

顔見知りの駕籠舁が、先生《せんせえ》、すげえや、と破顔した。

覚山は、見まわりをつづけた。

堀留にちかづくと、地廻りが顔をそむけた。門前山本町かども、名無し橋たもともそうであった。

夜五ツ（八時）の見まわりでも、三ヵ所にたぶんおなじ顔ぶれらしき地廻りがたむろしていた。油断は禁物だが、以前のごとくとげとげしい眼差で睨みつけることがなくなった。堀留と名無し橋たもとにいつづけるのは、入堀通りの縄張をめぐる先陣争いであろう。

翌十一日もよく晴れた。

よねが湯屋からもどってほどなく、したくをした覚山は袱紗《ふくさ》につつんだ書物をもって赤坂《あかさか》御門よこの上屋敷へ行った。

用人に挨拶して、文庫で読んだ書物を返し、あらたに借りる。

いつもなら、上屋敷への往復は、御堀（外堀）ぞいを行く。総髪は眼につく。辻番所で誰何《すいか》されるのをさけるためだ。

この日はより道をするので、文庫の掛に道筋を教えてもらった。

上屋敷から東にむかい、永田町《ながたちょう》、霞《かすみ》ヶ関《せき》とくだっていき、外桜田《そとさくらだ》をとおり、山下《やました》御門で御堀をわたった。

辻番所のまえをとおるさいにいぶかしげな眼で見られはしたが呼びとめられることはなかった。

山下御門のまえに由来となった山下町《やましたちょう》がある。北東二町（約二一八メートル）余に数寄屋《すきや》橋があり、御門からすぐのところに南町奉行所がある。

数寄屋橋を背にして東へすすみ、芝口《しばぐち》橋から京《きょう》橋、日本橋へいたる大通りにでた。

大通りを日本橋へむかい、通《とおり》三丁目と二丁目との境を東へおれれば、通三丁目の裏が新右衛門町《しんえもんちょう》である。

広瀬屋の弘吉と伊豆屋の昌吉が、楓《かえで》川で溺《おぼ》れ死んだのが先月の二十三日。初七日はすぎている。伊豆屋は暖簾がでていたが、こころなし活気がなかった。

伊豆屋まえをとおりすぎ、楓川ぞいの本材木町《ほんざいもくちょう》の通りにでた。正面に中橋《なか》があり、左右は両岸とも河岸地で白壁の土蔵がならんでいる。

覚山は、中橋右たもとの川岸に立った。

土蔵の戸前川岸から厚板の桟橋が川面へくだっている。数ヵ所の左右に杭《くい》が打たれ、横木で桟橋をささえている。

荷舟は桟橋の両側に横づけされて、人足らが、ひとりで、あるいは棒をとおしてふたりで荷を担いで岸にあがる。

たいがいの河岸はそのような仕組みになっている。

橋の左右たもとは、石段に横づけされた桟橋がある。江戸の川は、どこも人や荷の通路であった。それゆえ、橋はまるみをおびて架けられた。

いまも、いくつかの桟橋には荷舟がつけられ、人足らがはたらいている。

広瀬屋の弘吉は、伊豆屋の昌吉にたしかめずにはいられなかった。昌吉に裏切られたとの口惜《くや》しさからか、それともみつへの思いがかなり本気であったからか。両方ともであったかもしれない。

であるなら、はじめはおだやかでも、しだいに問いつめる口調になった。

ふたりが話したのは、たもとではない。橋をわたる者に聞かれるか、いぶかしまれる。橋をとおる者には聞こえないほどに離れた土蔵のあいだ。おなじく通りをゆきかう者にも聞こえないように川岸ちかく。だが、橋から姿が見えるので川岸にはでていない。

言い争ううちに川岸へでてしまい、なんらかのひょうしでふたりとも川へ落ちた。どちらかが誤って落ち、助けるべくとびこんでともに溺れた。突き落とさんとして、腕をつかまれ、ともに落ちた。

覚山は、口のなかでつぶやいた。

——どこか釈然とせぬ。

もうすこし考えたい。だが、おのれは二本差しの総髪であり、あまりにながくたたずんでいてはいぶかしまれかねない。

ふかく息をして、川岸をはなれた。

中橋で八丁堀島へわたり、霊岸橋《れいがん》で霊岸島へ、湊橋《みなと》で永久島《えいきゅう》へ、永久橋で箱崎川《はこざき》をこえて北東へ足をむけた。

右へ中州を見ながら川ぞいをすすみ、長さ百十六間（約二〇九メートル）の新大橋をわたる。

大川ぞいを南へ行き、小名木川の万年橋《まんねん》にかかる。橋のいただきから雪を冠した霊峰富士が望めた。

霊雲院は万年橋からすぐだ。

数日まえの朝もきた。

本堂へ行って賽銭《さいせん》をたてまつり、手をあわせる。

背をむけ、このまえひと休みした一畳大の腰掛台が一脚あるだけの出茶屋にむかった。

客はいない。刀をはずして腰掛台に腰をおろし、左脇に刀と袱紗包みをおく。顔をむけ、辞儀をした老婆に茶をたのむ。

石畳のむこうにあるかながつとめる出茶屋には客がいる。隠居らしき年寄と、足もとにおいてある荷からして小間物売りあたりであろう若いのだ。

小間物売りらしき者は遠目にも優男だとわかる。そのうしろ姿にかなが顔をむけている。

老婆が、茶をもってきてよこにおき、辞儀をしてもどった。

熱い茶をすこし飲む。

昨年の晩秋九月初旬の昼すぎ、みつと昌吉とが今川町の蕎麦屋にはいった。で、つゆ蕎麦を食し、昌吉がふたりぶんを払った。

柴田喜平次が手先らに命じてかいわいをさぐらせたが、ほかでふたりの姿は見られていない。

みつは、昌吉が日本橋に表店をかまえる油問屋の若旦那だと知っていた。これはまちがいあるまい。

つとめている出茶屋では客があってもこまらないように、みつとかなに交互に昼を食べさせている。かなは住まいへ帰って食する。

かながもどってきて、弁当をもたないみつは従妹のたけの小島屋へむかった。

――出会ったのか。

覚山は、ちいさく首をふって茶の残りを喫した。

――いや。惣門からでてきて小島屋へむかうみつのうしろ姿に、ちょうど小名木川のかどをまがった昌吉が気づいた。

いそぎ足になった昌吉は、みつに声をかける。ふり返ったみつが、羞恥《しゅうち》に頬を染める。

どこへと訊く昌吉に、みつは従妹のところにお昼を食べにとこたえる。

昌吉がまえにでて、みつが一歩ほどうしろになる。

仙台堀がちかづく。てまえか、わたったところで、昌吉は、思いきって、いっしょに蕎麦でも食べないかとさそう。

まがあく。じっさい、みつはためらったであろう。男とふたりで蕎麦屋へ行く。ふしだらだと思われかねない。しかし、ことわってしまうと、にどと声をかけてくれないかもしれない。

みつは、首筋まで赭《あか》くしてうなずいた。

蕎麦屋では、昌吉が話しかけ、みつがこたえている。

昌吉は、広瀬屋には商いの修業で世話になっていて、じっさいは日本橋にある油問屋の倅だとうちあけたであろうか。そうであるなら、つきあいたいとみつに告げたことになる。みつは承知するか。たぶん、する。その気がなければ、そもそも蕎麦屋についていったりはすまい。

ならば、ふたりはなんらかのやりかたで連絡をとりあい、ひそかに会っていたことになる。

暮れの二十一日も、会うのを約した。

昌吉は、みつから親にことわらずに小島屋へ泊まることがあるのを聞き知っている。出合茶屋へ行って朝まですごす。その気があるからこそ、夜に会うのを承知したはずではないか。

覚山は、胸腔《きょうこう》いっぱいに息をすい、鼻孔からゆっくりとはきだした。

――辻褄《つじつま》はあう。だが、それなら、いったいふたりはどこで会っていたのだ。柴田どのが手先らにてわけしてあたらせたにもかかわらず、なにもつかめぬのはいかなるわけぞ。

昌吉がみつにおのれの正体をあかさなかったとする。ふたりが会ったのもそれっきりであった。

ではいったい、あの日、昌吉は嘘をついてどこへ行った。弘吉に問われても隠したのはなにゆえだ。しかも、もう広瀬屋へはもどりたくないとわがままをとおしている。

覚山は、懐から巾着をだして茶代をおき、立ちあがって刀を腰にさし、袱紗包みを左手でもった。

入堀通りから路地へはいってかどをまがると、三味線の音《ね》が聞こえてきた。

格子戸をあける。

「ただいまもどった」

よねが客間の襖をあけた。

覚山は、よいというふうに手で制した。ちいさくうなずいたよねが襖をしめる。

懐から手拭をだす。沓脱石に片足ずつのせて足袋の埃をはらう。

居間へ行き、袱紗包みを文机においた。羽織と袴をぬいで衣桁《いこう》にかける。

たきが茶をもってきた。

稽古をおえて居間にきたよねが、朝、松吉がきていて、上屋敷へ行ったと話したら、それならしかたがねえと帰ったという。

昨夜《さくや》の浪人二名のことを話しにきたのであろう。

第四章　男女の仲

一

二日後の十三日。

寒い季節は、臭わないかぎり髪を洗わない。だが、芸者という客商売であったよねはいまでも四日から五日おきくらいに洗う。汗をかく季節になればもっと頻繁《ひんぱん》にだ。

覚山も、よねにいやがられたくないのであわせている。洗ったあとは、束ねた根もとを紙縒《こより》でむすんで背にたらして住まいへ帰る。そして、もどってきたよねに、櫛《くし》をいれてゆいなおし、鬢《びん》付け油でととのえてもらう。

よねは、洗い髪を頭上でまるめて笄《こうがい》をさしてもどってくる。覚山の髪をゆったあと、髪をほどいて手拭で水気をとり、背にながしてかわかす。

流し髪のよねはぞくっとするほどの色気だ。むろん、厨《くりや》にたきがいるのでそぶりもみせず、朝っぱらからはりきるでない、ひかえろ、と胯間に心で言いきかせる。

朝四ツ半（十一時）、弟子がひきあげ、よねが客間にきた。すぐに、たきがふたりの茶をはこんできた。

茶を喫していると、格子戸が開閉し、女の声がおとないをいれた。

よねが戸口へ行く。

もどってきて襖《ふすま》をあけた。

「先生、千代吉《ちよきち》がまいっております。おつたえしたいことがあるそうです」

覚山は、うなずいて立ちあがった。

よねが厨がわへよる。

土間に普段着の千代吉がいた。

覚山は言った。

「あがるがよい」

「ありがとうございます。ですが、先生、すぐすみますからここで」

「そうか。ならば、そこにかけるがよい」

「おそれいります」

沓脱石《くつぬぎいし》と壁とのあいだにはいった千代吉が、格子戸のほうへ躰《からだ》をむけて上り框《かまち》にあさく腰かけ、上体をむけた。

覚山は、対するように膝をおった。

千代吉が口をひらく。

「昨夕のことにございます」

千代吉が眼をふせる。

「千鳥《ちどり》さんで、夕七ツ（四時）からのお座敷のまえに……あのう、憚《はばか》りをお借りしました」

覗《のぞ》きこまれない高さに明かりとりの連子《れんじ》窓がある。

そとで女中であろうふたりの話し声がちかづいてきた。

――……知らなかったのかい。

――知りませんでした。旦那さまと、おきねさんが。

――内緒だよ。出入りの者ばかりじゃなく、ほかのお茶屋さんの女中たちにもだよ。

――はい。けっしてしゃべったりしません。……そうか、だから……。

――よけいなこと言うんじゃないの。

——すみません。

「……あとは聞こえなくなりました」

「知った声か」

千代吉が首をふる。

「申しわけございません」

「詫《わ》びるにはおよばぬ。よく報せてくれた。礼を申す」

「いいえ。あたしはこれで」

辞儀をした千代吉が腰をあげた。

格子戸を開閉して去る千代吉を、覚山は膝をおったままで見送った。千代吉の姿が路地に消えるのを待ち、居間にもどった。

「あとで話す」

よねに言い、文机《ふづくえ》のまえに膝をおる。よねが中食《ちゅうじき》のしたくに厨へ行った。

墨《すみ》を摺《す》り、千代吉の言葉を正確に記す。

乾くのを待って封をした。

中食のかたづけをすませたたきに書状をもたせて使いにやった。

浅井駿介の御用聞き仙次の両親《ふたおや》が、霊岸島南新堀町《れいがんじまみなみしんぼりちょう》二丁目で居酒屋〝川風《かわかぜ》〟をいとなんでいる。

夕七ツ（四時）の鐘から小半刻（三十分）ばかりがすぎたころ、戸口の格子戸があけられた。

「ごめんくださいやし」

仙次の声だ。

覚山は、戸口へ行った。

駿介がほほえむ。

「文をありがとよ。ちょいと立ち話がしてえ。つきあってくんな」

「お待ちを」

居間にもどり、小脇差を刀掛けにおく。脇差を腰にして左手に刀をさげ、よねに顔をむけた。

「立ち話とおっしゃっておられた。見送らずともよい」

「あい」

廊下にでて襖をしめ、戸口へむかう。

ふたりは表で待っていた。

覚山は、沓脱石の草履《ぞうり》をはいて土間におり、刀を腰にさした。表にでてうしろ手に格子戸をしめる。

料理茶屋菊川《きくかわ》の脇道から入堀通りへでた。

駿介が猪《い》ノ口《くち》橋のほうへ足をむける。

猪ノ口橋てまえの常夜灯と柳のあいだで入堀にむかって立ちどまる。駿介がうながすので、覚山は右よこにならんだ。仙次が、駿介の斜め左うしろにひかえる。

駿介が顔をむける。

「千鳥の奉公人は、男も女も口が堅《かて》えんで手えやいてた。亭主の文右衛門《ふみえもん》と女中頭のきねとができてたとはな。千代吉には、これで二度めだ。こまったことがあれば川風にくるよう、礼《れえ》といっしょにつってえてくんねえか」

「承知いたしました」

「そういうことなら、腐れ縁を断つために文右衛門が殺《や》ったってのも考《かんげ》えねえとならねえな」

覚山は首肯《しゆこう》した。

「そう思いまする。ただ……」

「ああ。ふたりは、年増と若《わけ》えのだよな」

「仰《おお》せのとおりかと」

「年増にさえぎられちまったが、若え《わけ》のの、そうか、だから、ってのが気になる」

「拙者もでござりまする。若いほうの女中は、文右衛門ときねについては知らなかったが、関連づけられるなにごとかを知っている。はばかられることやもしれぬゆえ、口にしようとした若いのを年増が叱った」

「板場の者《もん》と女中。女中を孕《はら》ませるってのはよくある。一昨年《おととし》、身籠《みご》もり、冷たくなった板前《いためえ》を刺し殺しててめえも死のうとした女中の一件をあつかったことがある。それからふた月ほどして、いまだ見習の若え《わけ》板場の者《もん》がおない歳の女中と相対死した。どっちも向島《むこうじま》でのできごとだ」

「女将《おかみ》かもしれませぬ」

駿介が顎《あご》をひく。

「ああ。おいらもそれを考《かんげ》えてた。女将のつやは、昔、板場の者《もん》との恋仲をひき裂かれてる。亭主の文右衛門が女中頭のきねとできてる。つやは、あてつけに板前《いためえ》あたりと乳繰りあってる。若え《わけ》のがそれを口にしようとしたんで、年増があわてた。それなら、奉公人の口が堅《かて》えのもわかる。なんかわかったら報せる。もういいぜ」

「失礼いたしまする」

覚山は、駿介に一揖《いちゆう》して住まいへ帰った。

翌十四日、暮六ツ（六時）の見まわりで猪ノ口橋をくだって入堀通りを万松亭へむかっていると、料理茶屋の青柳《あおやぎ》から暖簾《のれん》をわけて千代吉と玉次《たまじ》があらわれた。

こちらを見たふたりが、立ちどまって躰をむける。

ちかよった覚山は、青柳門口《かどぐち》よこの緋毛氈《ひもうせん》を敷いた縁台をしめした。

ふたりが門口から縁台のまえにうつる。

覚山はふたりにほほえんだ。

「よいところで会《お》うた。……千代吉」

「あい」

「南の定町廻り浅井どのに礼をたのまれた。こまったことがあれば、御用聞き仙次の両親《ふたおや》がやっている霊岸島南新堀町二丁目の居酒屋川風にくるようにとおっしゃっておられた」

「ありがとうございます」

千代吉が、頭をさげ、なおした。

「わしのところへも遠慮せずにまいるがよい。浅井どののようにはゆかぬが力になろう。玉次もな」

「先生、お礼を申します」

千代吉が言い、玉次とそろって低頭した。

「ひきとめてすまなんだ」

「いいえ。つぎのお座敷が六ツ半（七時）からなので、玉次と大通りの汁粉屋へ行くところでした」

「堀留に地廻りどもがおる。悪さはせぬと思うが気をつけるがよい」

「あい」

「うむ」

覚山は、万松亭のまえでふたりと別れた。

夜五ツ（八時）の見まわりで門前山本町の入堀通りを行くと、千鳥のまえで芸者三名と女将のつやが川岸から見世《みせ》へもどるのが見えた。

夜空のまるい月と星、川岸の常夜灯と見世からの灯り。やわらかな灯りのなか、小肥りの横顔はその名のとおりのつやがあった。

翌十五日も快晴だった。

仲春の暖かな陽射しのなかを湯屋《ゆうや》からもどった覚山は、手拭でくるんだ下帯を長火鉢のかどにおき、縁側の障子をあけた。

空は、どこまでも青くすみわたっていた。見わたすかぎり雲はなかった。

ほどなくしてもどってきたよねが、下帯をくるんだ手拭を厨へもっていき、たきに茶を言いつけて、長火鉢の猫板をまえに膝をおった。

たきがふたりの茶を盆ではこんできた。

茶を喫していると、春夏秋冬かわらぬけたたましさで庭のくぐり戸があけられた。

「おはようございやす。春の陽気にさそわれた松吉でやす。おじゃまさせていただきやす」

やってきた松吉が、沓脱石のところで破顔する。

「およねさん、今日は青空にまけねえ江戸一の別嬪《べっぴん》でやす。ですが、十五ってわけにはめえりやせんので、ひとつ二十五ってことでかんべんしておくんなさい」

「ありがとね。おあがりなさい」

「へい」

松吉が、懐からだした手拭で片足ずつ沓脱石にのせた足袋《たび》の埃《ほこり》をはらってあがってきた。濡れ縁から敷居をまたぎ、膝をおる。

「先生《せんせえ》、このごろはポカが見られなくてつまんねえって皆が言ってやす。せっかく堀留の両端と名無し橋のたもとでたまってるんでやすから、遠慮なくポカポカするようお願《ねげ》えしてくれって、皆にたのまれやした」

「かかってくれば容赦なく瘤《こぶ》をつくってやるが、あそこに立っているだけの者らを痛めつけるわけにはゆかぬ」

たきが、声をかけて襖をあける。

「おたぁきちゃぁぁぁん」

毎度のことながらいったいどこから声をだしているのだと、覚山は内心で首をふった。

襖をしめたたきが立ちあがり、松吉のまえにすすんで膝をおる。斜めまえに盆をおいてから茶托《ちゃたく》ごと茶碗を松吉のまえにおく。

「見るたんびに綺麗《きれえ》になってく。今日は十五日で、おたきちゃんも十五歳。あれっ、十四だったかな。まあ、いいや。こっちも、今日は二十五、明日は二十六、明後日《あさって》から今年いっぺえは二十七だ、うん」

うつむきかげんに笑いをこらえているたきが盆をもってでていく。そのうしろ姿に、松吉がしあわせそうな顔をむけている。

襖がしめられ、松吉が真顔になった。

「先生《せんせえ》、おじゃまするめえに見てきたんでやすが、ええ騒ぎでやす」

「なにがあった」

「へい、申しあげやす。仲間に卯助《うすけ》ってのがいて、年齢《とし》は二十六、猪牙舟《ちよきぶね》を漕《こ》いでおりやす。油《あぶら》堀ぞいを四町（約四三六メートル）ばかし行った右岸《みぎぎし》の材木町《ざいもくちよう》裏長屋におっかあとふたり暮らしでやす」

船宿の船頭は夜が遅いので、朝早くに客がないかぎりゆっくりである。とくに前夜は、吉原《よしわら》への客を山谷《さんや》堀までとどけ、有川《ありかわ》へもどったのは夜四ツ（十時）の鐘から半刻（一時間）ばかりすぎてからであった。町木戸は夜四ツにしめられる。主に、猪牙舟で帰って明日《あす》の朝は五ツ（八時）ごろまでにくればいいと言ってもらった。

そろそろ朝五ツになろうとするころ、卯助は艪《ろ》を担いで裏長屋をでた。

艪は、長さが二間（約三・六メートル）で、重さが三貫《かん》（約一一・二五キログラム）ほどだ。

通りにでてくると、なにかあわただしい。

西の元木《もとき》橋のほうからやってくる町内の顔見知りを呼びとめた。なにかあったのかと訊《き》くと、堀川町《ほりかわちよう》の茶問屋宇治《うじ》屋が押込み強盗にやられたという。

そいつは、たしかめ、松の兄哥《あにい》に教えてやらねばならねえ。

ひき返して艪をおき、見にいった。

橋のうえに立ちどまってはいけないことになっている。しかし、長さ十二間（約二一・六メートル）、幅一丈《じょう》（約三メートル）の元木橋は野次馬でいっぱいだった。卯助は、かきわけておりていった。

股引《ももひき》に尻紮《しりから》げ、襷掛《たすきが》けに鉢巻《はちまき》姿の御番所小者らが、六尺棒（約一八〇センチメートル）で野次馬を制していた。宇治屋の門口はあけられ、着流しに黒羽織姿の役人がでたりはいったりしていた。

やはり町内の者を見つけた卯助は、ようすを訊いた。そいつも、主一家と何名かが殺されたようだとしか知らなかった。

卯助は、艪をとりにもどり、丸太《まるた》橋の桟橋に舫《もや》ってある猪牙舟で有川へむかった。

「……で、あっしに話してくれたってわけで。おふたりが湯屋から帰《けえ》るじぶんになったんで、先生《せんせえ》にお報せしなくちゃあならねえからって旦那にお断りして見にいきやした」

「そうやって報せてくれるのは助かる。訊いたことがなかったが、おまえはしばしば茶を飲みにやってくる。主の許しをえてるのか」

「むろんでやす。気ままにでかけたりしてたら暇をだされてしまいやす。先生《せんせえ》のところへってことわると、旦那はなんも言いやせん」

「それならよい」

「見張りの小者がのこってるだけで、お役人はひきあげたあとでやした。橋のかたわらで見てた奴に訊いたんでやすが、殺されたんは主一家が四名《めえ》、番頭、手代がひとりかふたりってことでやした」

「去年の暮れから、いくたびかあそこをとおっておる。かどにあるあのかいわいではおおきな茶問屋だな」

「そのとおりで。卯助は宇治屋の娘をいちどだけ見たことがあるそうで。十四、五くれえで、いい玉《たま》なのにもったいねえってほざいてやした。……およねさん、馳走《ごち》になりやした。先生《せんせえ》、失礼《しつれえ》しやす」

辞儀をした松吉が去っていった。

二

二月の月番は北町奉行所だ。一件は柴田喜平次の掛《かかり》ということになる。

中食のあと、覚山は、たきを呼んでいっしょに食膳をかたづけたよねにきがえをてつだってもらい、住まいをあとにした。

菊川よこの脇道から入堀通りへでて、油堀へ足をむける。

黒江《くろえ》橋をすぎ、富岡《とみおか》橋で油堀をわたる。

まっすぐ行けば寺町通りだ。左へおれて河岸《かし》ぞいの通りをすすむ。つぎの丸太橋のさきが材木町である。

材木町も油堀ぞいは白壁の土蔵がならぶ河岸だ。丸太橋から一町半（約一六四メートル）余で元木橋。

元木橋をのぼり、おりる。

油堀に架かる千鳥《ちどり》橋と元木橋とのあいだで川岸によってふり返った。

千鳥橋は霊雲院境内《けいだい》出茶屋の看板娘であったみつの通い路《じ》である。

何度かとおっている。千鳥橋をわたったかどにおおきな茶問屋があるのは知っていたが、屋号には気をくばらなかった。

千鳥橋がわは間口が六間（約一〇・八メートル）で、西はずれの二間（約三・六メートル）が一階に小屋根がない蔵だ。

あらためて眺めると、りっぱな造りだ。門口は両側とも引戸ではなくうえに押しあげる揚戸《あげど》である。

揚戸のほうが引戸よりも頑丈で、幅もある。商家では、暮六ツ（日の入）まえに揚戸をおろして戸締りするのを〝大戸を降ろす〟と言った。

野次馬はおらず、町奉行所の小者らの姿もない。元木橋がわのほうに、となりの表店とのさかいに路地がある。

路地へ足をむける。

元木橋がわの間口は五間（約九メートル）だった。

路地の幅は四尺（約一二〇センチメートル）。土蔵造りの壁から六尺（約一八〇センチメートル）高の黒板塀が三間（約五・四メートル）ほどのびている。そのさきは二階建ての長屋だ。

路地の右隅へよると、黒板塀にくぐり戸が見えた。

六尺は、手をあげればとどく高さだ。仲間の手助けがあれば、さらにかんたんにのりこえられる。ひとりがのりこえ、くぐり戸の閂《かんぬき》をはずす。さすれば、一味はなんなく裏庭にしのびこめる。

覚山はもどり、かどをおれた。

千鳥橋がわの揚戸にもくぐり戸があった。

宇治屋ととなりの店との一尺半（約四五センチメートル）ほどの隙間《すきま》は板塀でふさがれている。つぎの店との四尺の路地には裏長屋への木戸がある。

さらにすすむと、一間（約一・八メートル）幅の横道があった。

横道へはいり、つきあたりを右へまがる。

表通りと川岸が見える。

宇治屋の黒板塀をすぎ、表通りへでる。通りのまんなかを元木橋へむかいながら宇治屋へ眼をやった。

南と東が表通り、北は四尺の路地で、西の隣家とも一尺半の隙間がある。しかも土蔵造りだ。夜の静寂につつまれていても、おおきな物音をたてぬかぎり聞こえまい。

覚山は、元木橋へののぼり坂のてまえで首をめぐらしていまいちど宇治屋に眼をやってから帰路についた。

翌々日の十七日、昼まえに三吉がきた。柴田喜平次が夕七ツ（四時）すぎに笹竹へきてほしいとのことであった。覚山は承知して、よねに告げた。

夕七ツの鐘を聞きおえ、よねにてつだってもらってしたくをした覚山は、腰に大小と八角棒、懐に小田原提灯《おだわらぢょうちん》をいれて住まいをあとにした。

路地から裏通りへおれ、湯屋のかどから大通りにでる。

相模《さがみ》の空から暖かな陽射しがふりそそいでいる。

仲春二月も中旬。だいぶ春らしい陽気になってきた。雲はわずかで、頭上は青く、はるか多摩《たま》や相模へいくにしたがって色がうすれゆく。

大通りから正源寺《しょうげんじ》参道へおれ、笹竹の暖簾をわけて腰高障子をあけた。

この刻限だから客はいない。小上がりに腰かけていた女将のきよが笑顔をうかべながら立ちあがった。

覚山はうしろ手に腰高障子をしめた。

奥の六畳間は障子があいている。柴田喜平次と弥助の姿はなかった。ちかよったきよが、両足をそろえ、申しわけなさそうに辞儀をした。

「先生、じきにもどるでしょうから座敷でお待ち願います」

「かたじけない」

腰の刀をはずして左手にさげ、六畳間にあがっていつものところで膝をおり、わきに刀をおいた。

きよが訊いた。

「先生、お膳をおもちしましょうか」

「柴田どのと弥助がもどってからでよい」

「あい」

ほどなく、腰高障子があけられた。

柴田喜平次、弥助、手先らがはいってきた。喜平次が袂《たもと》からだした手拭で足袋の埃をはたいてあがり、弥助がつづく。

手先らは二階へあがっていった。

奥で膝をおった喜平次が顔をむけた。

「待たせたかい」

「いいえ。拙者もついさきほどにござりまする」

「そうかい」

きよが、喜平次から順に食膳をおく。さらに酌をして、土間へおり、障子をしめた。

「三日めえの夜、油堀ぞいの堀川町かどにある宇治屋って茶問屋が賊にへえられた」

「一昨日《いっさくじつ》の朝、松吉より聞きました」

「早耳だな」

「材木町の裏長屋に住んでいる船頭から聞いたそうにござりまする。中食のあと、宇治屋を見にまいりました」

「なら、話が早《はえ》え。知ってるんは、押込み強盗にへえられたってことくれえだな」

「さようにござりまする。松吉は、主一家と番頭、手代がひとりかふたりと申しておりました」

「ああ。聞いてくんな」

表店は、どこも明六ツ（六時）まえに雨戸をあける。宇治屋もそうで、揚戸をあげて、丁稚《でっち》が土間と表とを箒《ほうき》で掃《は》く。ごみや犬の糞などがあっては店の評判にかかわるので通りまで掃除をないがしろにしない。

ところが、十五日の朝はいっこうにそのようすがない。明六ツの鐘が鳴っても戸締りされたままであった。

路地をはさんだ北隣で通りを掃いていた丁稚が、手代に告げ、手代が主へ報せた。主にようすを見に行くよう命じられた手代が、路地にはいり、黒板塀のくぐり戸で声をかけたが返事がない。手をかけるとくぐり戸があいた。

なかにはいる。

雨戸はすべて閉じられ、井戸ばたで水をつかったようすもない。

大声で呼びかけた。静まりかえったままだ。尋常ではない。顔をこわばらせた手代は、駆けもどって主に報せた。主が、自身番屋へ報せなさいと命じた。手代は自身番屋へ走った。

定町廻りは、毎日きまった道順で見まわる。だから、自身番屋の者は、その刻限に定町廻りがどのあたりにいるかを承知している。

喜平次は、迎えにきた弥助と手先二名をしたがえて長さ百二十間（約二一六メートル）余の永代《えいたい》橋をわたっているところだった。

まるみをおびた頂上からくだりにかかると、たもと左にある屋台や床見世《とこみせ》の陰から小走りであらわれた者が、こちらの姿を認めて駆け足になった。

喜平次も足を速めた。

息をきらして駆けてきたのは自身番屋の書役《かきやく》であった。深川堀川町かどにある茶問屋宇治屋のようすがおかしいという。仔細を問うと、明六ツになっても戸締りがされたままで、路地のくぐり戸には閂がされてなく、大声で呼びかけても返事がないとのことであった。

喜平次はきびしい顔になった。

見まわりを臨時廻りにかわってもらうべく、手先のひとりを御番所へ走らせた。もうひとりには、いそぎ手先をあつめて堀川町へくるよう命じた。

書役を案内にたて、弥助をしたがえ堀川町へいそぐ。

自身番屋には隣家の手代がいた。いったん店へもどったが、主に自身番屋でお役人がお見えになるのを待ちなさいと言われたとのことであった。

喜平次は、手代に案内させた。

なるほど宇治屋は戸締りがされ、静まりかえっていた。途中で話を聞き、黒板塀のくぐり戸のところで手代を帰した。

くぐり戸をあけ、腰の大小を左手でおさえて身をかがめ、なかにはいる。つづいた弥助がくぐり戸をしめた。

ちいさな庭の北西かどに後架《こうか》がある。くぐり戸と店とのあいだには釣瓶《つるべ》井戸があった。井戸のむこうは厨の連子窓で、よこに水口《みずぐち》がある。

喜平次は、弥助に水口の雨戸をあけてみろと言った。

水口へ行った弥助が雨戸に手をかける。

雨戸がうごく。雨戸を戸袋に押しこむ。

裏長屋でさえ、夜は心張り棒で雨戸があかないようにする。裏通りの小店あたりも心張り棒がおおい。

大店は仕掛けで雨戸がうごかないようにする。上の穴に短冊状の木片を突きさしてとめるのが送猿《おくりざる》、下にとめるのが竪《たて》猿、横に刺すのが横猿。

喜平次は、庭にめんした雨戸をとおす溝を仔細にあらためた。

こじあけられた痕《あと》はない。

弥助に水口の腰高障子をあけさせる。厨へはいり、つづいた弥助に、連子窓の障子をあけ、雨戸を閉めるよう言った。

水口雨戸の仕掛けは送猿だった。弥助にたしかめさせる。壊れているようすはない。あとで表のくぐり戸もたしかめねばならないが、内側からあけられたということだ。

喜平次は大声をだした。

——誰かいるかい。

二階でたてつづけにくぐもった物音がした。

——待ってな。……弥助、手分けして雨戸をあける。

——へい。

喜平次は雪駄《せった》をぬいだ。庭にめんした雨戸をあけていく。庭のくぐり戸が押しあけられ、呼びにいかせた手先と二名が駆けこんできた。

——柴田の旦那、のこりも集めにいかせやしたから、おっつけめえりやす。

——弥助。

——へい。

——おめえは、こいつらをつれて二階《けえ》だ。窓の雨戸をあけておいらを待て。すぐに助けねえとならねえのがいるんなら、大声で呼びな。おいらは、一階《けえ》をあらためる。

──わかりやした。

弥助が、沓脱石からあがった手先三名をともなって厨と座敷とをへだてる廊下へ消えた。

かど部屋の障子を左右にあける。

うつぶせになった男ふたりの死骸があった。寝巻姿で、猿轡《さるぐつわ》をかまされてうしろ手に縛られ、首の血脈を切られている。まわりの畳が、ふたりの血で赤黒く染まっていた。

血をさけてまわりこみ、ふたりの顔をたしかめる。ひとりは五十歳前後、もうひとりは三十代なかばから四十まえくらい。

喜平次は背をのばした。

庭を背にして正面と左が襖で、右は壁だ。

廊下にでて、右隣へ行く。おなじく障子を左右にひらく。

主夫婦の寝所であった。

やはり、首の血脈を切られている。布団や搔巻《かいまき》、畳まで血塗られていた。

寝巻姿の主はうつぶせだが、猿轡だけで手は縛られていない。内儀は猿轡とうしろ手に縛られよこむきにたおされていた。寝巻の胸がはだけられている。だが、裾《すそ》は乱れていない。

ちかより、片膝をつく。

胸乳《むなぢ》に血が滲《にじ》みかたまっているちいさな刺し疵《きず》がいくつかあった。賊が、内儀の胸をはだけさせて匕首《あいくち》あたりでつついて流れる血を見せつけ、観念した主に金子《きんす》のありかへ案内させた。そして、もどってきて、ふたりとも殺した。

主は四十なかばあたり。内儀は三十なかばすぎ。寝所は、左に押入《おしいれ》、正面と右は壁だ。

庭にめんしているのは主夫婦の寝所までだ。柱と三尺（約九〇センチメートル）の壁をはさんで障子窓がある。

二間（約三・六メートル）幅の窓の雨戸をあける。隣家との隙間が一尺半（約四五センチメートル）。

障子をしめてふり返る。一間半（約二・七メートル）の部屋がふたつある。

寝所となりの障子をあける。

二十歳《はたち》くらいの倅《せがれ》が仰向けで殺されている。掻巻をめくり、心の臓を匕首で一突き。寝巻の心の臓あたりが血に染まっている。

奥が押入で部屋は四畳半。

障子をしめてとなりにうつる。

喜平次は眉《まゆ》をひそめた。

寝床が乱れ、帯、寝巻、湯文字が散らばっている。十四、五の娘が、まる裸で股がひろげられ、両腕をなげだしていた。

ふかく息をすって、はく。いくたびも眼にしてきた。それでも、そのたびに、若い娘がむごいめに遭った姿には胸が痛む。

なかにはいって足もとへまわる。

ひとりのものとは思えぬ男の精がこびりついていた。胸はようやくふくらみだした蕾《つぼみ》である。首に絞められた痣《あざ》があった。

部屋は、倅の部屋とおなじく奥が押入になった四畳半。

――かええそうに。

声にだしてつぶやき、部屋をでる。

障子をしめて二階へむかおうとすると、庭のくぐり戸があけられ手先がつぎつぎとはいってきた。

喜平次は、立ちどまり、通りのようすを訊いた。野次馬があつまりだしているという。

足が速い三吉に顔をむける。

——詰所までひとっ走りだ。深川堀川町東南かどの茶問屋宇治屋が押込み強盗にへえられ、すくなくとも六名《めえ》が殺されておりやすってつてえてきな。

——わかりやした。

辞儀をした三吉がふり返り、くぐり戸からでていった。

喜平次は、野次馬の見張りに四名をやり、のこりはここで待つよう言った。

「……陽がおちてきたな。弥助」

「わかりやした」

膝をめぐらせた弥助が障子をあけてきよを呼び、灯りを申しつけた。

喜平次が、弥助から顔をもどした。

「そろそろ暮六ツ（六時）だが、もうちょいつきあってくんな」

「かまいませぬ」

きよが、火をともした付木《つけぎ》をもってきて角行灯《かくあんどん》に火をいれる。

付木を吹き消したきよが、喜平次にちいさく辞儀をしてから立ちあがり、土間へおりて障子をしめた。

諸白《もろはく》を注いで喉《のど》をうるおした喜平次が杯をおく。

「二階《けえ》には、いくつもの部屋があった。一階《けえ》で殺されてた一番番頭と二番番頭が四畳半のひとり部屋。あとは、手代《てでえ》、丁稚、女中、下男がそれぞれ相部屋だ。二階《けえ》で殺されたんは手代《てでえ》がひとりだけ。みな、猿轡をかまされた。四名《めえ》の女中は、胸がはだけられ、裾もみだれ、訊かずともてごめにされたのがわかった。……縛られてるだけならなにゆえ物音をたてなかったかってんだろう」

覚山は首肯した。

「さようにございまする」

「あんな縛りようは、おいらもはじめて見た」

手代が六名、丁稚が四名、厨の水汲《く》みや火起こしなど雑事をこなす下男が二名、女中が四名、一階で殺されてた番頭二名をくわえた十八名が奉公人だ。

手代一名は、斬り殺されていた。

覚山は思わず口をはさんだ。

「斬り殺されていた」

「もうちょい待ってくんな」

喜平次がつづける。

のこりは、みなおなじ縛られかたをしていた。

まえで両手をあわさせて手首を縛る。おおよそ六尺（約一八〇センチメートル）の竹棒か木棒を縛った両腕のあいだをくぐらせ、両足ではさませて顔のよこにあてる。そして、額、首、胸、腹、股、膝、足首を縛る。

「そんな恰好で、仰向けにされてた。あれじゃあ、身動きができねえ。丁稚の棒もおんなし長さで、いちばんちっちぇえのは小便をもらしてた。女中と丁稚と下男とは、吟味方がくるまでおとなしくしてるよう弥助に言いきかさせて猿轡と縄とをほどかせた。おいらは、年嵩《としかさ》手代の猿轡をはずし、吟味方にあらためてもらわねえとならねえんで、おめえらはそれまで我慢しててくんなって言った」

吟味方がくるまえに女中や下男からも話を聞いた。

一味は、浪人が三名で、のこりがたぶん十三名。

「……おそらくだが、浪人一名と頭《かしら》をふくむ賊二名で主夫婦の寝所を襲った。二名が倅と娘の部屋へ行き、倅を殺したのとふたりで娘をてごめにした。主のところにいたのとかわったかもしれねえ。なにしろ、内儀の胸乳を匕首でいじってるが、やっちゃあいねえ。あとで話すが、奴ら、すぐにはずらからず、しばらくひそんでいた。主と内儀を始末したあと、頭と浪人もくわわって娘をなぶりものにしたんじゃねえかって気がする」

二階へは浪人二名が行った。

浪人一名と賊二名で番頭二名を一階へつれていって殺した。

「……寝てるのを刺し殺したほうがかんたんだ。夜、検使（検屍）した吟味方と詰所で話したんだが、なんでわざわざ一階《けえ》へつれてったんだって首ひねってた。おいらも、そこにひっかかってる。なんか理由《わけ》があるはずだ。話をもどす」

浪人一名と賊一名とが、手代の部屋へはいった。

気配に気づいてはねおきた手代を、浪人が斬った。眼をさましたほかの手代は、寝床で声すらたてられずに震えていた。

丁稚と下男の部屋は、賊が二名ずつだ。ひとりが匕首で脅し、もうひとりが縛った。その四名が手代の部屋にきた。

手代も身動きできなくした賊と浪人が女中の部屋へ行き、みなでなぐさみものにして、あられもない恰好のまま縛りあげた。

「……というしでえなんだ。一味が宇治屋へ押し込んだ刻限だが、夜四ツ（十時）はすぎてる。というのも、暁《あかつき》九ツ（深夜零時）の鐘が鳴り、暁八ツ（二時）の鐘が鳴りおわると、かわるがわるてごめにしていた奴らは、女中を縛って一階《けえ》へおりてる」

話を聞いた手代によれば、蔵には千両箱が三箱あった。

宇治屋は代々両替屋を信用せず、蔵に金子を貯めている。理由《わけ》は手代も知らない。あつかっているのは、むろんのこと宇治茶である。

宇治茶は、毎年将軍家に献上される。したがって、得意先は本所深川の大名家や旗本家がおおい。武家相手の取引は小判だ。武家ばかりではない。大店や寺社との取引もある。そちらは銀だ。

それらが、蔵の千両箱にしまわれていた。

噂《うわさ》では、蔵のどこかで床板がはずせる造りになっている。そのしたは深くはない半地下になっていて、千両箱や大福帳などをおろして蓋《ふた》をする。まわりの土をかけて目印の石をのせておけば、火事で蔵が燃えても、あとで掘りだすことができる。

「……主と倅、一番番頭だけじゃなく二番番頭も半地下のことは知ってたんじゃねえかと思うと話してた。つまり、宇治屋には、銀をふくめて二千数百両くれえあったことになる。いいかい、奴らは暁八ツの鐘まで宇治屋にいた。朝の早え者《はえもん》は、暁七ツ(四時)にはうごきだす。その刻限に船頭が屋根船を漕いでても怪しむ奴はいねえ」

覚山はうなずいた。

「宇治屋のまえは両岸とも河岸にござりました。元木橋の桟橋に屋根船を舫わせておき、暁八ツすぎにひそかに屋根船にうつる。暁七ツの鐘を待ち、元木橋を離れた」

「おいらもそう思う。おめえさんも、気づいてるんだろう」

覚山は、力強く顎をひいた。

「殺された船頭の又八《またはち》は住まいが家捜しされておりまする」

「そういうことよ。暮六ツ（六時）の鐘が鳴っちまったな。表の揚戸にあるくぐり戸はしっかりと門がかけられていた。それと、浪人どもは覆面で、賊どもは頰《ほお》っかむりり。夜はどこでもそうだろうが、隅の有明行灯は三方の窓と上半分がふさいであって薄暗い。手代らばかりでなく、女中らも誰ひとりとして奴らの顔を憶《おぼ》えてねえ」

「お聞かせ願いまする。又八殺しの件で屋根船もちの船頭をあたらせているとのことにござりましたが」

「掛の片山《かたやま》が、手がたりねえんで、臨時廻りにお願《ねげ》えして手先を貸してもらってる。やべえことをやってる奴ほど仲間をかばう。手こずってるが、居所のつかめねえ者《もん》をふくめてしぼりつつあるって聞いてる。今日のところはこれくれえにしておこう。ちけえうちに三吉を行かせる。おめえさんも考《かんげ》えておいてくれねえか。もういいぜ」

「失礼いたしまする」

覚山は、六畳間から土間へおりて刀を腰にさし、懐から小田原提灯をだした。

きよが付木で火をもってきた。蠟燭《ろうそく》に火をともし、きよに礼を述べ、笹竹をあとにした。

あたりには、すっかり夜の帷《とばり》がおりていた。

いそぎ足で入堀通りへむかう。

門前山本町の入堀通りから猪ノ口橋をわたり、万松亭へ行った。でてきた長兵衛に見まわりが遅れたのを詫びて住まいへもどった。

三

二日後の十九日。

昼まえに三吉がきた。暮六ツ（六時）の見まわりがすんだら柴田喜平次と浅井駿介が待っているので八方庵《はっぽうあん》へよってほしいとのことであった。覚山は承知し、厨の板戸をあけてよねに告げた。

居間へもどる。陽射しがまぶしく、暖かいので、縁側の障子はあけてある。

すこしして、ふたりの食膳がはこばれてきて、よねとたきが厨へもどった。よねが急須と醬油瓶《しょうゆ》と小皿とを盆にのせ、たきが飯櫃《めしびつ》をもってきた。

急須は茶漬用だ。茶葉をいれて鰹節《かつおぶし》でだしをとった湯をいれる。

よねが、ご飯をよそい、叩いた梅干をのせ、茶漉《ちゃこ》しで茶をそそぎ、醬油をまわしかけた。膝をめぐらせて食膳に茶漬椀をおき、みずからの茶漬もつくった。

茶漬のほかに、蜆《しじみ》の味噌汁、鶯菜《うぐいすな》（小松菜）と厚揚げの煮染《にしめ》、香の物の小鉢がある。

ひかえていたたきが急須などをのせた盆をもって厨へ去った。たきも、囲炉裏《いろり》ばたでみずからの茶漬をつくる。

食べはじめてすぐ、昼九ツ（正午）の鐘が鳴った。

昼九ツ半（一時）に弟子がきて、よねが稽古をつけに客間へ行った。

覚山は縁側ちかくに書見台をだした。昼八ツ半（三時）に弟子が帰った。覚山は、書見台から空へ眼をやった。

青かった空が水色がかり、雲がひろがりつつあった。

やがて、陽射しがさえぎられ、空は白と薄墨色の斑模様《まだらもよう》になった。さらに、薄墨色が鼠色《ねずみ》になり、重たげにたれこめた。

夕七ツ（四時）の鐘からすこしして霧雨が流れ、風がつめたくなった。

よねが障子をしめて厨へ行った。

雨は日暮れを早める。行灯に火がともされ、よねとたきが夕餉《ゆうげ》の食膳をはこんできた。

夕餉は、茶漬ではなく蒸し飯だった。豆腐の味噌汁、焼いた鰤《ぶり》の切り身、小鉢に白胡麻《ごま》を散らした春菊のおひたし。

春菊は地中海沿岸が原産地だが、かの地では食べない。宋《そう》の時代につたわって蔬菜《そさい》としてもちいられるようになった。日本には戦国時代に明《みん》からもたらされたようだ。上方では菊菜《きくな》ともいう。江戸には、上方の商人《あきんど》や畿内《きない》の大名家家臣らがもちこみ、青菜としてひろまったのであろう。

音をたてていた雨も、夕餉をおえるころには静かになった。

暮六ツ（六時）の捨て鐘が鳴った。

したくをして待っていた覚山は、小雨に蛇の目傘をひろげ、小田原提灯の柄とともに左手でにぎった。

路地から入堀通りにでる。万松亭へよって、長兵衛に小田原提灯をあずける。

長兵衛の見送りをうけて土間から表へでて暖簾をわける。

となりの菊川から暖簾をわけてでてきた芸者が、笑顔をうかべた。

名は知らぬが、顔は見覚えがある。三味線箱をかかえた若い衆《しゅ》が、ひろげた蛇の目傘を芸者にさしだす。左褄《ひだりづま》を高くとっている芸者が、右手でうけとった。

深川芸者を辰巳《たつみ》芸者という。男物の東下駄《あずまげた》に冬でも素足だ。細い足首に朱色の蹴出《けだ》し、裾に模様を散らした漆黒の座敷衣装。

いそぎ足でやってきた芸者がかるく辞儀をしてとおりすぎ、番傘をさした三味線箱の若い衆がつづく。

三味線箱をもつ置屋の若い衆は、〝箱持〟や〝箱屋〟と呼ばれた。

着物は裾が割れる。蹴出しは脚を隠すために湯文字のうえに巻く。湯文字は膝うえまでの長さだ。足首まで覆うのは蹴出しである。

覚山は、蛇の目傘をひらいた。

蛇の目傘は番傘よりも高価である。

いそぎ足のふたりが、路地よこの料理茶屋へ消えた。

雨の入堀通りは風情がある。

空は闇、柳はうなだれ、あいだには朱塗りの常夜灯。そして、入堀の水面《みなも》にゆれる常夜灯と見世からの灯り。

堀留両角にも名無し橋のたもとにも、地廻りの姿はなかった。

見まわりをおえた覚山は、名無し橋をわたって八方庵の暖簾をわけ、腰高障子をあけた。

「いらっしゃいませ」

あかるい声がでむかえた。

ぺこりと辞儀をしたあきに、覚山はほほえんだ。

三脚ある一畳の腰掛台はどれも二組か三組の客がいた。階《きざはし》したの小上がりに弥助と仙次が腰かけていた。

ちいさく低頭して立ちあがった弥助が、階から二階を見あげて、お見えになりやした、と声をかけた。

「お預かりいたしやす」

手をさしだした弥助に蛇の目傘をわたし、覚山は下駄をぬいで階をあがった。

襖はあけられていた。

通りがわに柴田喜平次が、廊下がわに浅井駿介がいた。覚山は、いつものごとくふたりのまんなかで壁を背にした。

食膳をはこんできたあきが、酌をし、廊下にでて襖をしめ、階をおりていった。

喜平次がほほえむ。

「今朝、松吉は顔をだしたかい」

覚山は首をふった。

「いいえ。なにかござりましたのでしょうや」

「まだ噂にはなってねえってことだな。昨夜《ゆうべ》、宇治屋のそのって女中が姿を消した。逐電《ちくでん》でまちげえねえと思うが、むげえめに遭ってるから身投げかもしれねえ。はっきりしねえんで、きつく口止めしてる。こういうことだ」

十五日の朝、喜平次は検使（検屍）役の吟味方二名にあらましを述べ、手先らには周辺をあたるよう命じて臨時廻りとかわるべく宇治屋をあとにした。

夜、詰所で聞いたところによると、御番所へ使いの小者を走らせ、吟味方同心三名がくわわった。それでも、死骸の検使と手代らへの吟味に夕刻までかかった。

吟味方は、猿轡と縄をといた手代に主一家の親類を問うた。すると、内神田《うちかんだ》の商家に嫁いだ姉と浅草のほうの茶問屋へ婿入りした弟があるとのことであった。吟味方は、小者を使いにやった。朝のうちに、姉と弟が駆けつけてきた。

姉には男児がなく、娘に婿をむかえている。弟には男児が二名ある。血筋からしても、ひっきょう弟の次男が宇治屋を継ぐことになる。弟はさっそくにも差配をはじめた。

血に汚《けが》れた畳をかえねばならず、通夜は翌十六日におこなわれた。つぎの朝、番頭二名と手代をふくめた葬儀がいとなまれ、七名は荼毘《だび》にふされた。

「……弟は名を富右衛門《とみえもん》という。年齢《とし》は四十三。番頭と手代の実家《さと》には文で遺骨をどうするか問いあわせることにした。奉公人には、初七日の法要をすませたら、身の振りかたを相談すると話したそうだ。残るもよし、去るもよし、となで、昨日《きのう》の夕餉に、そのがいねえのに気づいた。二十一歳、色白でぽっちゃりしてるって聞いて、おいらも想いだした」

御番所の詰所についてほどなく、自身番屋の書役《かきやく》が駆けこんできた。宇治屋の女中ひとりの姿が見えず、身投げをしたのではないかと案じているという。

喜平次は、年番方にことわり、同心詰所よこの小者控所《こものひかえどころ》にいた弥助と手先二名をしたがえて深川堀川町へむかった。

身投げなら川筋をさがさねばならない。霊岸島《れいがんじま》から永久島《えいきゅう》へわたったところで、手先のひとりにみなをあつめて追ってくるよう申しつけた。ごめんなすってとことわった手先が駆けていった。

「……女中らはのこらずむげえめに遭ってる。手代らによれば、四名《めえ》とも思いつめた表情をしてたそうだ。手代らも、ずっと泊まりこんでる富右衛門も、暗い顔をしてたんで身投げしたにちげえねえって考《かんげ》えてた。だから、やってきた手先らに、まわりでそのを見た者《もん》がいねえかと、川筋を下流にむかってあたるよう申しつけた。それから女中らに話を聞いたんだがな」

三名ともなにか言いたげであったが言いだせずにいるようすがうかがえた。喜平次は、おだやかな声で言った。

——身投げしたかもしれねえってんで手先らに川筋をさがさせてる。まちげえてもかまわねえから、思いあたることがあるんなら、話しちゃもらえねえか。

三名が顔を見あわせ、ひとりが口をひらいた。

——あのう、お役人さま、小間物売りの春吉《はるきち》さんのところへ行ったのかもしれません。

「……十五日の朝、話を聞いたおりも、四人のなかじゃあそのが、まああの縹緻《きりよう》で色気もあると思った。三人の言ったのをまとめるとこうなる」

春吉は、小間物の担ぎ商いをしている。年齢《とし》は三十で、独り身。身の丈五尺五寸(約一六五センチメートル)、細面《ほそおもて》の優男《やさおとこ》。住まいは、竪《たて》川と横《よこ》川との東北かどにある本所柳原町《ほんじよやなぎわらちよう》二丁目の友兵衛店《ともべえだな》。

「……春吉が、住まいを告げ、こまったことがあったらいつでもたずねてくるよう言ったのを、そのが頰を染めてうれしげに話していたそうだ。むろん、すぐに柳原町へむかった」

堀川町から柳原町までは三十町（約三・三キロメートル）余。いそげば小半刻（三十分）あまりでつく。

自身番屋で友兵衛店を訊くと、町役人がいぶかしげな表情になった。

――お役人さま、なにかあったのでございましょうか。

――どういうことだい。

――夕七ツ（四時）まえに、島田《しまだ》をゆっておりましたゆえ年増女中と思われますが、やはり友兵衛店を教えてほしいと訊きにまいっておりました。

――そうかい。で、友兵衛の住まいはどこだい。

――竪川ぞいを二丁目のほうへ二十間（約三六メートル）ばかり行きますと、間口二間（約三・六メートル）の近江屋《おうみ》という荒物屋がございます。裏店への木戸をはさんだとなりが友兵衛さんの住まいにございます。

――ありがとよ。

友兵衛は、五十代なかばの痩《や》せて小柄な年寄で、白髪頭に申しわけていどの髷《まげ》がちょこんとのっていた。

夕七ツの鐘が鳴るすこしまえ、たしかにそのゝと名のる女中がたずねてきた。

間口一間半（約二・七メートル）に奥行二間（約三・六メートル）の棟割長屋が路

地をはさんで二棟ある。四畳半に一畳半の土間と竈《へっつい》。店子《たなこ》のおおくは独り者の男だが、年老いた夫婦者や独り身の大年増や後家もいる。

こまったことがあればいつでもたずねてくるように言われているとのことだったので、釣瓶井戸がわ塀ぞいの三軒めが春吉の住まいだと教えた。

――はい。春吉はたいがい夕七ツすぎじぶんにもどってまいります。……いいえ、春吉もそのという女中も見ておりません。

表店うらの東にあたる右に釣瓶井戸があり、左に厠《かわや》（便所）があった。六尺（約一八〇センチメートル）の朽《く》ちた板塀とのあいだは、塀ぞいに板でおおった溝がある四尺（約一二〇センチメートル）の路地だった。

春吉の住まいは雨戸がしめられていた。弥助にあけてみろと申しつける。弥助が手をかける。

雨戸がきしみながら引かれた。

壁から板壁のそとに雨戸用の溝がある。板壁のうちには腰高障子用の溝があった。雨戸をあけた弥助が、腰高障子も引いて脇によった。

喜平次は敷居をまたいだ。

このような長屋はどこもおなじ造りである。土間が、奥行半間（約九〇センチメートル）で左右が半間余。戸口のよこ一間（約一・八メートル）に、水瓶《みずがめ》と桶、流し、竈《かまど》がある。

　四畳半の部屋はかたづけられ、竈うえの無双窓もしめられていた。

　喜平次はつぶやいた。

　――ずらかったようだ。

　表にでる。

　――しめときな。

「……あらためて友兵衛に話を聞いた。場末の裏長屋はどこもおんなしだが、生国《しょうごく》は御当地で、檀那寺《だんなでら》は家主のとこ、店請人《たなうけにん》（保証人）も家主。春吉もそうかいって訊いたら、申しわけございやせんって言ってた。この月ずえで、越してきてまる二年になるってことだ。春吉は四、五日から半月くれえ留守にすることがあって、小田原《おだわら》、川越《かわごえ》、下総《しもうさ》の佐倉《さくら》あたりをまわることがあるって話してる」

「御府内にかぎらず幅広く足をのばして商いをしている。にもかかわらず、場末に越してきて二年たらず。まえの住まいで不始末があったか、もしくは」

　喜平次がうなずく。

「もどってくるわけねえって思ったが、昨夜は四ツ（十時）の鐘まで、今朝もいちばんで見にいかせた。やはり帰《けえ》ってねえ。女中をたらしこんで逢引《あいびき》のためにくぐり戸の閂をはずさせる。賊どもがよくつかうやり口よ」

女も二十歳《はたち》になって年増とよばれるようになると焦る。そこで、たいがいは優男の小間物売りなんかに言いよらせる。

くぐり戸をあけるだけならかんたんだ。塀をこえて閂をはずせばよい。だが、家に忍びこむのは容易ではない。

優男に、庭で会いたい、ほんのちょっとだけでいいと口説かせ、女にくぐり戸の閂をはずさせる。

「……庭で、春吉がそのに言う。仲間じゃねえ、おどされてしかたなくだ、二、三日したらきてくれ、いっしょに逃げよう。そのをひったてた賊が言う。よけえなことをしゃべってみろ、春吉を殺すぞ」

「おなじように辱《はずかし》められたゆえにほかの女中らはそのをうたがわなかった。……なるほど、そのを身投げにみせかけて殺すやもしれぬ」

「ああ、ありうるって思ってる。だから、女の身投げがあれば報せがくるようたのんである。おいらのほうは、とりあえずこんなとこだ。駿介」

喜平次に一揖した駿介が、顔をむけた。

「めえも話したが、千鳥の奉公人ばかりでなく出入りの振売《ふりう》りなんぞも口が堅《かて》え。で、山本町の町役人《ちようやくにん》に、きねの一件で話が聞きてえんで、千鳥から暇をだされるか嫁にいった女中をさがしてる、周辺の料理茶屋なんかにこっそりあたってもらいてえってたのんだ」

それが、立ち話をした翌十四日だった。十六日の夕刻、見まわりからもどるのを町役人が永代橋たもとで待っていた。

たもと上流がわには、出茶屋や床見世《とこみせ》、据《す》え屋台、担ぎ屋台などがある。

駿介は、はずれにある出茶屋の腰掛台に町役人をうながした。刀をはずして腰かけ、右横にすわるように言った。

辞儀をして、隅にあさく腰をおろした町役人が話した。

――お達しにございましたゆえ、むろんのことすでにお調べにございましょうが、手前のほうでも人別帳のほか、ぞんじよりの者にあたらせていただきました。

きねは、相模の神奈川宿《かながわじゆく》ちかくの出で、十六歳春の出代《でがわ》りから千鳥に奉公するようになった。二十二歳の夏に嫁いだが二十四の春に離縁して千鳥にもどった。

――すべての料理茶屋にというわけではございませんが、たいがいはそのように男運のない大年増がひとりかふたりおります、はい。

したがって、この五年くらいのあいだにということでさがした。不始末で暇をだされた女中はいない。嫁ぐために暇をもらって国に帰った女中がおおい。だが、ふたりだけ江戸で所帯をもった者がいる。

「……で、一昨日《おとつい》の朝、臨時廻りに見まわりをお願《ねげ》えして、ふたりに会った。ひとりは、あからさまな迷惑顔でなにもぞんじませんの一点張りだ。自身番へつれてって問いつめるって策《て》もある。気が弱《よえ》えならしゃべるが、かえってかたくなになるかもしれねえ。それで、もうひとりのとこに行ったら、話し好きな女でな」

名をとしといい、年齢《とし》は二十三。二十一歳の冬、世話する者があり、大工に嫁いだ。

千鳥は女将のつやがきりもりしている。料理茶屋は板前の腕によって客足がちがってくるが、千鳥には文右衛門が婿入りするまえから板場にいた者が二名のこっている。いまではその二名が板場をしきっていて、文右衛門よりつやの言うことを聞く。

そのせいもあるのだろうが、文右衛門は千鳥のことはつやにまかせっきりでしばしば他出する。すぐうえの兄が浅草花川戸町《あさくさはなかわどちょう》の仕出屋に婿入りしていて、ふたりで吉原《よしわら》へ行っていた。文右衛門は兄の誘いだからしかたないと言う。兄のほうもまた、弟の誘いだからと言いわけをしているのだろう。つまりは、ふたりとも女好きなのだ。

ところが、吉原がよいだけではなかった。

門前山本町は入堀にめんした南北が一町半（約一六四メートル）余。東西が一町（約一〇九メートル）余のひろさだ。南北のまんなかあたりに東西へのびる裏通りがある。

三年まえの初夏のころ、木場の材木問屋に店での料理をたのまれた。でむいての料理なら、仕出屋に注文すればよい。しかし、ひいき筋であり、なにより木場の旦那衆の機嫌をそこねるのはさけたいことから、女将が笑顔でうけた。

夕刻、二番板前が用意した材料を若い板前と見習とにもたせて近道をしていた。いそぎ足で歩いていたのに、路地に眼をやった二番板前がいきなり立ちどまり、若い板前と見習とがぶつかりそうになった。

若い板前は路地を見た。

主の文右衛門が戸口の格子戸をあけてなかへ消えるところであった。

二番板前がうながし、木場への道をいそいだ。

料理を造りおえた二番板前と見習が帰り、若い板前は追加注文にそなえてのこった。あれもこれもとつぎつぎに言われ、ついには夜五ツ半（夏至時間、九時半）じぶんになってしまった。

そろそろおいとましねえとなりやせんと主に挨拶すると、礼と過分な祝儀をつつまれた。

若い板前は帰路をいそいだ。

大通りからそれて近道をする。

いくつめかのかどをおれると、ひとつさきの路地へまがりかけた女がいた。ぶら提灯にうかびあがる横顔は女中のきねであった。

耳にしているきねの住まいとはまるで方角がちがう。小走りになり、小田原提灯を背にまわしてかどからのぞくと、きねが文右衛門が消えた割長屋の戸口にはいるところだった。

千鳥の板場に帰った若い板前は、待っていた二番板前に祝儀をわたしながら見たことを話した。すると、するどい顔になって、だれにもしゃべっちゃあならねえと釘《くぎ》をさし、祝儀のはんぶんちかくをわけてくれた。

「……しゃべっちゃならねえことをなんでおめえに話したんだって訊いた。するってえと、鼻の穴をふくらませてぬかしやがった。女は、あいてのそぶりやなんかでこっちに気があることがわかる。若《わけ》え板前《いためえ》がそうなのは知っていたが、知らんぷりをしていた。蟬《せみ》の鳴き声がうるさいころに、だれにも話しちゃあならねえぞって念押しされてこっそり教えてくれたんだそうだ。じゃあ、そいつと所帯《しょてえ》をもてばよかったじゃねえかと言うと、彦《ひこ》さん、浮気だし、博奕《ばくち》好きだしって口をすべらせ、おいらを見て、あっ、いけない、だと」

駿介は、心配しないようにと言い、ほかに知ってることはないかとうながした。

――お役人さま、彦さん、ちょっと遊び好きなだけでほんとうはいい人なんです。

――わかった。そいつの名は。

――彦助《ひこすけ》です。二十五になります。で、あたしが、女将さん、なにも知らないのかしらって言ったら、まあいろいろあらあなって言ってました。

「……手先二名《めえ》を彦助にはりつかせてる。賭場へ出入りするか、自身番へ呼びつけても、しらをきられりゃ、それまでだからな。仲間うちで博奕をするようなら縄をうって、知ってることをのこらずしゃべらせる。おいらのほうはこんなところだ」

喜平次が言った。

「もういいぜ。また報せる」

「失礼いたしまする」

覚山は、脇の刀をとった。

弥助から蛇の目傘をうけとり、あ、あきのあかるい声を背にうける。腰高障子をあけて暖簾をわけると、雨は霙《みぞれ》になっていた。

住まいへもどると、ほどなく夜五ツ（八時）の鐘が鳴った。

戸口の格子戸をあけると、白い粉雪が夜風とたわむれていた。

四

翌二十日の暁七ツ半（五時）じぶん。覚山は、床をはなれて窓の雨戸をあけた。

夜があかるかった。

見わたすかぎり、まっ白な雪だった。四、五寸（約十二、十五センチメートル）ほど積もっている。春雪《しゅんせつ》である。

きがえて雨戸をあけ、庭の雪かきをはじめる。ほどなく、長助がてつだいにきた。

ふたりで庭の雪かきをおえて路地にでると、万松亭と菊川の若い衆《しゅ》が雪かきを終えつつあった。

朝餉をおえて湯屋へゆくころには、路地や裏通りの雪はかたづけられていた。雲ひとつない澄みきった青空からのまばゆい陽射しに、庇《ひさし》から雫《しずく》が落ち、板塀も溶けた雪が濡らしていた。

湯屋からもどってくつろいでいると、庭のくぐり戸がけたたましくあけられた。

「おはようございやす。雪のように心がまっ白な松吉でやす。おじゃまさせていただいてもよろしいでやしょうか」

縁側の障子はあけてある。覚山は大声をだした。

「だめだ」

松吉が顔をみせる。

「先生《せんせえ》、なんかおっしゃいやしたか」

「聞こえなんだか」

「だめだっておっしゃったような気がしやすが、きっとあっしの聞きちげえで」

「あがるがよい」

「ありがとうございやす」

よねともども湯屋へは下駄で行ったが、松吉も下駄であった。沓脱石で音をたててぬいだ松吉が、濡れ縁から敷居をまたいで膝をおった。

「先生《せんせえ》、押込みにへえられた宇治屋の女中ひとりが行《ゆ》く方《かた》知れずだそうでやす」

「ほう」

「なんでも、一昨日《おとつい》の夕方にいなくなってるのに気づいたそうで。そのかって名の年増で、四人《よつたり》いる女中のなかじゃあいちばんの上玉だそうでやす。盗人《ぬすっと》どもにかわるがわる酷《むげ》えめに遭わされたって話でやすから、身投げしたんじゃねえかって噂しておりやす」

廊下で声をかけ、たきが襖をあけた。

松吉の真顔がくずれる。

「おたぁきちゃぁぁぁん」

はいってきたたきが、膝をおり、茶托ごと茶碗を松吉のまえにおいた。

「おたきちゃんの手は雪のように白《しれ》え。心もまっ白だもんな。……おっ、顔が桃の花になった」

よねの声がとがる。

「松吉、いいかげんにおしっ」

「すいやせん」

たきが、うつむいたままで盆をもって廊下にでて襖をしめた。

よねが、襖から顔をもどして松吉をにらむ。

「まったく。素人《しろうと》娘なんだからね」

「申しわけございやせん」

茶碗をとって茶を喫する。茶碗をおき、顔をあげる。

「先生《せんせえ》、そのって女中についちゃあ、もうひとつ噂がありやす」

「聞かせてくれ」

「へい。一味のひとりにだまされて手引きしたんじゃねえかってんです。で、ばれねえうちに逃げた。ですが、ほかの女中といっしょになぶりものにされたはずで。……そうか。てめえはそうならねえって思ってた。いや、縛られるだけでひでえめに遭うとは思わなかった。どっちにしろ、手引きしたんなら、主一家皆殺しでやすから磔《はりつけ》はまぬがれやせん。それで逃げたんでやしょうか」

「さてな。女ひとりでどうやって逃げる。手形がなければ関所はこえられぬぞ」

松吉が首をひねる。

「ちげえねえ」

「まだ逃げたとはきまっておらぬ。この一件、どこか釈然とせぬ」

茶を飲みほした松吉が、茶の礼を述べて去った。

朝四ツ（十時）の鐘が鳴り、よねが弟子に稽古をつけに客間へ行った。

覚山は、書見台を縁側ちかくにおいた。

しばらく書見をし、眼を青空へやる。

又八の屋根船が品川《しながわ》沖で見つかったのが暮れの二十五日。死骸が小田原城下の浜で見つかったのが正月の十二日。半月あまりも海をただよっていた。

宇治屋の女中そのが、消えた一昨日《いっさくじつ》のうちに身投げをしたのであれば、橋桁《はしげた》にかかるか、大川河口の石川島《いしかわじま》か佃島《つくだじま》にうちあげられている。身投げのおおくはそうなる。しかし、沖へはこばれてしまったのなら、又八のごとくしばらくは見つからぬかもしれない。

そうではなく、小間物売りの春吉が盗人一味で、そのを連れ歩いているとする。

覚山はおのれに問うた。

――なにゆえ。足手まといになるだけではないか。

――身投げにみせかけるのではなく、殺して荒れ寺あたりに埋める。ありうる。それなら、行く方知れずのままだ。

青空から書籍に眼をもどした。

中食をすませ、刻限になって弟子がおとずれ、よねが客間へ行った。

覚山は書見台をだした。

朝は雲ひとつなかったが、あちこちに白い綿雲が浮かんでいた。しばらく書見をし、また仲春の空へ眼をあそばせる。

一番番頭と二番番頭を一階までつれてきて殺したのはなにゆえか。

金子があるのは蔵だ。蔵には錠《じょう》があり、あけるには鍵がいる。眼のまえで二番番頭を殺し、一番番頭に鍵のありかをしゃべらせる。

一番番頭は鍵がどこにあるかを知っていたか。知らなかったゆえに殺された。宇治屋の主は、両替屋を信用せずに蔵へ金子をしまっていた。一番番頭も信じていなかった。

ならば、賊は迂遠《うえん》なことをせずにはなから主に迫ればよかったではないか。

そうした。主と内儀に猿轡をかませ、内儀はうしろ手にしばる。そして、主に鍵をもって蔵に案内しろと迫る。

主がおうじない。

隣座敷へひっぱっていく。そこには、猿轡をかまされてうしろ手に縛られた一番番頭と二番番頭が跪《ひざまず》かされている。頭が合図し、ふたりのうしろに立っている配下が匕首で番頭ふたりの首の血脈を切って押したおす。

主を寝所へつれもどす。

頭の合図に、配下が内儀の胸をはだけ、匕首でもてあそぶ。頭が脅《おど》す。欲しいのは金子であって命ではない。案内しないなら、倅を殺し、娘と内儀をみなでなぶりものにさせる。

あるいはほんとうに金子だけ奪って逃げるかもしれない。一縷《いちる》の望みにすがり、主は賊どもを蔵へ案内した。

青空から隣家の屋根に眼をやり、覚山は声にだしてつぶやいた。

「人が理《ことわり》どおりにうごくとはかぎらぬが……」

ふかく息をすってはき、書見にもどる。

よねの稽古《いい》がおわり、陽が相模のかなたへかたむいていった。仲春とはいえ、陽射しがうすれるにつれて冷えていく。よねが縁側の障子をしめて、夕餉のしたくに厨へ行った。

夕餉をすませ、暮六ツ（六時）の鐘が鳴り、見まわりにでた。

万松亭によって小田原提灯をあずけ、入堀通りを堀留へむかう。

座敷をおえた芸者や客がゆきかい、冷やかしの若い者らが三味線箱持ちをしたがえた年増芸者や娘芸者を追いこしてふり返っている。

常夜灯や鳥居が朱塗りなのは魔除けの意味がある。

陽が沈んで緑を失った柳と朱色の常夜灯が交互にならび、名無し橋があり、さらに柳と常夜灯。そして堀留。

堀留の柳から地廻り三名が入堀通りにでてきてならぶ。三名とも、懐に右手をいれ、険難《けんのん》なようすだ。

ゆきかう者らが軒先による。

名無し橋まで十間（約一八メートル）ほどのところで、三味線箱をもった若い衆《しゅ》をしたがえてやってきた年増芸者が、裏通りへちらっと眼をやった。つづいた若い衆が、顔をもどす。

ちかづいてきた年増芸者がちいさく首をふった。了解したしるしに、覚山はかすかにうなずいた。

年増芸者と若い衆がすぎ去る。

やってくる者らが、いちように裏通りに眼差をむけ、いそぎ足になる。

覚山は、通りのまんなかをすすんでいる。一歩ごとに、潜む気配を濃く感取する。

ひとりやふたりではない。

三間（約五・四メートル）。

とびだしてきた影が抜刀。四名。白刃の切っ先で蒼い空を突きさし、つっこんでくる。

この日は、二尺二寸（約六六センチメートル）の摂津《せっつ》と一尺七寸（約五一センチメートル）の刃引多摩《たま》を腰にしている。

鯉口《こいぐち》を切って摂津を鞘走《さやばし》らせる。

先頭が悪鬼の形相で間合を割った。

「オリャーッ」

白刃が、まっ向上段から薪割りに落下。

摂津で弾き、右小手を狙う。柄《つか》から右手を離した敵が左横へ跳ぶ。背後にいた二番手が踏みこんで袈裟懸《けさが》けに、右の三番手が突きにきた。

右足をよこへ。摂津を右したへ奔《はし》らせ燕返《つばめがえ》し。刀身が昇竜《しょうりゅう》の牙と化す。

突きにきた白刃に痛打。

――キーン。

甲高い音が響く。

――カキッ。

二番手渾身《こんしん》の袈裟懸けが、摂津が弾いた三番手の棟《むね》を撃つ。棟は脆《もろ》い。簡単に折れる。棟で刀をまじえたり、敵を撃つなど論外である。

覚山は見ていない。

右足を爪先立ちにして躰を左回り。摂津が剣風《けんぷう》を曳《ひ》く。左足をつく。軸にしてさらに反転。右足を回しながらうしろへ引く。

三番手の左脇したを切っ先で薙《な》ぐ。

着衣を裂き、皮と肉と肋《あばら》を浅く断つ。腕をたたみ、あえて心の臓に届かぬように斬った。

「おのれーッ」

四番手が三番手の右へ回りこみ、上段から薪割りにきた。蒼穹《そうきゅう》から降りてくる夜の帷を、白刃が割る。

手首を返し、逆一文字に奔っていた摂津を雷光の疾《はや》さで右斜めうえへ。四番手の白刃を弾く。

四番手が白刃を撥《は》ねあげて上段に構えんとす。剥《む》きだしの右二の腕肉を摂津の切っ先が裂く。

たちまち血が滲み、石榴《ざくろ》の実と化す。

右斜めうしろへ跳ぶ。右足、左足と地面をとらえる。右斜めしたに血振《ちぶ》りをくれ、摂津を青眼にとる。

四名を睨む。

浅手ではあるが、二名は血を流している。

「早々に去るがよい。つぎは容赦せぬ」

無疵の二名が口惜《くちお》しげな表情になる。疵口に手拭をあてている仲間に眼をやり、うながして裏通りへあとずさっていく。

四名が裏通りへ消えるまで待ち、覚山は懐紙で摂津をていねいにぬぐい、鞘へもどした。

おなじ懐紙で落ちているおれた刀身をひろい、包む。

見ていた地廻り三名が、身をひるがえして逃げる。

門前山本町のかども、名無し橋たもとも、地廻りどもは消えていた。

万松亭へよると、長兵衛が板間に腰かけて待っていた。駕籠《かご》舁《かき》が報せにきてくれたのだという。

覚山は、屑鉄《くずてつ》拾いにわたしてもらいたいと言っておれた白刃をたくし、小田原提灯をうけとった。

翌日も翌々日も、雨もようで、冷たい風がうなり、冬にもどったかのようであった。小雨や霧雨が景色をしめらせた。

二十三日は快晴であった。

よね《い》が湯屋からもどってほどなく、庭のくぐり戸がけたたたましくあけられた。

「おはようございやす。若返《わかげえ》りの松でやす。おじゃまさせていただきやす」

陽射しがあかるく暖かいので、縁側の障子は左右にあけてある。あらわれた松吉が笑顔をはじけさせる。

「よいお天気で。おっ、およねさん、洗い髪、まぶしくて眼がくらくらしやす」

「今朝はわしも洗ったぞ。およねに髷をゆいなおしてもらったところだ」

「そうでやすかい。あがらせていただいてもよろしいでやしょうか」

「やむをえまい」

「先生《せんせえ》、冷《つめ》てえおっしゃりようはよしておくんなさい。一昨日《おとつい》の夜はあんまし寒かったんで、ひさしぶりに仲間とこころゆくまで飲み、おかげで昨日《きのう》は二日酔いでやした」

しゃべりながら濡れ縁にあがった松吉が、敷居をまたいで膝をおる。

声をかけたたきが襖をあける。

「おたぁきちゃぁぁぁん」

「おまえなあ、まいどのことながら、いったいどこから声をだしておる」

「口からにきまってやす。声は口から、屁《へ》は尻《けつ》から」

「へえ」

はいってきたたきが、立ちどまり、肩と両手でもつ盆を小刻みにふるわせる。よねもてのひらで口をかくした。

「それこそ、へえーでやす。先牛《せんせえ》に洒落《しゃれ》は似合いやせん。やめておくんなさい」

「そうか」

よねが噴きだした。

「へえ」

笑いをこらえ、肩でおおきく息をしたたきが、膝をおって松吉のまえに茶托ごと茶碗をおいた。

「おたきちゃん、今日からは、有川の伊達男《だておとこ》、見越しの松ならぬ若返《わかげえ》りの松って呼んでくんな」

ぺこりと辞儀をしたたきが、顔を赧《あか》らめて噴きだしたいのをこらえ、盆を手に廊下へでる。

膝をおって襖をしめ、厨へ去った。

松吉が襖から顔をもどす。

「先生《せんせえ》」

「へえ」

唖然《あぜん》となる。

「先生《せんせえ》。もう屁だとか、尻だとか申しやせん。できるだけそうしやす。お願《ねげ》えでやす、勘弁しておくんなさい」

「よかろう」

「ありがとうございやす。一昨日も昨日もうっとうしい空もようでやしたんでおじゃましやせんでしたが、仲町裏通りめえでの浪人四名《よったり》とのこと、聞きやした。先生《せんせえ》、真剣だったそうで」

「ああ。いきなりであったうえに、四人もいたゆえ用心した」

「話してくれたんはすこし離れたとこで見てた者《もん》でやすが、訊いてほしいってたのまれやした。奴らがうまく躱《かわ》したんか、先生《せんせえ》が殺《や》っちまわねえようにしたんか」

「月番は北町奉行所で、斬れば柴田どのが掛になる。南の浅井どのもそうだが、おふたりにあまりご迷惑をかけたくない」

「やはりそうでやしたか。先生《せんせえ》がその気になってしくじるわけがねえって思ってやした」

茶を飲みほした松吉が、茶碗をおき、よねに顔をむけた。

「およねさん、馳走《ごち》になりやした。……先生《せんせえ》、お教えくださり、お礼《れえ》を申しやす」

腰をあげて、濡れ縁から沓脱石におり、去っていった。

翌二十四日の昼まえ、戸口の格子戸が開閉し、仙次手先の次郎太《じろうた》が名のった。

戸口へ行くと、ぺこりと辞儀をしてなおった。二十歳《はたち》前後で、いかにも俊敏そうなひきしまった体軀《たいく》をしている。

「先生《せんせえ》、浅井の旦那が親分とともに夕七ツ（四時）すぎにおじゃましてえそうで。よろしいでやしょうか」

「お待ちしているとおつたえしてくれ」

「へい。ありがとうございやす。ごめんなすって」

うしろ手に格子戸をあけて敷居をまたぎ、格子戸をしめて辞儀をし、去った。

覚山は、厨へむかった。

板戸をあけて、中食のしたくをしているよねに、浅井駿介と仙次が夕七ツすぎにくると告げた。

夕七ツの鐘が鳴り、しばらくして戸口の格子戸があけられた。

「ごめんくださいやし」

覚山は、戸口へ行き、ふたりを客間へ招じいれた。

座につくとすぐに、よねとたきが食膳をはこんできた。よねが駿介から順に酌をしているあいだに、たきが仙次の食膳ももってきた。

仙次にも酌をしたよねが廊下にでて、たきが襖をしめた。

駿介が言った。

「千鳥の板前《いため》《え》彦助だが、手先二名《めえ》に見はらせてるんは話したよな」

「うかがいました」

「賭場帰《げえ》りをおさえた。正直にこてえたら見逃してやるって言ったら、知ってることをのこらずはいた」

さぐらせたところ、彦助は千鳥の板場で筋のよさをみこまれているようであった。彦助は飲む、打つ、買うは男の病であり、深入りしないかぎりとがめたりはしない。

賭場がよいをしているが、店《たな》への前借や仲間に借銀してのめりこむほどではなかった。

板場がいそがしいのは、夜五ツ（八時）ごろまでだ。半刻（一時間）の直しがはいる。春分から秋分にかけては小半刻（三十分〜三十五分）の直しもうける。夜五ツから町木戸がしまる夜四ツ（十時）までの客もいる。そのような客は、駕籠ではなく、屋根船か猪牙舟で帰る。

だから、夜五ツをすぎれば、料理の注文はない。座敷がはねたあとのかたづけは見習がやる。のこった料理をしまつし、食器は盥《たらい》に漬け、鍋《なべ》などにも水をはっておく。灯りがもったいないのとこまかい汚れを見おとしてしまいかねないので、洗うのは翌朝だ。

急な注文があったさいの当番ひとりをのこして、夜五ツの鐘で庖丁人はひきあげる。

女中も座敷のかずにおうじて帰す。

一昨日《いっさくじつ》は、小雨がふったりやんだりのうえに冷たい風が吹く寒い夜だった。

三度の捨て鐘のあとに夜五ツの鐘がはじまると、千鳥よこの路地からいそぎ足の彦助がでてきた。

住まいなら路地を逆に行く。

手先二名があとを尾《つ》けた。

猪ノ口橋、黒江《くろえ》橋、富岡《とみおか》橋をこえて寺町通りにはいったところで、小雨がおちてきた。

手拭をだして頬っかむりをした彦助がさらに早足になる。

寺町通りはずれの海辺《うみべ》橋で仙台《せんだい》堀をわたり、高《たか》橋で小名木《おなき》川を背にした。

高橋から四町半（約四九一メートル）ほどの深川北森下町《きたもりしたちょう》の四つ辻を右へまがっ

た。二町（約二一八メートル）余さきの五間堀《ごけんぼり》に架かる伊予橋《いよばし》をわたれば、一帯は武家屋敷だ。

半町（約五四・五メートル）ほどすすみ、左の武家屋敷へ消えた。

中間長屋《ちゆうげんながや》の賭場に相違ない。

旗本は生活《たずき》が苦しい。中間長屋で賭場がひらかれているのを表向きは見て見ぬふりだが、裏では所場代をとっていた。

そのような旗本屋敷が武家地にはいくつもある。町奉行所は武家屋敷にはいれない。だからといって、目付に告げてもむだであった。配下の小人《こびと》目付が手入れがあるのを教えて謝礼をとるからだ。

ひとりが橋のたもとに見張りでのこり、ひとりが八丁堀へ走った。八丁堀まで半里（約二キロメートル）とさらに半分ほど。

報せをうけた駿介は、すぐさま思案をまとめた。

このような刻限での賭場行きなら、おわったあとは酒をくらって雑魚寝《ざこね》をし、帰りは朝だ。

霊岸橋《れいがんばし》のたもとよこにある船宿熊沢《くまざわ》は御用の筋でよくつかう。屋根船を一艘《いっそう》、明日《あす》の朝まで、火鉢と船頭のぶんをふくめて揺巻を五枚、冷や飯があれば握り飯と吸筒《すいづつ》

（水筒）、と告げて、川風へ行って仙次を呼ぶよう命じた。
いそぎしたくをして弓張提灯を手に船宿へむかう。
熊沢のてまえで、ぶら提灯をさげた手先と仙次が霊岸橋を駆けおりてきた。
屋根船座敷のまんなかにおかれた火鉢は炭が焚《た》かれ、艫隅《とも》に積みあげられた掻巻の
うえには高枕が、まえには風呂敷包みがあった。
駿介は舳《みよし》を背にし、仙次の斜めうしろで艫を背にした手先が船頭に声をかけ、屋根
船が桟橋を離れた。
霊岸島新堀から大川にでたところで、駿介は仙次を呼んでだんどりをきめた。
小名木川の河口から二町（約二一八メートル）たらずの北岸に、竪川《たて》へいたる六間《ろつけん》
堀がある。途中で東北へ枝分かれしているのが五間堀だ。艫の手先が障子をあけてそ
とにでた。
五間堀は三町（約三二七メートル）たらずで逆くの字におれまがり、そこから二町
余に伊予橋がある。
駿介は、膝をめぐらして障子を一尺（約三〇センチメートル）ばかりあけた。
たもとにいた手先が桟橋におりてきた。
船頭が艪から棹《さお》にかえ、屋根船が桟橋によこづけされた。

辞儀をした手先に、駿介は訊いた。

――ようすは。

――でてきた者《もん》が五名《めえ》おりやしたが、奴はへえったままでやす。

――そいつらに怪しまれなかったか。

――へい。猪牙舟《ふね》を待ってるふりをしやした。ほかの賭場にいた者《もん》と思ったんじゃねえでやしょうか。

――よくやった。なかで暖《あった》まりな。

――ありがとうございやす。

手先が艫にまわる。

桟橋へおりた船頭が、艫と舳とを舫い綱で桟橋の杭《くい》にむすんだ。

すでに夜四ツ（十時）の鐘は鳴っている。暁九ツ（深夜零時）の鐘まで駿介とむかえにきた手先が見張る。つぎの一刻（二時間）は仙次ともうひとりの手先だ。

行灯を桟橋とは反対の船縁《ふなべり》にうつしておおいをする。その船縁がわの障子両脇を四寸（約一二センチメートル）ばかりあけておく。

炭を焚いたままでしめきったところに何名もでながいことといると、眠くなってそのまま死んでしまう。寒い季節に見張りをするおりの心得として見習のころにくり返し頭にたたきこまれる。

船頭と手先と仙次の三名が、艫から順に高枕をならべ、よこになって掻巻をかけた。

万が一のことがあるので、手先に石段をのぼって道を見張るよう命じた。そして、じぶんかなと思えるころにかわった。仲春も下旬になったが、夜が更けるほどに冷える。川風が吹きつけるのでとくにそうだった。

暁九ツの鐘がひそやかに鳴り、仙次らとかわった。

よこになったのは暁八ツ（二時）までの一刻（二時間）だけだった。

暁七ツ（四時）の鐘で、仙次らも起きて掻巻と高枕をかたづけた。風呂敷包みには握り飯と吸筒と湯呑みがあった。暁七ツ半（五時）じぶんには、夜はかなりしらみだしていた。

駿介は、仙次と手先一名を伊予橋西岸の三間町《さんげんちょう》にひそませた。

五間堀は文字どおり五間（約九メートル）幅。江戸のたいがいの橋は、川岸から川なかへ盛り土をして架けられる。伊予橋は長さが三間（約五・四メートル）、幅が九尺（約二・七メートル）。

伊予橋をわたる彦助を、両岸たもとをおさえることで逃げられぬようにする算段だ。

のこった手先に、石段に身をひそめて旗本屋敷を見張るよう命じた。

伊予橋からだと賭場がある旗本屋敷は東にあたる。夜明けは、東の空からおとずれる。

駿介は、船縁の障子をわずかにあけて手先を見ていた。

明六ツ（六時）の捨て鐘が鳴りだした。六ツの鐘のふたつめで、手先が身をかがめたままおりてきた。

――浅井の旦那、四、五名《めえ》ほどでてめえりやした。

――よし、手はずどおりだ。座敷で見張り、彦助を見つけたら教えな。

――わかりやした。

船縁の障子をしめた駿介は、舳の障子をあけ、雪駄をとってしめた。足裏をあわせた雪駄と刀と十手とをもって火鉢のまえにうつる。

艫から座敷にはいってきた手先が、柱と障子のあいだにわずかな隙間をつくる。

見ていた手先が、ふりむいてうなずく。

駿介は膝立ちになった。十手を帯の背にさし、刀を腰にする。手先が艫の障子をあける。船頭は積みあげた掻巻のまえで身じろぎせずかしこまっている。

艫にでた手先が、岸がわによって橋をうかがう。すぐに顔をひっこめて顎をひいた。

駿介は、雪駄をおいてはき、艫にでて屋根ごしに橋を見た。六名がいただきへのぼりかけている。

左手で大小をおさえ、桟橋へとびおり、石段をかけのぼる。手先がついてくる。

物陰からとびだしてきた仙次と手先が橋のたもとをおさえた。羽織に尻紮《しりから》げ、薄鼠《うすねずみ》色《いろ》の股引。仙次は御用聞きの恰好《なり》である。

六名がふり返る。

駿介は、たもとから橋板をのぼりつつあった。

低い声をだす。

――てむかったら容赦しねえ。ただの博奕ならせいぜい敲《たた》きだが、さからってみやがれ。

六名が、すくみあがってうつむく。

よこならびになった仙次と手先が、懐からだした十手をかまえる。

駿介は、斜めうしろにしたがう手先に顎をしゃくった。うなずいた手先が十手を懐にしまってまえにでる。

若い男の手首をつかむ。

駿介は言った。

――ほかの者《もん》は、今日んとこは見逃してやる。つぎは覚悟しなよ。さっさと消えな。

仙次と手先が道をあける。ふたりのあいだをとおりぬけたとたんに、五名が走りだした。

彦助を見すえる。

――縄は打たねえが、おめえしでえだ。包み隠さずしゃべったら、帰《けえ》してやる。

背をむけて橋をくだる。

手先と腕をとられた彦助、仙次と手先がつづく。

「……屋根船の座敷に積みあげられた掻巻と高枕を見てあきらめたみてえだ」

あらいざらい聞きだしたあと、脅《おど》しの口止めをして彦助を放し、京橋川比丘尼《びくに》橋南岸の桟橋まで屋根船をいそがせた。

数寄屋《すきや》橋御門をはいってすぐの南御番所の詰所で宿直《とのい》の年番方に仔細《しさい》を報告した駿介は、見まわりを臨時廻りにかわってもらえるよう願い、彦助から聞いた門前山本町の割長屋へむかった。

一刻（二時間）よこになっただけだが眠くはなかった。きねが井戸ばたで殺されたのが一月九日。それからおおよそひと月半。

定町廻りのお役についていまだ三年めだ。それでも、廻り方としての勘が、これで動きだすとささやいていた。

割長屋はすぐにわかった。戸締りがされ、雨戸に〝空店《あきだな》〟の張り紙があった。となりで家主を訊き、たずねた。

借りていたのは初春一月末日までだという。借り手は入堀通りにめんした料理茶屋千鳥の主文右衛門。帳面によれば、借りたのは五年まえの仲秋八月四日。独りになりたいことがあるからとのことだった。

――ええ、お女中がきておりましたのはぞんじております。と申しましょうか、いちいちたしかめたわけではございませんが、男のほうがさきにきて、あとで女がきて、朝までいっしょにすごす。そのようなつかいかたをしておられたようにございます。

きねが出戻りでつとめだしたのが、五年まえの晩春三月の出代りからである。

掃除は裏長屋の女房をやとっていたという。その女房に話を聞いた。毎月五の日の朝、雨戸をあけて掃除をする。陽射しがあれば布団と掻巻を干す。そして夕刻に雨戸をしめる。

――いいえ。煮炊きはいちどもしてないと思います。

「……ここからがおもしれえんだ。彦助らがきねと文右衛門の仲を知ったんが、二年めえの初夏四月の十日前後のことだ。一番板前《いためえ》の名は亀造《かめぞう》、四十五。二番が常吉《つねきち》四十。このふたりは文右衛門が婿入りしてくるめえから千鳥にいた。で、常吉が亀造に相談し、亀造が女将のつやに話したそうだ。するってえと、つやが、ふん、好きにやらせておけばって言った」

覚山は眉間《みけん》に縦皺《たてじわ》をきざんだ。

「つまり、つやは知っているか、勘づいていた」

「そういうことよ。さらにだな、彦助によれば、常吉はきねに気があった。なにかとちょっかいをだしていたらしい。常吉がきねの肩をもつんで、ほかの女中はきねをおもしろからず思ってた。もうひとつ。女将のつやには間男《いろ》がいるんじゃねえかって女中らのあいだで噂になってるってことだ」

「千代吉が耳にした千鳥の女中ふたりの話」

駿介がうなずく。

「夫婦《めおと》して浮気。女房は亭主のあいてを知ってた。亭主はどうかな。男女《なんによ》の仲ってやつは、奇怪至極《きつけえしごく》だ。昨夜《ゆうべ》はさすがにはやめに寝たんで、これから御番所へ行き、帰《けえ》りに八丁堀の居酒屋で仙次と明日《あす》からの手くばりをする。およねに馳走《ごち》になったとつてえてくんな」

駿介が刀を手にして立ちあがった。

覚山は、廊下で膝をおり、去るふたりを見送った。

第五章　不運

一

二日後の二十六日。

昼まえ、三吉が夕七ツ（四時）すぎに笹竹へきてほしいとの柴田喜平次の言付けをもってきた。覚山は承知し、よねに告げた。

夕七ツの鐘を聞きおえてからしたくをした覚山は、よねの見送りを背に住まいをでた。

路地から裏通りを行き、湯屋《ゆうや》のかどをおれて大通りにでた。すぐ眼のまえで、富岡《とみがおか》八幡宮《はちまんぐう》の一ノ鳥居が大通りをまたいでいる。

相模《さがみ》の国から陽がふりそそぎ、春らしい陽気だった。家路をいそぐ子らも、ゆきかう町家の者や江戸見物の帰りであろう勤番侍たちの表情も、あかるい。

八幡橋、福島橋《ふくしま》とわたり、正源寺《しょうげんじ》参道へまがる。笹竹の暖簾《のれん》をわけて腰高障子をあけた。

女将《おかみ》のきよが、奥の六畳間から上間へおりるところだった。顔をあげ、ぱっと花ひらくがごとき笑みをはじけさせた。

覚山は、口端《こうたん》をほころばせ、うしろ手に腰高障子をしめた。

六畳間にあがり、壁を背にし、膝をおって左脇に刀をおく。

喜平次がほほえむ。

「おいらたちもついたばかりだ。昨夜《ゆうべ》、八丁堀の居酒屋で駿介と一杯《いっぺえ》やった。おめえさんに感謝してたよ」

「どういうことにござりましょう」

きよが食膳をもってきた。

膝をおって食膳をおく。

覚山は杯をとった。

きよが、注いで銚子をもどし、かるく辞儀をして去った。

諸白《もろはく》は燗《かん》ではなく冷やであった。この日はとくに、いそぎ足だと汗ばみそうな暖かさだった。

はんぶんほど飲んで杯を食膳におき、喜平次に顔をむける。

喜平次が眼をなごませる。

「千代吉だよ。おいらたちにならば話さなかったろうよ。おめえさんが見まわってるおかげで、地廻りどもにからかわれたり、因縁をつけられることがなくなった。八丁堀だけじゃあ御府内すみずみまで眼をくばることはできねえ。だから、まあ、しかたがねえところもあるんだが、町家の者《もん》にとっちゃあ厄介《やっけえ》なだけだ。おいらも駿介も、なんかありゃあ、向島《むこうじま》まででっぱらねえとならねえ。入堀通りはおめえさんにまかせとけるんで、以前《めえ》にも言った気がするがありがてえって思ってる」

「おそれいりまする」

「きてもらったんはそのことじゃねえ。こっちのほうにもうごきがあった。暮れの二十一日、伊豆《いず》屋の昌吉《まさきち》が広瀬《ひろせ》屋に嘘をついてどこへ行ったんかがわかった」

「おどろきました。どうやってお調べになられたのでござりましょうや」

「こっちで調べたわけじゃねえ。むこうからころがってきた。昌吉には叔父がある」

「内神田《うちかんだ》の藍玉《あいだま》問屋へ婿入りとうかがいました。となりの油問屋鹿島《かしま》屋が、昌吉が広瀬屋で商いの修業をするについての口利きをした」

「そのとおりよ。叔父の名は栄次郎《えいじろう》、三十六歳。二十八で黒門町《くろもんちょう》の遠州屋《えんしゅう》へ婿入り。舅《しゅうと》は五十一。で、二十一日だが、昌吉を筆《ふで》おろしさせるため、栄次郎が吉原《よしわら》へつれてった。父親《てておや》にも内緒でな。だから、昌吉は弘吉《こうきち》に問いつめられてもあかさなかった」

「いささか腑《ふ》におちませぬ。栄次郎は、兄の市兵衛《いちべえ》から昌吉の死のいきさつを聞いておらなんだでござりましょうや。もっとはやくわかっておれば、昌吉も弘吉も死なずにすんだやもしれませぬ」

「ちょいと事情《わけ》がある。聞いてくんな」

藍玉は阿波《あわ》の国の特産である。江戸の藍玉問屋は、徳島《とくしま》城下にある本店《ほんだな》の江戸店がほとんどであった。しかし、遠州屋はそうではない。屋号のとおり遠江《とおとうみ》の国の出である。

百年ばかりまえ、徳島藩二十五万七千九百石蜂須賀《はちすか》家上屋敷へ行儀見習にあがった遠州屋の娘が、殿さまの眼にとまり、お手つきとなった。しかも、たいそうなご寵愛《ちょうあい》であった。

そのころ、遠州屋は紺《こう》屋をいとなんでいた。紺屋は藍玉をつかった染物屋である。ならば藍玉を手広く商うがよかろうとの殿さまのお声があり、藍玉問屋の仲間入りをすることになった。

染物屋よりも藍玉そのものをあつかう問屋のほうがはるかに商売になる。内心ではおもしろからず思ったであろうが殿さまじきじきのご下命であることから、異を唱える藍玉問屋はなかった。

ご寵愛の娘は七年ほどのち流行病《はやりやまい》で他界し、殿さまはたいへんなお嘆きであったという。

蜂須賀家は参府も御暇《おいとま》も初夏四月。上屋敷は大名小路《だいみょうこうじ》南町奉行所の北隣にある。遠州屋では、参勤交代のご機嫌伺いと年賀の挨拶はいまでも欠かさずにつづけている。

「……というわけでな、藍玉問屋仲間にとっちゃあ遠州屋は余所者《よそもん》ってわけよ。あからさまじゃねえが裏にまわっての仲間はずれみてえなことはいまでもあるらしい。だから、遠州屋としては気をつかわざるをえねえ」

遠州屋では、おりにふれて古参の手代を阿波へ挨拶まわりに行かせていた。

暮れの二十四日、初春一月末か仲春二月にはもどるはずの手代が憔悴《しょうすい》しきったようすで帰ってきた。

遠州屋では、舅の仁兵衛《じんべえ》が〝大旦那さま〟で、婿の栄次郎は〝旦那さま〟であった。

さっそくにも、ふたりそろって理由《わけ》をただした。

徳島城下で指折りの藍玉問屋である住吉屋《すみよし》が遠州屋のおもな取引相手である。住吉屋のほかにおもだった藍玉問屋への挨拶や藍方役所役人の饗応《きょうおう》などをすませ、おもな産地である吉野《よしの》川流域の村の庄屋をたずねることになっていた。

吉野川は三大暴れ川のひとつである。坂東《ばんどう》太郎の利根《とね》川、筑紫《つくし》次郎の筑後川、そして四国三郎の吉野川だ。

暴れ川とはしばしば氾濫するということである。稲作には不向きであり、ために藍の栽培がひろくおこなわれていた。

城下について住吉屋へ挨拶した翌夕刻、住吉屋の番頭に料理茶屋へまねかれた。

おおきな城下には、江戸や京坂にならって料理茶屋があり、芸者がいる。

手代は名を豊吉《とよきち》という。齢《よわい》三十。東海道は遠江の国掛川宿《かけがわじゅく》の出である。掛川宿は譜代の太田《おおた》家五万石の城下町である。

豊吉にとっては、はじめての徳島城下行きであり、しかも古里《ふるさと》へ寄って両親《ふたおや》のもとに数日泊まってもよいとの許しまでえていた。

饗応にあずかるなど、はじめてのことだ。しかも、ついた芸者が色白細面《ほそおもて》で、好みであった。

旅の空、ひと晩でいい、こんな佳《い》い女があいてしてくれたら、との妄想をふくらませながら、食べ、飲み、酔いがまわるにつれて上座にいるおのれが偉くなったような気になっていった。

手水《ちょうず》に行きたいと言うと、くだんの芸者が案内についてきた。

一階奥の厠《かわや》まで案内した芸者が、こちらでございますと言って辞儀をした。

あまやかな香りが鼻孔をくすぐる。うつむきかげんのままかたわらをとおりすぎんとする。

二の腕をにぎる。驚いた芸者が顔をあげる。抱きよせ、唇をうばう。

芸者が、両手で胸をおして離れる。

——あれぇッ。

甲高い声に、豊吉は我にかえった。

——す、すまない。……すまない……まことにもって……許してほしい。

女の悲鳴に、男らが駆けつけた。ちかくの座敷の客や、料理茶屋の若い衆《しゅ》らだ。住吉屋の番頭もやってきた。おくれてあらわれた同輩らに、芸者がなにをされたかつぶやいた。

男らがいきどおる。番頭が、いくたびも頭をさげ、男らの怒りがおさまった。芸者も同輩らが連れ去った。

座敷へもどる。むろん、芸者らの姿はない。

豊吉は、畳に両手をつき、額をこすりつけんばかりにしてあやまった。

番頭が冷たく言った。

——旦那さましだいにございます。宿までお送りいたします。

旅籠《はたご》につくまで、番頭はひと言もしゃべらず、黙ったまままちいさく低頭して去っていった。

翌朝、明六ツ（冬至時間、七時）の鐘とともに、豊吉は詫《わ》びに行った。しかし、主には会ってもらえなかった。でてきた番頭が、豊吉を土間に立たせたまま告げた。

——旦那さまがおつたえするようにとのことにございます。昨夜の芸者は手前どもが親しくおつきあいさせていただいているお方との落籍《みうけ》話がございます。これでどうなることか。遠州屋さんとの向後の取引をふくめて考えさせていただきます。どうぞおひきとりください。

「……豊吉は自害《じげえ》が頭にうかんだそうだ。たとえそうするにしても、いそぎ江戸へたち帰《けえ》って報告してからだと、朝のうちに出立《しゅったつ》した。武鑑《ぶかん》によれば、徳島城下まで、海路もふくめてだと思うんだが百六十六里（約六六四キロメートル）余。陸路なら、川留めなんかがなかったとして、おおよそ十七日かかる。それを十三日でもどってきた。うめえ具合《ぐええ》に大坂への船にのれたらしいんだが、毎日《めえにち》十数里歩いた計算《けえさん》になる」

主の仁兵衛は、不始末を叱り、いそぎもどったのを褒《ほ》めた。そして、命を絶たない、逐電《ちくでん》しない、酒を断つの三つを誓わせ、さがらせた。

誰かが詫びに行かねばならない。だが、番頭では会ってもらえないかもしれない。となると、栄次郎しかいない。

道中手形などをととのえた栄次郎はおおくの旅銀をふところに東海道を旅立った。早駕籠《はやかご》に乗り、疲れをとるためにつぎの宿場までは歩くという旅だった。

大坂で二日船を待たざるをえなかった。それでも、江戸をでて十一日で徳島城下についた。

あまりに早い栄次郎の来訪に、住吉屋は驚いた。客間へとおされ、ふかぶかと低頭する栄次郎に主がおだやかな声をだした。

――どうかおなおりください。手前どもにも落度があったかもしれません。倅《せがれ》が江戸でお世話になったお礼をと思ったしだいにございましたが、料理茶屋で芸者まで呼んだのはやりすぎであったかもしれません。

――ありがとうございます。それで豊吉が不埒《ふらち》なふるまいにおよんだ芸者の落籍話はいかがなりましたでしょうか。

——さいわいにも酒をすごしてのたわむれとのことであらだてられることはございませんでした。

「……去年のいまじぶん、住吉屋の倅が手代を供に江戸見物にきた。で、栄次郎がふたりを吉原の妓楼《ぎろう》に案内《あんねえ》し、倅だけじゃなく、手代も女郎を抱かせた。それがあったんで、住吉屋としてはその礼《れえ》のつもりだった。栄次郎は徳島城下へむかった豊吉から住吉屋の倅を想いだし、内緒だぞとの文をもたせて手代を使いにやって、あの日、両《りょう》国橋西広小路《ごくばしにしひろこうじ》の出茶屋で待ちあわせ、おんなし妓楼につれてったってわけよ」

「得心がまいりました」

「よりいっそう丁寧《てえねえ》に、庄屋ばかりじゃなくおもだった百姓のとこも挨拶めえりをしたんで江戸へのもどりが遅くなったそうだ。で、帰《けえ》ってきて、昌吉の死と、暮れの二十一日が問題《もんでえ》になってるのを知った。さっそく、町役人《ちょうやくにん》に同道を願《ねげ》え、先月の月番だった南へ行き、おいらのとこへまわされた。妓楼へも足をはこび、話を聞いた。昌吉はまちげえなく二十二日の朝まで吉原にいた。つまり、みつの件とはかかわりねえ。昌吉だから、くり返しさぐらせても、ふたりの姿はあの蕎麦《そば》屋だけだった。そういうことよ。もういいぜ」

「失礼いたしまする」

刀を手にして喜平次に一礼し、きよの見送りをうけて笹竹をあとにした。

翌二十七日も、つぎの二十八日も、はっきりしない天気だった。雲間から陽が射したかと思うと、灰色の重たげな雲が空をおおい、雨が流れたりした。

仲春から晩春へ、冬は彼方へと去り、夏がしのびよってくる。そんな季節の変わりめの雨だった。

二十九日は快晴であった。

下総《しもうさ》の国から陽が昇るにつれ、まぶしいほどの澄んだ青空がひろがった。

湯屋からもどって長火鉢をまえにくつろぐと、たきが茶をもってきて、手拭でくるんだ下帯をもっていった。

すこししてよねも帰ってきた。おなじく茶をもってきたたきが手拭で包んだよねの湯文字をさげた。

暖かいので縁側の障子はあけてある。青空をながめながら茶を喫していると、庭のくぐり戸がけたたましくあけられた。

「よいお天気で。まいどおなじみ松吉でやす。見飽きておられるかもしれやせんが、おじゃまさせていただきやす」

松吉があらわれ、笑みをはじけさせる。

覚山は言った。

「そうだな、いささか見飽きたかな」

沓脱石《くつぬぎいし》にのぼりかけた松吉が顔をあげる。

「すいやせん。あっしは、先生《せんせえ》のようにおもしれえ顔をしておりやせんので」

「おまえに言われたくはないわ」

よねが顔をふせる。

「先生《せんせえ》、お侍《さむれえ》はちっちぇえことにこだわっちゃあいけやせん。失礼《しつれえ》しやす」

濡れ縁にあがった松吉が、敷居をまたいで膝をおる。

やけに嬉しげである。

覚山は訊《き》いた。

「なにかよきことでもあったのか」

松吉が破顔する。

「さすが、先生《せんせえ》。こうしておじゃまさせていただいておりやすと、やっぱ、つくづく、しみじみ、男は顔じゃねえってのがようくわかりやす」

「おまえ、わしに喧嘩《けんか》を売っておるのか」

「勝てねえ喧嘩を売るほど、あっしは無鉄砲じゃありやせん」

廊下で声がかけられ、たきが襖《ふすま》をあけた。

「おたぁきちゃぁぁぁん」

はいって襖をしめたたきが、立ちあがって松吉のまえにすすんで膝をおる。わきにおいた盆から茶托《ちゃたく》ごと茶碗をもちあげておいた。

「ありがとよ。おたきちゃんは見るたんびによりかわいくなってる。うん、もう入堀小町だな」

頬《ほお》を染めたたきが、盆を手に立ちあがる。よねがあきれ顔で松吉を見ている。

襖をしめたたきが厨《くりや》へ去った。

よねがこぼす。

「おまえは、ほんとうに懲《こ》りないわねぇ」

「すいやせん。……先生《せんせえ》、聞いておくんなさい」

「聞きたくない。しまりのない顔からして、ろくな話ではあるまい」

「今日んとこは、顔のことは言いっこなしにしやせんか」

「いまさらなにをぬかす」

「そうおっしゃらずに、お願《ねげ》えでやすから聞いておくんなさい」

「やむをえまい」

「先生は偉え。およねさんがほの字になったんもむりありやせん。あっしらみな、あやかりてえと思っておりやす」

「よいからはよう申せ」

「そんなふうに言われると、ちょっと話しづれえんでやすが」

「なら、茶を飲んで帰るがよかろう」

「先生《せんせえ》は、以前にくらべると口がわるくなってきてる気がしやす」

「おまえに慣れてきたのだ」

まがあった。

「昨夜《ゆうべ》の五ツ半（九時）じぶんに、青柳《あおやぎ》めえの川岸でお客を待ってたら、暖簾をわけて玉次《たまじ》がでてめえりやした」

左褄《ひだりづま》をとった玉次が顔をほころばせてやってきた。

——有川《ありかわ》の船頭って松吉さんだったのね。お客さまが、青柳の旦那さまと話があるのでもうしばらく待ってほしいそうです。

——こっちはかまわねえよ。

——松吉さん、先生のところへよく行くんでしょう。

——ああ、朝、お茶をいただきにおじゃまさせてもらってる。

——あたしはちらっとしか見たことがないんだけど、先生とこの女中さん、綺麗なんですってね。

——十六になったばかりだ。綺麗《きれえ》ってことなら、玉次のほうがずっと綺麗《きれえ》だよ。

——松吉さん、誰にでもそう言うんでしょう。

——そんなことねえって。

「……惜しいことに、ここでお客がでてきちまいやした。あっしはもう、うれしくて、うれしくて。お客をお送りして、有川へもどり、いつものところで仲間と一杯《いっぺえ》飲んで帰《けえ》りやしたが、綺麗《きれえ》な星空ながめてて、犬の尾っぽを踏んづけちまいやした。あれは雌《めす》にちげえありやせん。キャンなんて色っぽい声だしてやした。星空に、尾っぽ踏んづけ、きゃんべん」

「あのなあ」

「いま思いついただけでやす。玉次におたきちゃん、あっしはどうしたらいいんでやしょう。ほろ酔いかげんなのに、悩んじまい、昨夜《ゆうべ》はなかなか寝つけやせんでした」

「きっぱりと諦《あきら》めればよい。さすれば、悩まずともすむ」

「酷《むげ》えことをおっしゃらねえでおくんなさい」

松吉の眼が翳《かげ》る。

自害した友助《ともすけ》を想いだしたようだ。

「すまぬ。心ないことを申した」

「気にしねえでおくんなさい。ふとしたはずみに想いだしちまうんでやす」

よね《い》が言った。

「松吉はやさしいわね。忘れずに想いだしてくれるから、友助も天国できっとよろこんでる」

覚山は、よね《い》から松吉へ顔をもどした。

「天下国家の政《まつりごと》を悩むも、恋に悩むも、悩みとしてはひとしい。せいぜい悩むがよい」

「へい。そうさせていただきやす。ちゃんと聞いてくれるんは先生《せんせえ》だけで。ありがとうございやす。……およね《い》さん、馳走《ごち》になりやした。……先生《せんせえ》、失礼《しつれえ》しやす」

茶を飲みほして茶碗を茶托においた松吉が、ちょこんと低頭した。

姿が見えなくなり、くぐり戸が開閉した。

覚山は、よね《い》に顔をむけた。

「玉次は松吉に気があるのかな」

よねが小首をかしげる。

「松吉は隠すのが下手というか正直ですから、気があるのは知っていると思います。嫌いなあいてなら迷惑なだけですが、玉次だけ見つめてほしいのでしょう。おたきへの焼餅もあるかもしれません。女は欲張りですので」

「ふむ。松吉といっしょなのは無念だが、わしも下手だぞ。およねしか見えぬ」

「うれしい」

よねが、松吉の茶托と茶碗をとって厨へ行った。

二

昼まえに三吉がきた。夕七ツ（四時）すぎに柴田喜平次がたずねたいとのことであった。覚山は承知し、よねに告げた。

夕七ツの鐘からすこしして、戸口の格子戸が開閉し、弥助がおとないをいれた。

覚山は、ふたりを出迎え、客間に招じいれた。

座につくとすぐに、よねとたきが食膳をはこんできて、よねが喜平次から酌をしているあいだにたきが弥助の食膳をもってきた。

ふたりが襖をしめて去り、喜平次が顔をむけた。

「宇治《うじ》屋の女中そのだが、板橋宿《いたばしじゆく》の旅籠で飯盛《めしもり》になってた」

板橋宿は日本橋を起点とした中山道《なかせんどう》最初の宿駅である。東海道品川《しながわ》宿、甲州道中《こうしゆうどうちゆう》内藤新宿《ないとうしんじゆく》、日光《にっこう》および奥州《おうしゆう》道中千住《せんじゆ》宿をあわせて四宿《ししゆく》という。

覚山は眉根《まゆね》をよせた。

「飯盛女……。驚きました」

喜平次がうなずく。

「四宿の問屋場《といやば》に、小間物売りの春吉《はるきち》とそのの年齢《とし》と背恰好を教え、旅籠や出茶屋などにも報せて注意するよう達してあった。三日めえ、おめえさんと笹竹で会ったあと詰所へ行くと、昼八ツ半（三時）じぶんに板橋宿の旅籠の者《もん》が、深川堀川町《ふかがわほりかわちょう》の茶問屋宇治屋に奉公していたそのがいるって報せてきたとのことだった。翌日の見まわりを臨時廻りに願《ねが》え、朝いちばんで板橋宿へむかった」

板橋宿は日本橋から二里八町（約九キロメートル）。八丁堀《はっちょうぼり》から一刻（二時間）ほどだ。供は弥助と手先二名。

手先らを土間で待たせて弥助をしたがえ、主の案内で内所《ないしょ》へ行った。

あらわれたそのは、十日ほどまえまできちんとした表店《おもてだな》で奉公していたとは思えないだらしなさであった。

朝五ツ（八時）をすぎたばかりなので化粧をしていない。湯も浴びてないようであった。

無造作に束ねた髪を簪《かんざし》でとめ、ほつれ毛が乱れていた。着物も、襟《えり》がはだけぎみで胸乳《むなぢ》が見えるのを気にするふうもなかった。顔には表情がなく、諦めきっているようすがうかがえた。

問いに、乾いた声でこたえた。

あのあと、死ぬことばかりを考えていた。同輩の沈んだ顔を見ると、なにをされたかをいやでも想いだす。つらく、息をするのが苦しかった。

十八日の昼、小間物売りの春吉がこまったことがあれば相談にくるようにと言っていたのをふと想いだした。住まいも聞いている。

気づいたときは、店をとびだしていた。自身番屋で訊き、大家に教えてもらい、長屋のまえで待っていると春吉が帰ってきた。

驚いたようであった。

こまったことがあれば相談にくるようにって話してたからと言うと、笑顔になり、雨戸と腰高障子をあけ、いれてくれた。

春吉は、十四日夜の押込み強盗を知らなかった。ひどいめに遭ってと言ったとたんに、涙があふれでた。

くやしくて、はずかしくて、かなしくて。春吉にわたされた手拭を両眼にあて、しばらく泣いていた。

ここ数日どうすごしたかさえはっきりしない。あれがあってから、はじめての涙だった。

手拭を返すと、春吉がお店にはなんて言ってでてきたんだと訊いた。首をふると、黙ってでてきたのかと驚いた声をだした。

——迷惑なら。

——ちょい考《かんげ》えさせてくれ。

店にきたときはもっとていねいな話しかたをしていたのにとぼんやり想いだしていると、春吉が言った。

——お店の許しをえず、ほかの女中たちにも黙ってでてきた。そういうことか。

そのがうなずくと、春吉がつづけた。

——押込み一味をおそのが店にいれたんだと思われてるぞ。だから、逃げたんだとな。

——そんな。あたし、そんなことしてません。

——おそのはおれんとこへきた。おれも一味だと疑われ、御番所にしょっぴかれちまう。

——でも、ちゃんとお話しすれば、お役人だってきっとわかってくださる。

——そうかい。だがな、わかってもらえるまで小伝馬町《こでんまちょう》の牢屋敷だぜ。それに、罪《つみ》科《とが》がねえってわかってお解き放ちになったとして、牢屋敷にへえってた者《もん》を誰が雇う。なんもしてねえんだから、お縄になるのはごめんこうむる。熱《ほとぼり》が冷めるまで、おれはふける。

筵《むしろ》を敷いた板間の四畳半に一畳半の土間と竈《へっつい》。隅に積まれた布団と掻巻《かいまき》。よこにちいさめの柳行李《やなぎごうり》があった。

その柳行李の蓋《ふた》をあけ、春吉が吊してあった着物や肌襦袢《はだじゅばん》などをたたんで詰めた。小間物箱を包んでいた大風呂敷をほどいて柳行李をのせ、包みなおす。そして、土間の草履《ぞうり》をはくと、荷を背にかついで胸で大風呂敷をむすんだ。

腰高障子をあけて路地へでる。そのも下駄をはいてつづいた。腰高障子と雨戸をしめた春吉が、さっさと歩く。

そのはあとにしたがった。

もうこの男《ひと》についていくしかない。そう思った。

「……押込み強盗はめずらしくねえ。女が色男にだまされて、一味をひきいれてしまうってのはよくある。読売（瓦版）にされたりするし、担売りだから世間の噂なんかもよく知ってる。それでも、この春吉って奴は気にいらねえ。そのが黙って店をでてきたって聞いただけで、すぐさま一味を手引きしたって疑われてるぞってぬかしてやがる。たしかに、そのと春吉を疑った。が、それにしてもはやすぎる」

「おかげでおのれもまきこまれてしまったと、そのに負いめをいだかせておりまする。それに、黙って荷造りをして長屋をでた。あえて声をかけなかったように思いまする。そのとしてはついていくしかありませぬ」

「そういうことよ。ふたりは向島小梅村《こうめむら》の出合茶屋《であいぢゃや》に泊まってる」

床をのべた部屋でふたりっきりになったとたんに、そのは湯文字まで奪うがごとくにはがされ、一糸まとわぬ身を抱きしめられた。

春吉は乱暴だった。

押したおすように仰向けにされ、唇をうばわれ、あらあらしく胸乳を揉まれ、乳首をしゃぶられ、股を割られた。

紙入れからだした紙をくしゃくしゃにして流れでた男の精を拭き、湯文字をまとおうとする手をおさえられ、ふたたびのしかかってきた。

男なんか、どいつもこいつも獣《けだもの》だと思った。

翌朝、小梅村の出合茶屋をでた。源森川《げんもりがわ》にそって隅田川《すみだ》へむかい、河口の現森橋をわたって、吾妻橋《あずま》をこえた。

吾妻橋をさかいに川の呼び名がかわる。下流が大川で、上流が隅田川だ。浅草《あさくさ》の者は、神田川から上流の山谷《さんや》堀あたりまでを浅草川と呼んだ。

蕎麦屋で朝餉《あさげ》を食べ、古着屋へ行った。春吉が、ちょいと用足ししてくるから、湯文字と蹴《け》出《だ》しと肌襦袢と着物を一枚ずつと、包む風呂敷をえらんでいるよう言った。

そのは、小銭入れに四《し》文銭《もんせん》と一文銭とがわずかにあるだけだった。でも、としぶると、銭はおれが払うから心配《しんぺえ》しなくていい。

小半刻（三十分）とかからずにもどってきた。担いでいた荷はなくなり、振分け荷物にした手行李《てごうり》が右肩にあった。

――女をつれた小間物売りだと、おめえとおれだとわかっちまう。荷は知りええにあずけた。

そのは、衣類を包んだ風呂敷を背の帯したにあてておまえでむすんだ。

浅草寺《せんそうじ》や待乳山聖天宮《まつちやましょうでんぐう》を案内され、昼は茶漬をご馳走《ちそう》してもらい、上野《うえの》へ行って広大な寛永寺《かんえいじ》を見てまわり、一膳飯屋で夕餉を食べ、不忍池《しのばずのいけ》のほとりにある出合茶屋へはいった。

不忍池のほとりには、出合茶屋のほかに陰間《かげま》（男色）茶屋もおおい。

この夜も、前夜とおなじであった。

着るものを買ってもらい、食べさせてもらっている。そのはなるようになれと求められるままに躰《からだ》をひらいた。

すでに賊どもにほしいままにされて穢《けが》れきっている。あらがう気すら失《う》せていた。

春吉は、なめくじのごとくに胸乳を舐《な》め、揉《も》み、乳首をしゃぶり、胯間を割って責めたてた。

翌二十日《はつか》は、湯島天神《ゆしまてんじん》と神田明神《みようじん》、景勝の昌平坂《しようへいざか》を見物した。

昼を食べ、小石川《こいしかわ》の伝通院《でんずういん》から駒込《こまごめ》の根津権現《ねづごんげん》へ行き、駒込追分《おいわけ》にもどって板橋宿へむかった。

旅籠にあがり、湯を浴び、夕餉を食べ、女中が床をのべていなくなると、春吉は貪《どん》欲《よく》な獣《けもの》になった。

夜ごとの翻弄《ほんろう》に、躰がなじみだしていた。

翌日、朝餉をすますと、春吉はひとりででかけた。昼まえにもどってきて、いっしょに茶飯屋へ行き、そのに旅籠へ帰ってるよう言って背をむけた。

夜、ひときわはげしく責められた。

果てたあと、春吉が話があると言った。

——商売《しょうべえ》をせずに、いつまでもこんなことをつづけてるわけにはいかねえ。かといって、おめえをつれて商いができるわけねえしな。銭もだいぶつかっちまった。で、相談だが、ほかの旅籠で話をつけてきた。前借《ぜんしゃく》はおめえを見てからってことだ。しばらくはそこで飯盛をしててくれ。前借の銭で品物を仕入れ、得意先をまわって稼ぎ、きっと身請けしに帰《けえ》ってくる。

そのはうつむいていた。

春吉が声をとがらせた。

——いやとは言わせねえぜ。

そもそも店を黙ってでてきたのがいけなかった。天罰であろう。ちいさく吐息をもらし、こたえた。

——わかりました。

春吉の声がやわらかくなる。

——そうかい。わかってくれたかい。いいかい、おめえは今日からそのじゃなくと、みだ。おれは冬吉《ふゆきち》。いいな、とみと冬吉だ。

春吉が、抱きよせ、肌襦袢を脱がして湯文字もほどいてはぎとった。行灯《あんどん》に照らされたそのの裸を惜しむかのように眺め、見つめ、撫《な》で、揉み、舐め、しゃぶった。そして、割ってはいり、さきほどよりもさらに激しく責めた。

そのは、こらえきれずに声をもらした。

「……旅籠は望月屋《もちづき》。春吉が手にした前借は三百匁《もんめ》（約五両弱）。二十一の年増だが男好きのする縹緻《きりよう》だからってことだ。その日の夜から客をとらされてる。二十六日の昼めえ、主はようすを訊くためにそのを内所へ呼んだ。そのがうっかり春吉さんて言うのを、主は聞きのがさなかった。問いただして身もとが判明《はんめえ》し、若《わけ》えのを御番所へ使いにやったってわけよ」

「そのはいかがあいなりましょうや」

喜平次がちいさく首をふる。

「女はふつうなら閨事《ねやごと》などぼかすもんだが、あけすけに、たんたんとしゃべってた。すっかりあきらめたって感じだった。名を騙《かた》ったからって罪には問えねえ。証文には爪印を捺《お》してるし、哀れだがつとめあげるしかねえだろう」

「運のない女にござりまする」

「たしかにな。春吉は、やりようからして女誑《おんなたら》しにちげえあるめえよ。騙《だま》してほしいままにしたあと飯盛として売りとばす。もうひとつ話しておきてえ。奉公人をのこらずくり返《けえ》しあたったんだが、賊を店《たな》にいれたんはやはり番頭二名《めえ》のどっちかしか考《かんげ》えられねえ」

一番番頭の名は良蔵《よしぞう》、五十二歳。二番番頭は幾助《いくすけ》で三十九歳。良蔵は四十すぎに出戻りの中年増と所帯をもったが、気が強くはで好きな女だったらしく、二年あまりで離縁して宇治屋にもどってきた。

「……ふたりは、夕餉をすませたあと、ひとりででかけたり、ふたりそろってでかけることがあった。幾助はいつもほろ酔いかげんで帰《けえ》ってきた。だが、良蔵は、ひとりだとてえげえ素面《しらふ》だったそうだ。手代らは女じゃねえかって話してた。かもしれねえが、ちょいとひっかかってる。というのも、ふたりいっしょのときは岡場所へ行ってたからだ」

油《あぶら》堀の富岡《とみおか》橋をわたって寺町通りにはいると、右が寺で、左が町家だ。河岸《かし》にめんして、深川平野町《ひらのちょう》があり、鱗形《うろこがた》の三角屋敷がある。

屋敷があるのではなく、町家の名である。平野町とのあいだは路地で、平野町も三角屋敷も路地裏は岡場所だった。

ふたりは、路地の縄暖簾二軒にかよっていた。暮六ツ（日の入）すぎに一軒めでかるく飲む。そして二軒めで待ちあわせる。そのかんどこへ行ったかは聞くまでもない。幾助は、ひとりのおりはちがう縄暖簾に行っていた。

「……ひとりのおり、良蔵はどこへ行ってたのか。幾助にしても、かならずしも岡場所へだけ行ってたとはかぎらねえ。手代からは給銀がある。どこの店も、多少の夜遊びは不始末や揉め事がねえかぎりとがめたりはしねえ。番頭がそうだからな、手代らもふたりほどじゃねえが夜遊びしてる。だから用心して、主が鍵のありかを教えなかったんもわかる気がする。夜、ほかの道筋で良蔵か幾助を見かけた者《もん》がいねえか、手先らに手分けしてあたらせてる。なんかわかったら、また話す。さて、こんなとこかな」

喜平次が脇の刀を手にして腰をあげた。

覚山は、戸口の廊下に膝をおって去るふたりを見送った。

あわただしく夕餉をすますと、暮六ツ（六時）の鐘が鳴った。

暮六ツも夜五ツ（八時）も、堀留両端と名無し橋のたもとに地廻りがいた。見まわりをおえても、夜四ツ（十時）の鐘までは急な呼出しにそなえ居間でひかえていなければならない。

夜四ツの捨て鐘が鳴りだしたところで、よねが床をのべてきがえに二階へあがった。

四度の鐘を聞きおえた覚山は、戸締りをしながら灯りを消し、二階の寝所へ行った。

襖をあけると、おのが布団に枕がならべられていた。

覚山は、袴と小袖《こそで》を脱ぎ、寝巻をかけようとするよねにあとでよいと言い、抱きよせた。

唇をかさねる。よねが寝巻をおとす。

上屋敷の文庫には房事《ぼうじ》にかんする書物もある。借りてもち帰るわけにもいかないので、しばしのあいだ拾い読みをしている。

女に閨《ねや》での慎みを説くが、男に説いている書物はいまだ未見である。女は男よりはるかに喜びがふかく、きわまると躰を震わせ、堪忍《かんにん》と懇願するとあった。しかし、いかにすれば、女をそこまでもっていくことができるかは説いてなかった。

男として、妻であるよねに喜びの極みを味わわせてやりたい。だが、いまだに、いちどとしてやりとげていない。

今宵こそ。

奮励《ふんれい》、奮闘、隠忍《いんにん》、切歯《せっし》、我慢、忍耐、辛抱……ああ、しかれども、堪《こら》えきれず、暴発、轟沈。

またしても、夢果たさず、敗北してしまった。

しかしながら、ともに暮らしはじめたころからすれば、かくだんにもちこたえられるようになった。そう思う。そのはずだ。学問、剣、色の道もしかり、たゆまぬ研鑽《けんさん》が肝要である。

裸のよねを抱きよせ、かすかな寝息に耳をかたむけるうち、夢にさそわれた。

この年の仲春二月は大の月で、翌三十日が晦日《みそか》だ。

快適な目覚めであった。

雨戸をあけ、庭のくぐり戸の閂《かんぬき》をはずす。稽古着にきがえると、くぐり戸をあけて長吉がきた。

長吉は、筋がよく、熱心にはげむので、着実に上達している。

稽古は明六ツ（六時）までの半刻（一時間）だ。

仲春も晦日。陽が昇るまえにもかかわらず、稽古をおえるころには汗ばんでいた。

長吉がひきあげたあと、覚山は諸肌《もろはだ》脱ぎになり、よねが用意した手盥《てだらい》と手拭で躰をふいた。

朝餉をすませ、よねと湯屋へ行く。

湯屋からの帰り、陽はいちだんと高く昇り、空はまぶしいほどに青く澄みわたり、白いちいさな雲がかぞえるほどしかなかった。

空は、彼方へいくほどに青さがうすれる。はるかに浮かぶ白いちぎれ雲に、覚山はふと思うことがあった。

歩きながらの思案は油断につながるゆえさけねばならぬ。覚山は、やや足をはやめて住まいへ帰った。

ほどなく、よねがもどってきた。茶を喫しながら、覚山はよねの稽古がはじまったらでかけると告げた。

ちとたしかめたきことがあるゆえ霊雲院《れいうんいん》までまいる。小半刻（三十分）余でもどれるかと思う。

入堀通りの用心棒であり、急な報せにそなえて、どこへ行き、いつもどるかをはっきりさせておかねばならない。

縁側の障子は両端にあけてある。陽射しのかげんでおおよその刻限がわかる。

覚山は、よねにてつだってもらってしたくをした。

朝四ツ（十時）の鐘が鳴りだして戸口の格子戸が開閉し、弟子がおとないをいれた。よねが弟子をむかえに行った。

客間から三味《しやみ》の音《ね》が聞こえてくるまで待ち、覚山は脇差を腰にし、刀を左手にさげて居間をでた。

草履をはき、表にでて刀を腰にさす。

路地から入堀通りにでて、油堀の南岸を大川方面へむかう。

黒江《くろえ》橋をわたり、黒江町をすぎれば一色町《いっしきちょう》だ。河岸の桟橋には荷舟が舫《もや》われ、人足らがいそがしげにしていた。

師走《しわす》二十二日朝、雪に埋もれていたみつの帰路は、緑《みどり》橋をわたって南へ行く。しかし、油堀ぞいをまっすぐにきた河岸の蔵のあいだで、みつは川に頭をむけて死んでいた。それゆえ、ちかくに店《たな》があり、みつがつとめる霊雲院出茶屋の客であった広瀬《ひろせ》屋の若旦那弘吉《こうきち》と手代昌吉《まさきち》にうたがいの眼がむけられた。

みつの着衣に乱れはなかった。乱れがあったのなら、喜平次が話している。むりやりつれてこられたのではない。だが、当て身で気を失わせたのもありうる。喜平次がそう語っていた。

覚山は、眉根をよせて緑橋をわたった。

右斜めまえに油堀に架かる千鳥《ちどり》橋がある。わたれば、深川堀川町《ほりかわちょう》で、東南かどに茶問屋の宇治屋がある。

宇治屋は雨戸がとざされたままであった。主一家が皆殺しにされた。店をあけるのは四十九日の法要をすませてからであろう。

橋板から坂をくだった覚山は、足を大川のほうへむけた。さらなる思案は霊雲院についてからだ。

永代橋《えいたいばし》から仙台堀《せんだいぼり》の上之橋《かみのはし》まで、大川ぞいは河岸地だ。そして、通りにめんした町家はすべて佐賀町《さがちょう》である。

油堀河口の橋が下之橋《しものはし》。

覚山は、下之橋を背にして、上之橋もわたった。

上之橋から霊雲院までは二町（約二一八メートル）余だ。

山門から境内《けいだい》へはいる。幼子を遊ばせにきた裏長屋の女房らや赤児をおぶった子守の娘らがいた。

敷石をすすみ、本堂で賽銭《さいせん》をたむけて合掌。顔をあげてふり返り、老夫婦がやっている出茶屋に行った。

一畳の腰掛台に、刀をはずして腰をおろし、左脇に刀をおいた。やってきた老婆に茶をたのむ。

敷石をはさんだ出茶屋には客の姿があり、看板娘のかなが笑顔をふりまいている。老婆が盆で茶をはこんできた。

右横に茶托ごと茶碗をおき、ちょこっと辞儀をして去った。

覚山は、茶を喫し、茶碗をもどした。

かなは生き生きとしている。人気があったみつが亡くなってふた月余。年が改まって正月気分。四十九日もすぎた。日々のできごとが、俤《おもかげ》に積もってゆく。おのれも不幸な死をとげた友助をめったに想いださなくなった。気がおおいように見えるが、松吉は本気で友助を想っていたのかもしれない。たきや玉次にも本気なのであろう。

覚山は、微苦笑をうかべ、出茶屋のかなから眼をはなした。冬枯れしていた木々に若葉が芽吹きつつある。

ふたたび茶を喫して茶碗をおき、腕をくむ。

境内を吹きぬけてゆく風がここちよい。

河岸蔵のあいだでみつの死骸が見つかったのが暮れの二十二日朝。死んだのは前夜。品川沖をただよう又八《またはち》の屋根船を漁師が見つけたのが二十五日の夕刻。その又八の住まいを、家捜しした者がある。

仲春二月十四日夜に堀川町の茶問屋宇治屋を襲った強盗一味は、翌未明まで宇治屋にいて、屋根船で逃げたと思われる。

江戸時代は朔望月《さくぼうげつ》で、朔日《ついたち》が新月、十五日が満月だ。だが、これはおおむねであり、たいがい十四日から十六日のあいだに満月がくる。

強盗が襲うのであれば闇夜であろう。人はそう考える。だからこそ月夜をえらんだ。やむをえずでなければ、あえてそうした。ならば、縛りかたもそうだが、一味には知恵のはたらく者がいる。

一味が、仲春二月の中旬ではなく、年の瀬か年明けに宇治屋を襲う計画であったとする。足として屋根船持ちの船頭又八がやとわれた。

しかし、なんらかの不都合がしょうじ、又八を始末せざるをえなくなった。

柴田喜平次の思案によれば、一味は浪人が三名でのこりが十三名。屋根船一艘《いっそう》の座敷に十六名がのれぬわけではない。だが、奪った金子《きんす》の箱などもある。一艘ではいかにも窮屈だ。頭《かしら》と浪人らのほか数名で一艘、のこりがもう一艘だったのではあるまいか。

江戸湊《みなと》は、佃島《つくだじま》沖から袖《そで》ヶ浦《うら》にそって品川宿ちかくまで、菱《ひ》垣廻船《がきかいせん》や樽《たる》廻船が帆をやすめている。したがって、又八は屋根船が見つかった品川沖あたりで殺されたのではあるまいかと、ふつうは考える。又八を殺して海へ落とし、もう一艘の屋根船にうつって逃げる。

だが、そのためには、二艘で品川沖まで行くのを又八に納得させねばならない。又八は、二十五日に仲間と賭場へ行くはずであった。その約束をしたのはいつか。

宇治屋女中のそのが強盗一味をひきいれたのではない。すると、番頭二名と手代一名の誰かであろう。おそらくは口封じで殺された。

覚山はつぶやいた。

「もしも、もしも、みつの死と又八とがむすびつくとしたなら……」

――先走ってはならぬ。

鼻孔から息をもらし、懐から巾着《きんちゃく》をだして茶代をおいて帰路についた。

三

昼まえに仙次《せんじ》手先の次郎太《じろうた》がきた。

浅井駿介が待っているので、暮六ツ（六時）の見まわりがすんだら八方庵にきてほしいという。覚山は承知し、よねに告げた。

暮六ツの見まわりにでると、堀留両端と名無し橋たもとに地廻りがいた。以前のごときあからさまな敵意はない。むしろ、眼をあわせぬようにしている。それでもとどまりつづけるは縄張り争いの陣取りであろう。

見まわりを終えて万松亭のまえをとおりすぎ、名無し橋にかかると、門前山本町のたもとにいた地廻り三名が一間（約一・八メートル）ばかりはなれて背をむけた。

橋をおりた覚山は、通りを斜めにわたり、八方庵の暖簾をわけて腰高障子をあけた。

「いらっしゃいませ」

あきのあかるい声がむかえた。

覚山は笑みをこぼした。

腰掛台は客で埋まり、階《きざはし》したの小上がりに、仙次と勇助《ゆうすけ》と次郎太がいた。このごろはもっぱら次郎太が使いにくるが、以前は勇助がくることもあった。

仙次が、となりの勇助に顎《あご》をしゃくった。

うなずいた勇助が立ちあがり、階のしたで二階を見あげる。

「浅井の旦那、お見えになりやした」

勇助がわきによる。

覚山は、勇助にほほえみ、草履をぬいだ。

二階の座敷で駿介と対座する。待つほどもなく、あきが食膳をはこんできて、酌をした。

辞儀をして廊下にでたあきが、襖をしめ、階をおりていく。

駿介が口をひらいた。

「さっそくだが、千鳥《ちどり》の女将つやの情夫《いろ》がわかった。つやは両親《ふたおや》の月命日《つきめえにち》に墓参《はかめえ》りを欠かさねえって聞き、ちょいとばかしひっかかった。惚れた板前《いためえ》との仲を父親に裂かれてる。おいらの知ってるかぎり、女は恋の恨みをなかなかに忘れねえもんだ」

母親の命日が十四日で、父親の命日が二十七日。墓所は、南本所六間堀《みなみほんじょろっけん》ぞいの要津寺《ようしんじ》。

二十七日の朝五ツ（八時）の鐘からほどなく、供もつれずに駕籠にのったつやを、手先二名が尾《つ》けた。

千鳥から要津寺まで半里（約二キロメートル）余。駕籠なら小半刻（三十分）のはんぶんたらずだ。

駕籠舁《かき》二名が、息杖《いきづえ》とかけ声で調子をあわせ、駆けていく。

猪《い》ノ口《くち》橋で入堀をこえ、富岡《とみおか》橋で油堀をわたって寺町《てらまち》通りをすすむ。

駕籠舁がふり返ることはまずない。それでも、手先二名は、先になり、後になりして小走りに追った。

仙台堀を海辺《うみべ》橋でわたり、そのまますすむ。つぎの小名木川に架かる高橋《たか》まで六町（約六五四メートル）余。四町（約四三六メートル）余さきの辻を左へおれる。一町（約一〇九メートル）余の六間堀に架かる北之橋《きた》をわたって右へ行く。二町（約二一八メートル）ほどで要津寺の門前町と参道だ。

駕籠が参道へまがった。

手先二名は、てまえで立ちどまり、尻紮《しりから》げをはずし、手拭で汗をぬぐい、息をととのえた。

参道へおれる。山門から駕籠がでてきた。脇へよる。駕籠がよこを駆けすぎる。

手先らは境内にはいった。寺域《じいき》は二千五百坪ほど。千鳥の墓はあらかじめ調べてある。

庫裡《くり》から、扱《しご》き帯で裾《すそ》をあげ、花束と手桶をさげたつやがでてきた。脇見もせず、まっすぐ墓地へむかう。

山門からすこし離れた左右に出茶屋が一軒ずつある。右の出茶屋のほうが山門と墓地とを見わたせる。

手先らは、緋毛氈《ひもうせん》をしいていない畳だけの腰掛台にすわった。

茶と煙草盆《たばこ》をたのむ。

山門からの敷石をはさんだ木々のところに、幼子を見まもる裏店の女房らがいる。

裏店は狭い。さわげば赤児をおこす。寺社の境内は、裏店の子らには恰好の遊び場であり、若女房らには息抜きの場であった。

茶を喫し、煙草を吸う。

しばらくして、手桶をさげたつゝやがあらわれた。

庫裡に消え、ほどなく手ぶらででてきた。

裾は扱き帯であげたままだ。

まっすぐに山門へむかう。顎はひきぎみで、背筋をのばしている。顎に肉がついている。小肥りなはずだが、姿勢がよく、着物も小綺麗で、木陰の若女房らがみすぼらしく見える。三十七という年齢《とし》よりも若やぎ、白い首筋に大年増の色香をゆらめかせている。

手先らは、煙管《きせる》をくわえながらさりげなく眼をやっていた。

つゝやが山門をでた。手先らは、茶代をおいて立ちあがった。いそぎ足で山門へ行き、覗《のぞ》く。

いそいそとしたようすのつやが、参道の右へよっていく。

つやがかどをおれた。手先二名は、小走りで山門をでた。つやはまったく背後を気にするふうはなかった。それでも、かどで立ちどまり、通りをうかがう。

要津寺の南は武家屋敷をはさんで深川六間堀町《ろっけんぼりちょう》だ。武家屋敷をすぎたつやが六間堀町の横道へはいった。

すぐにとびだせるように裾を尻紮げにした手先二名は、通りにでて駆けた。

参道から横道まで一町半（約一六四メートル）余。

かどで立ちどまり、片眼で横道を見やる。

いない。つやの姿がない。

覗いた手先が、顔をひっこめ、ふり返って首をふる。

うなずきあって尻紮げをなおす。素人《しろうと》ではない。尾けるさいの心得はわかっている。

見失わぬために駆けてきた。女の足だ、すすむとしても十間（約一八メートル）かそこいらである。

ならんで横道にはいる。

横道には、間口二間（約三・六メートル）ほどの小店《こだな》がならんでいる。二軒か三軒がつらなった二階建て割長屋で、つぎの割長屋とのあいだに裏店への木戸がある。八百屋や米屋などの小店ばかりでなく、格子戸の住まいもある。それらは、習い事の師匠あたりが住んでいる。

そのほか、縄暖簾の居酒屋や蕎麦屋などがある。

江戸は男の独り者がおおい。町木戸がしまる夜四ツ（十時）じぶんまで暖簾をだしている居酒屋も、朝飯のために暖簾をだす。そして、暖簾をしまい、昼飯どきにまただす。

横道には蕎麦屋と居酒屋と一膳飯屋があったが、三軒とも暖簾をひっこめていた。

裏店は長屋だけとはかぎらない。一軒家が建っていることもある。子らがかよう手習所であったり、妾《めかけ》が囲われていたりする。

鉢合わせの怖れがあるので裏店を覗いたりはしない。

手先二名は、ゆっくりと十間あまりすすんだところで立ちどまった。

右にある味噌屋の女房がこちらを見ていた。ふたりはぺこりと辞儀をして家主を訊いた。

二軒さきの漬物屋が家主の住まいだった。

漬物屋へ行き、店にいる女房に、南御番所定町廻り浅井さまの御用聞き仙次親分の手の者だと名のると、奥で聞いていたのであろう家主が、襖をあけ、でてきてかしこまった。

理由《わけ》は話せないが、御用の筋で通りを見張らないとならないので縁台と煙草盆を貸してもらえまいか。

すぐにご用意いたします、とこたえた四十なかばの家主が、土間の草履をつっかけ、いそぎ足で表にでて裏店への路地に消えた。

ふたりも土間から通りへでた。

家主が、長さ四尺（約一二〇センチメートル）の縁台を両手でもってもどってきた。

礼を述べてうけとり、戸袋から裏店への木戸がある路地にはみださせて置く。ならんで腰かけると、家主が煙草盆をもってきた。すこしして、女房が茶をはこんできた。

やがて、蕎麦屋が暖簾をだした。それからしばらくして昼九ツ（正午）を告げる捨て鐘が鳴りだした。

ふたりは顔を見あわせた。たがいに眉をよせている。

居酒屋が暖簾をださないのはわかる。朝と夜、もしくは夜だけってわけだ。しかし、一膳飯屋が昼どきに暖簾をださないのは解せない。

鐘が九回撞《つ》かれてほどなく、堀ぞいの通りから横道に子らがはいってきた。

手習所から家に帰って昼食《ちゅうじき》をとり、手習所にもどって昼八ツ（二時）か八ツ半（三時）まで学ぶ。

読みはおなじ〝ちゅうじき〟だが、武家は中食と書く。

子らがいなくなり、横道が静かになった。

昼九ツから小半刻（三十分）のはんぶんほどがすぎたころ、一膳飯屋となりの路地からつやがあらわれた。

背をむけ、通りへむかう。

手先二名は、家主に礼を言ってつやを追った。

つやが、左の要津寺のほうへまがった。

いそぎ足になる。一膳飯屋戸口の柱にある掛《かけ》行灯の屋号に眼をやる。〝ちとせ〟とあった。

横道のかどで通りをうかがう。

つやの後ろ姿があった。

要津寺の参道におれるまで待ち、手先二名は通りにでた。

つやは、腰掛台に緋毛氈をかけている小綺麗な出茶屋にいた。手先二名は、まっすぐに本堂へ行き、賽銭をたてまつって手をあわせた。

朝とおなじ出茶屋に腰かけ、茶をたのむ。

茶とともに煙草盆をもってきた。朝の客だとわかったのであろう。

ほどなく、駕籠が境内にはいってきた。つやが茶代をおいて腰をあげた。

「……つやはまっすぐ帰《けえ》っている。手先らには裏店をふくめてさぐるよう命じ、お奉行にお願《ねげ》えして寺社方に筋をとおしていただいた。寺の話じゃあ、つやの月命日《つきめえにち》の墓《はか》参《めえ》りはここ七、八年のことだ。嵐じゃねえかぎり欠かさねえそうだ。それで、たのんでる花代《でえ》だけじゃなく、ちゃんと心付けもわたす。寺じゃあ、てえした孝行者《もん》だって感心してた」

駿介が、みずから要津寺へ足をはこんだのは昨日《さくじつ》の朝だ。要津寺から、調べさせておいた一膳飯屋ちとせの家主に会いに行った。

まずは、堅く口止めをする。そのうえで、ちとせが見世《みせ》をはじめたのがいつかを訊いた。

家主が大福帳（帳簿）をもってきてひろげた。

七年まえの仲春二月に空店になり、晩夏六月に料理人だという元吉《もときち》が借りにきた。

三十二という年齢《とし》が店をかまえるには若すぎるように思えたが、店請人《たなうけにん》が内藤新宿の旅籠で、そこの板場にいたとのことであった。生国は甲州道中の日野《ひの》宿で檀那《だんな》寺も当地だという。人柄もよさそうであったし、店請人もはっきりしているので貸すことにした。

ほどなく大工がはいり、半月ほどで小綺麗な見世ができ、元吉がこしてきて見世をはじめた。

「……元吉はいい店子《たなこ》だそうだ。店賃がとどこおったのはいちどもねえし、如在《じょさい》がねえうえに、料理の値《あたい》もてごろで旨《うめ》え。大家だけでなく、手先らがさぐったんも、おおむね評判がいい」

ふたり雇ってる娘が、どちらもそこそこの縹緻《きりょう》で、愛敬もある。だから、裏店の独り者が、屋台蕎麦で腹をみたしてから一杯飲みにくる。そんな安い香の物と濁酒《しろうま》で長居する客にも、元吉はいやな顔をしなかった。

「……だから繁盛《はんじょう》してる。夜五ツ半（九時）めえに暖簾をしまう。朝、昼、晩とやってるが、十四日と二十七日は夕刻からだけだ。馴染の客はみな知ってる、なんで朝と昼はやらねえかもな。大家は、つやをどっか大店の後家で、見世をやる銀《ぜに》もだしたって考《かんげ》えてる。おいらはまだ見てねえが、元吉はたいそうな男前《おとこめえ》だそうだ」

駿介がにやりと笑う。

「……におわねえかい」

覚山はうなずいた。

「お話をうかがいながら、つやと恋仲にあったという板場の者を想いだしておりました」

「やはりな。おいらも、すぐさま頭にうかんだ。女中のきねが釣瓶《つるべ》井戸で殺されたんが正月の九日。板場の者《もん》と女中らはすべて話を聞き、出入りの者《もん》ものこらずあたった。おいらの見当じゃあ、出入りの線はほぼねえ。きねが女将の座を狙ってるんを知ったつやが殺すか、殺させた。もしくは、縁切りしてえ文右衛門《ふみえもん》が承知しねえんで殺《や》った。二番板前《いためえ》の常吉《つねきち》もきねに言いよってたそうだから、袖にされてかっとなったってのもありうる。いまも言ったように、きねの件で主夫婦はむろん、奉公人もすべて話を訊いてる」

一番板前の亀造と二番板前の常吉なら二十年まえのできごとを知っている。しかし、ふたりに訊けばつやの耳にはいる。

駿介は、わかればさいわいくらいのつもりで若い板前の彦助《ひこすけ》を自身番屋へ呼びだした。

自身番屋の奥に、科人《とがにん》をとどめおいたり、廻り方などが調べにつかったりする縦長の三畳から四畳ほどの小部屋がある。

小部屋にはいってきた彦助がおびえた眼でかしこまった。駿介は、殺されるまえのきぬと文右衛門の仲がどうだったかを問うた。

――あっしは板場におりやすんで、旦那さまのことはよくぞんじやせん。ほんとうでやす。嘘偽《うそいつわ》りじゃあございやせん。信じておくんなさい。お願《ねげ》えしやす。

隠していないことは必死のようすににじみでていた。

駿介は言った。

――まあ、いい。ところでな、女将のつやは文右衛門を婿にむかえるめえに板場の若え者《わけもん》と恋仲だったって聞いた。なんか知ってるかい。

――そういうことがあったってのは知っておりやす。女中をふくめ、みな、知ってることでやす。

――あいての名は。

――知りやせん。その話がでると、一番板前《いためえ》の亀造兄哥《あにい》と二番の常吉兄哥がいやな顔をしやす。

――そうかい。わかった。帰《けえ》っていい。

「……奴の後ろ姿を見ながら考《かんげ》えたんだが、彦助は二十五歳、十五で千鳥へ奉公にあがったとして十年。それが二十年めえの色恋話を知ってる。つまり、文右衛門も、てめえが婿入りする一年めえに色恋沙汰《ざた》があったたってのを知ってるってことだろう」

覚山は首肯《しゅこう》した。

「仰《おお》せのとおりかと。知らぬうちはよかったでありましょう。しかしながら、おのれが婿入りの理由《わけ》を知り、しかも妻の心がいつまでもおのれにむかないのに思いいたる。ゆえに、冷めていったのではありますまいか」

「たぶんな。色恋にかんしちゃあ、男より女のほうがくわしい。彦助のことを教えてくれた元女中のとしにも会った。いま二十三で、奉公にあがったんが十六の春だ。それでも、つやに恋を裂かれたあいてがいたってのは知ってた。としの千鳥奉公は伯母《おば》の口利きで、その伯母がそのころ奉公していたはずだからくわしいと思うって言うんだ」

駿介はその足で伯母をたずねた。

「……一膳飯屋ちとせの元吉は、つやと恋仲だった奴でまちげえねえ。そのころの元吉は役者にしてえほどの二枚目で、つやもなかなかの縹緻よしだった。主の娘と見習《みなれえ》の板前《いためえ》。想い想われの仲がばれ、元吉は追いだされちまった。ほかにもわかったことがある」

一番板前の亀造と二番板前の常吉は、甲州道中八王子《はちおうじ》宿の出だ。

そのころの一番板前の生国が八王子宿で、その縁で亀造、常吉の順で見習になったのだった。さらに、亀造と元吉は従兄弟《いとこ》である。亀造が主に願い、元吉を雇うことになった。

「……亀造と常吉の人別《にんべつ》をたしかめなかったんは、おいらの迂闊《うかつ》よ。日野宿のつぎが八王子宿。おなじ宿場の者《もん》がなぜふたりもいるのか。しらべさせ、八王子宿まで手先を行かせてあたらせておけば、もうすこし早く元吉にたどりつけたかもしれねえ」

覚山は言った。

「元吉は世話してくれた亀造に不義理をはたらいたことになりませぬか」

「たしかにな。だが、若《わけ》えふたりは本気で惚れあってたんじゃねえかな。当時の元吉は十八、九だ。板場から内所にあげて商《あきね》えをいろはから教えることもできたはずだ。娘が奉公人と。その思いが、物言いやそぶりにでたのかもしれねえ。言われたほうは悔しかろうよ。暇もだされてるしな。まわりの縄暖簾をあたらせてるんで、もうすこしはっきりしたら元吉をつついてみるつもりだ。きね殺しについてつゝやからなんか聞いてるかもしれねえ。ということだ。もういいぜ」

「失礼つかまつりまする」

覚山は、一揖《いちゆう》して、脇の刀と八角棒をとった。

四

晩春三月になった。

朔日《ついたち》、二日と雨もようがつづいた。

三日は雛祭を祝うかのごとき快晴であった。

いつもの刻限に庭のくぐり戸がけたたましくあけられた。

「おはようございやす。松吉でやす。おじゃまさせていただきやす」

縁側の障子は左右にあけてある。

松吉は雲ひとつない朝の青空よりもはれやかな顔であった。

「よいお天気で。おっ、およねさん、今朝はいちだんとかがやいておりやす」

「ありがとね。おあがりなさい」

「へい」

手拭で足袋《たび》の埃《ほこり》をはたいた松吉が、濡れ縁から居間にはいり、膝をおった。

覚山は言った。

「うれしそうだな」

はずんだ声がかえる。

「わかりやすかい」

「ああ。顔が、なめくじのごとくでれでれしておる」

「やめておくんなさい。あっしは、なめくじと納豆は嫌《きれ》えでやす。男は、あんなねばねばしたもんを喰っちゃあいけやせん。根性《しょうね》が腐っちまいやす。蛇もいけやせん。くねくねしてるんを見ると、たたっ殺したくなりやす。くねくねした野郎もはったおしたくなりやす。くねくねしていいんは色っぺえ女だけで」

厨の板戸があき、たきがきた。声をかけ襖をあける。

「おたぁきちゃぁぁぁん」

はじめて耳にしたら腰を抜かすであろうが、鶏が首を絞められたがごとき頓狂《とんきょう》な声を聞きなれているたきは、眉ひとつうごかすでなく、はいってくると、膝をおり、松吉のまえに茶托ごと茶碗をおいた。

「何日か見ねえうちにまた綺麗《きれえ》になった。弥生《やよい》になったんだもんな、やぁ、よいよい、ってなもんだ、うん」

よねが、眼をみひらき、まじまじと松吉を見た。

ちょこんと辞儀をしたたきが、盆を手に廊下にでて襖をしめる。

たきの気配が厨へはいるまで待ち、覚山は口をひらいた。

「あのなぁ」

「わかってやす。おっしゃらねえでおくんなさい。うれしいことがあって悩んでたもんで、つまらねえことを口にしちまいやした。かんべんしておくんなさい」

「このところ、よく悩んでおるが、春の陽気のせいかな」

よねがふきだす。

「あれっ、およねさん、なにがおかしいんでやす」

「べつに」

「先生《せんせえ》、春じゃなくたって悩みはありやす」

「おまえのことだ、どうせのろけであろう。せいぜい悩むがよい。話すにはおよばぬ」

「冷てえことおっしゃらねえでおくんなさい。まともに聞いてくれるんは先生《せんせえ》だけで。お願《ねげ》えしやす」

「やむをえまい」

「ありがとうございやす。昨夜《ゆうべ》、川岸でお客がでてくるんを待ってやしたら、玉次《たまじ》がにこにこしながらやってめえりやした」

玉次は、左褄《ひだりづま》をとり、右手に紙包みをもっていた。ちかづいてきて立ちどまり、紙包みをさしだして言った。

——松吉さん、よかったら食べて。

——なんです。

——お饅頭《まんじゆう》。いまさっき、松葉《まつば》楼《ろう》の女将さんからいただいたんだけど、あたし、このごろ、すこし肥りぎみだから。

——いいのかい。

——あい。

「……あっしを見るなり、ぱっと顔をかがやかせ、いそぎ足でちかよってきやした。あっしは、もう、うれしくて、うれしくて」

「涎《よだれ》をたらすでない、涎を。まったく、しまりのない奴だ。饅頭をもらったのであろう。よかったではないか。そのどこが悩みなのだ」

「先生《せんせえ》、十九になって、やたら綺麗《きれえ》になった玉次が、手ずからくれたんですぜ。あ、あの白魚《しらうお》のような指。とりあえず、神棚にそなえてありやすが、喰うのはもったいねえし、喰わねえと腐っちまうし。どうしたもんか、悩んでおりやす」

「神棚に。なら、おまえが食さずとも、天井の鼠《ねずみ》が……」

松吉が眼をまるくする。

「えっ。大変《てえへん》だ。いそいでもどって旦那にことわり、長屋までひとっ走りしやす。……およねさん、馳走《ごち》になりやした。……先生《せんせえ》、ごめんなすって」

立ちあがり、濡れ縁から沓脱石におりた松吉が、とびおり、ふり返りもせずに駆ける。

くぐり戸が乱暴に開閉の音をたてた。

覚山は、ゆっくりと首をふった。

よねが笑みをこぼし、松吉の茶托と茶碗を厨へもっていった。

翌四日も春の青空がまぶしかった。

夕陽が相模の空を荘厳《そうごん》な紅《くれない》の錦絵に染め、暮六ツ（六時）の鐘が鳴った。

見まわりで路地から入堀通りにでたところで、川岸にいた松吉がちかよってきた。

「先生《せんせえ》、昼めえに千鳥の女将と板前《いためえ》のひとりがお縄になったそうでやすが、ごぞんじで」

「いや、知らぬ」

「あっしも、今日は朝からお客があって、さっき万松亭へのお客をおろし、船頭仲間から聞いたばかりでやす」

「そうか。それで待っててくれたのか。礼を申す」

「なんてことありやせん」

「それはそうと、饅頭はどうであった」

「へい。ぶじでやした。茶簞笥《ちゃだんす》にしまい、昨夜《ゆうべ》は、饅頭を肴《さかな》に玉次を想いだしながら一杯《いっぺえ》やりやした」

「饅頭を肴に酒か。まあ、それもよかろう」

「なかなかいいもんでしたぜ。こんど、いっしょにどうでやす」

「おまえとか。ことわる」

「しかたありやせん。先生《せんせえ》にはおよねさんがおりやすから。あっしはこれで」

ぺこりと辞儀をした松吉が背をむけた。

いつものごとく、堀留かどと門前山本町の名無し橋たもとに地廻りがいた。が、いるだけだ。いまや眼をあわすことさえ避けている。

千鳥は、暖簾がなく、門口《かどぐち》も雨戸がしめられていた。

翌々日の六日。

昼まえに次郎太がきた。夕七ツ（四時）すぎに浅井駿介がたずねたいという。覚山は承知し、よねに告げた。

夕七ツの鐘からすこしして、戸口の格子戸があけられ、おとなう仙次の声がした。

覚山は、戸口へ行き、駿介と仙次を客間に招じいれた。

よねとたきが用意していた食膳をもってきた。よねが駿介から酌をしているあいだに、たきが仙次の食膳をはこんできた。よねが仙次にも酌をして廊下にでた。

待っていたたきが襖をしめる。

ふたりの気配が、廊下を去っていく。

駿介が言った。

「千鳥の件は耳にしているかい」

覚山はうなずいた。

「一昨日《おとつい》、暮六ツ（六時）の見まわりのおり、松吉が女将と板前のひとりがお縄になったと申しておりました。見まわりの帰りに万松亭によりますと、長兵衛が召し捕られた板前は常吉だと教えてくれました」

駿介が顎をひく。

「順をおって話す」

二日の暮六ツ半（七時）じぶん、駿介は仙次と手先二名をしたがえて六間堀町横道の一膳飯屋ちとせの暖簾をわけて腰高障子をあけた。

仙次にまかせなかったのは、いきなりあらわれた八丁堀の姿に元吉がいかに反応するか見たかったからだ。

元吉の顔を驚きがよぎった。しかしそれよりも、ふり返って見あげた三十代なかばの眼にうろたえがはしり、それを消すかのごときふてぶてしさがうかんだのに、駿介はわずかに眼をほそめた。

半纏《はんてん》に股引《ももひき》。浅黒く陽に焼けているが、大工や鳶《とび》などの出職《でしょく》であれば、印半纏を着ている。

こいつはなにかある。

定町廻りとしての勘が告げていた。

男が厨のほうへ顔をもどした。

駿介は、首をめぐらした。

――仙次。

――へい。

――こいつに縄を打ちな。

男がさっとふり向く。

——お役人。どういうことでぇ。あっしはなにもしちゃあおりやせん。

——うるせえ。

男がはじかれたように立ちあがって躰をむける。

駿介は、水月《みぞおち》に当て身をいれた。

男が、口をあけて眼をとじ、両手で水月をおさえてうずくまる。

水月を拳で突かれると、痛みが頭へつきぬけ、息ができなくなる。中指を尖《とが》らせて手加減せずにぶちこめばたいがいは気絶する。

仙次が手早く縛った。

——こいつをちかくの自身番に繋《つな》いでふたりに見張らせ、おめえはもどってきな。

——わかりやした。

仙次が手先のひとりに綱をわたした。

手先が男を立たせる。

三名が男をひったてて見世をでる。

腰高障子がしめられた。

駿介は、元吉に眼をやった。

――おめえに訊きてえことがある。客も女中も帰《けえ》しな。

たちまち客が去り、女中ふたりも前垂《まえだれ》をはずして帰った。

駿介は、元吉に暖簾をいれさせた。腰掛台にかけ、元吉は階《きざはし》したの小上がりに腰かけさせる。

眼をふせぎみの元吉に、駿介は言った。

――おめえが、毎月、十四日と二十七日朝から昼にかけ、二階《にけえ》でちちくりあってるんは知ってる。あいてが誰かもな。

元吉がうつむく。

――いまだに独り身なんはまだ惚れてるからか。大家は表店の後家だと思ってる。が、つやは亭主もちだ。おめえがやってることは密通だ。つやは死罪。おめえは獄門。有り体《てえ》にこたえねえんなら、仙次がもどりしだい縄を打ち、しょっぴく。

――お役人さま、なんでも申しあげます。どうかお見逃しください。

腰高障子があけられ、仙次がはいってきて、腰掛台のひとつにかけた。

駿介は顔をもどした。

――つやとはいつからだ。

ためらい、眼をおよがせていたようすの元吉が、意を決したように顔をあげた。

――あっしとおつやさんとのことは。

――知ってる。仲を裂かれたこともな。

――惚れておりやした。旦那にののしられ、暇をだされたおりは、死のうとさえ思いやした。亀造兄哥《あにい》……。

元吉が眼で問う。

駿介は顎をひいた。

――つづけな。

――亀造兄哥が内藤新宿の旅籠を世話してくれやした。十二年めえだったと思いやす。旦那がお亡くなりになったと兄哥から報せがありやした。それからふた月ほどのちに兄哥がたずねてきて、その気があるんならおつやさんと会えるようにしてやるって言われやした。おつやさんの気持ちはたしかめてあるって。

――訊きてえんだが、亀造はなんでそこまでやる。

――がきのころからかわいがってもらっておりやした。それに、旦那が板前《いためえ》ふぜえがって言ってたのが勘弁ならねえって、あんとき、たいそう怒っておりやした。で、上野《うえの》見物を口実にやってきたおつやさんと、不忍池《しのばずのいけ》の出合茶屋で、そのう……会いやした。それから、兄哥が報せてくれ、そのたんびに旅籠の旦那にお断りして会いにめえりやした。

――若《わけ》えころの想いがかなったってわけか。

――へい。おつやさんは二十代《でえ》なかばすぎ、まだほっそりしてて、飯盛《めしもり》なんかとちがい、ふるいつきたくなるほどでやした。こんないい女が亭主の好きにされてるかと思うと、気が変になっちまいそうなくれえで。

――いまでもつやの躰に夢中なのかい。

ややまがあった。

――この見世をだす銭をぜんぶだしてもらいやした。ここが空店《あきだな》になってるんを見つけてくれたんもおつやさんでやす。返せって言われたことはありやせん。だからといって、もうこねえでくれとは言えやせん。銭がたまったら、知られねえようにどっかへ移ろうって考《かんげ》えておりやした。

――つやはおめえに抱かれるんをなんて言ってた。

――あの人も女中と好きなようにやってるんだからと申しておりやした。

――女中は、名をきねっていう。正月九日、千鳥の井戸ばたで絞め殺された。つやからなんも聞いてねえとは言わせねえぜ。

元吉がうつむく。

駿介は、口のなかでゆっくり十《とお》までかぞえた。

——ここで聞いてるぶんには、おいらの腹んなかだ。千鳥主の文右衛門に知られりゃ、七両二分の間夫代《まぶでえ》。縄を打ってしょっぴけば、晒《さら》し首。ようく考《かんげ》えな。

さらに待つ。

元吉は顔をふせたままだ。

駿介は言った。

——仙次。

——へい。

元吉がはじかれたように顔をあげる。

——待っておくんなさい。申しあげやす、申しあげやす。古くからの奉公人はおつや、さんの味方でやすが、きねって女中は若え奉公人の面倒をよくみていたそうで。ご亭主も別《わけ》れるようすがねえし、ふたりでたくらんで千鳥をのっとるつもりじゃねえかって心配《しんぺえ》しておりやした。

舌で唇を舐める。

駿介はうながした。

——それで。

――へい。二番板前《いためえ》の常吉兄哥がきねに気があったそうで。それを知ってたおつやさんがきねと所帯《しょてえ》をもってもいいっていう兄哥の気持ちをたしかめたうえ、あの日、井戸ばたにきねを呼びだしたそうでやす。

井戸ばたへきたきねは、つやの斜めうしろに常吉がいるのを見てかすかに眉をひそめた。

釣瓶井戸の柱を背にして立ちどまったきねに、つやが言った。

――おつや。おまえ、いつまで泥棒猫をつづけているつもり。

――あたしが泥棒猫なら、女将さんはなんですか。

――どういう意味だい。

――女将さんこそ、旦那さまが嫌いなら別れて好きな男《ひと》のところへ行けばよろしいのではないですか。

――生意気な口きくんじゃない。ただじゃおかないところだけど、呼んだのは、常吉がおまえと所帯をもってもいいって言ってる、どうだい。

――お断りです。別れたろくでなしによく似ている。夫婦《めおと》になったとたんに威張りちらかすにちがいありません。誰が、こんな男と。

――なんだと、この女《あま》。

「……つやは、元吉に、常吉がきねを柱におしつけて釣瓶の綱を首にまわして絞め殺したって話してる。ところが、常吉の言いぶんはちがう」

　常吉は、両手できねの肩をつかんで柱におしつけた。バカにしやがってと思った。詫びておのれのものになるというなら許してやってもよい。だが、見あげるきねの眼には、怯《おび》えではなく蔑《さげす》みがあった。

　おのれ、どうしてやろうか、と思ったとたん、きねのうしろにまわったつやが釣瓶の綱を首にまきつけてひっぱった。

「……つやの言いぶんはちがう。きねが声をあげそうになったんで口をおさえただけだ。そしたら、常吉が綱を首にまきつけて絞め殺した。どっちも、てめえは助かろうと必死よ。言いぶんがくいちがうんで、吟味方が毎日《めえにち》問いつめてるが、どう言いわけしたところでふたりとも死罪はまぬがれねえ。もうひとつ。仙次に縄を打たせた奴だがな」

　ひととおりつやについて訊いたあと、そぶりが怪しいんでお縄にしたが、何者だと元吉に問うた。

　名は勘助《かんすけ》。屋根船もちの船頭。住まいは五間《ごけん》堀の堀留にちかい深川元町《もとまち》。年齢《とし》は三十代なかばくらいだと思うが、聞いていない。

「……元吉が屋根船もちと言ったとたん、奴のふるめえからもしやとひっかかった。が、顔にはださず、深川元町の者《もん》がなんで町内《ちょうねえ》の飯屋じゃなくここにいるんだって訊いた」

深川元町の堀留から六間堀町までは七町（約七六三メートル）から八町（八七二メートル）ほどある。

覚山は襖に顔をむけた。

口をひらきかけていた駿介が、気づいて口をむすぶ。

よねが、声をかけて襖をあけ、手燭《てしょく》をもってはいってきて行灯に火をいれた。駿介に会釈をし、廊下にでて襖をしめる。

駿介が口をひらく。

「だいぶたっちまったな。元吉んとこにゃあ女中がふたりいる。十七と十九だ。十九はふじってんだが、去年の十一月ごろ、たまたま飯を食いにへえってきた勘助が気にいっちまったらしい。それから、しばしばかよってくるようになった。元吉は四十めえだが、いまだ女がのぼせあがりそうな面《つら》をしてる。で、ふじとはねんごろな仲ってわけよ。客だからむげにはできねえが、ふじを口説く勘助と、月に二度も抱かれにくるつやのこともあって、ふたりで余所《よそ》へ行こうって話してたそうだ。勘助は、又八殺しにかかわりがありそうなんで、身柄を北へわたしした。そのうち、柴田どのが話してくださるんじゃねえかな。こっちも、もうちょいはっきりしたらまた報せる。じゃましたな」

駿介が左脇の刀に手をのばした。

覚山は、戸口でふたりを見送った。

しかし、柴田喜平次からはなにも言ってこず、天気のよいおだやかな晩春の日がつづいた。

十三日の夜五ツ（八時）。見まわりにでると、門前山本町の名無し橋をすぎたところで、客待ちをしていた松吉がよってきた。

覚山は立ちどまった。

「先生《せんせえ》、昨夜《ゆうべ》大捕物があったそうでやすが、ごぞんじで」

覚山は首をふった。

「いや、知らぬ」

「南本所の剣の道場、ほかにも何ヵ所かで捕物があったそうでやす。道場では捕方《とりかた》に何名《なんめえ》もけが人がでたって聞きやした。……あっ、お客がでてめえりやした。先生《せんせえ》、ごめんなすって」

松吉が、ちょこっと辞儀をしてふり返り、いそぎ足で川岸から桟橋へおりていった。

五

翌々日の十五日。

昼まえに三吉がきた。柴田喜平次が、夕七ツ（四時）すぎに笹竹へきてほしいとのことであった。覚山は承知した。

したくをして待っていた覚山は、鐘が七度《ななたび》撞かれるのを聞いてからよねに見送られて住まいをでた。

笹竹の暖簾をわけて腰高障子をあけると、女将のきよが笑顔でむかえた。覚山は笑みを返し、腰の刀と八角棒をはずした。

奥の六畳間で、柴田喜平次と弥助が食膳をまえにしていた。

六畳間にあがり、なかほどで壁を背にする。きよが食膳をはこんできて酌をし、土間へおりて障子をしめた。

喜平次がほほえむ。

「駿介のおかげでのこらずけりがついた」

「松吉が、十二日の夜に南本所で捕物があったと申しておりました」

喜平次がうなずく。

「又八殺しで掛の片山《かたやま》が屋根船もちをあたらせてることは話したよな」

「うかがいました」

「越前《えちぜん》堀……霊岸島《れいがんじま》にある越前松平さま中屋敷をかこむ掘割を越前堀っていう。表門がある南がわは堀ぞいに通りと河岸があるが、北がわは堀ぞいに道がねえ。で、何軒か船宿がある」

たいがいの船宿には、猪牙《ちょき》舟《ぶね》もちや屋根船もちとして一本立ちした船頭がいる。桟橋を貸し、客をたのんだりもする。

猪牙舟は、おもな客が両国《りょうごく》橋かいわいでひろう吉原がよいである。だから、釣り客などの得意先をつかんでないと苦しい。それゆえ、一本立ちする者は屋根船もちになりたがる。

しかし屋根船も、まともな客ばかりあいてにしていては儲《もう》けにならない。

逢引《あいびき》につかわせるのはよい。商人《あきんど》、大工や鳶といった出職の者らが仲間うちで博奕《ばくち》をするのも、手遊《てすさ》びていどならばよい。しかし、仲間うちであっても度のすぎた博奕や、地廻りに賭場として貸したりするのはご法度《はっと》である。悪事の足としてつかわせるのはなおのことだ。

すべての船宿がまっとうな商いをしているとはかぎらない。なかにはかなり怪しげなところもある。そんな船宿をふくめて屋根船もちをのこらずあたるとなると手間暇がかかる。

片山五郎蔵《ごろぞう》は、つとめていた船宿から出入り差止めとなった船頭にしぼった。かかわりが切れて居場所のわからなくなった者もいた。そのひとりが、越前堀の船宿にいた勘助だ。

「……船宿の亭主を呼んで顔をたしかめさせた。年齢《とし》は三十五。二十八で屋根船もちになり、地廻りに賭場としてつかわせていることがばれて三十一で出入り差止めになった」

二十八歳という若さで屋根船もちになれたのは、柳橋《やなぎばし》芸者だった妹の助けがあったからだ。五郎蔵が船宿から聞きだせたのは、ほかに霊岸島にいたころの住まいくらいだった。

吟味方は、問いつめて白状させるをよしとしていた。強情な者を笞打《むちうち》、石抱《いしだき》の牢問《ろうもん》にかける。

それでも口をわらない殺し、火付、強盗の重い科《とが》については、老中の許しをえて拷《ごう》問蔵《もんぐら》で海老責《えびぜめ》、吊し責の拷問をやる。

又八は殺されたあとで家捜しをされていた。深川堀川町の茶問屋宇治屋を襲った賊一味は屋根船で逃げた。宇治屋への押込み強盗ではじめにやとわれたのは又八だった。それが、なんらかの不都合があって殺さざるをえなかった。だから一味は、押込み強盗にかんする書付なりがないかを家捜しした。

そして、又八のかわりに勘助がやとわれた。

一味は千両箱三個を奪っている。関所で厳重に改めさせているが、いまだもちだされたようすはない。

おそらく賊一味は御府内に潜み、熱《ほとぼり》がさめるのを待っている。勘助の捕縛が露頭《ろけん》すれば、一味は千両箱を隠して逐電《ちくでん》するであろう。

一刻《いっこく》の猶予《ゆうよ》もならぬ。ただちに牢問にかけよ。

「……で、笞打をとばして石を抱かせたら、たちまち吐いたそうだ。又八殺しと宇治屋への押込み強盗は屋根船の船頭として雇われただけだという。奴のようすをいぶかしんだ吟味方が、さらに一枚石をのせたら、もう一件吐いた。なんと、伊豆屋の昌吉と広瀬屋の弘吉の死も奴のしわざだった。まずはそこから話す」

勘助の母親は山谷芸者だった。妹がふたりあるが、三名とも父親がちがう。三人の旦那からは手切れ銀をもらいきれいに別れている。旦那と切れたあとの母親は、今戸町《いまどちょう》で三味線を教えて三名を育てた。

十五歳の春、勘助は山谷堀の船宿へ見習奉公でつとめた。しばらくはよかったが、しだいにひとりが眼の敵《かたき》にするようになった。ちょっとしたことでも文句をつける。十七歳の夏、怒りのあまり我を忘れてしまい、大柄なあいてにさんざん殴られた。勘助は、船宿をとびだし、母のもとへ帰った。

母親は芸者をしていたころの伝手《つて》をたよった。知っている船宿の次男が、霊岸島銀町《しろがねちょう》の船宿に婿入りしているという。山谷かいわいだと喧嘩あいてと顔をあわせることになる。母親は船宿の主に頭をさげてお願いした。主は、非が喧嘩あいてにあるのをたしかめたうえで紹介してくれた。

「……なんでこんなことまで話すかというと、母親と妹ふたりがかかわってくるからなんだ。縹緻《きりょう》がよくねえと芸者になれねえ。子持ちでも囲うのがいたんだから別嬪《べっぴん》だったんだろう。母親似なんだろうな、娘ふたりも芸者になった。山谷じゃなく柳橋だがな。年齢《とし》は、姉のたかが三十一で、妹のしまが二十八」

屋根船は、母親の貯《たくわ》えだけではたりず、のこりを落籍《みうけ》されて向島に囲われているた、かが旦那にだしてもらった。

たかの旦那は、京橋筋因幡町《いなばちょう》にある口入屋《くちいれ》永楽屋《えいらく》の主大助《だいすけ》。四十歳。

口入屋は奉公人の周旋《しゅうせん》を生業《なりわい》としている。慶庵《けいあん》、人宿《ひとやど》、請《うけ》宿、肝煎《きもいり》宿などともいう。

永楽屋は、築地《つきじ》、芝《しば》、赤坂《あかさか》、麻布《あざぶ》あたりの武家屋敷あいての商いだ。

「……大名屋敷とご大身《たいしん》旗本屋敷へは女中の行儀見習奉公。登城の供をする中間《ちゅうげん》のほか、若党や用人の世話もやってる。若党や用人はてえげえ年季だが、中間はそのつどの渡りだ。ちょいとあたらせたんだが、たかは芸者のころの通り名が小雪《こゆき》。そのなのとおり、色白の細面でなかなかの美形だったらしい」

売れっ子で、落籍《みうけ》話もいくつかあった。浅草《あさくさ》お蔵前《くらまえ》の札差《ふださし》や日本橋大通りの若旦那などもかよっていたが、もっとも執心であったのが永楽屋大助だ。

「……わかるかい。札差と争うくれえだから永楽屋はかなりの大店ってことよ。源森《げんもり》川と横川《よこ》とのかどに東北のほうへのびる掘割がある。永楽屋は小雪ことたかのために百姓地を借りて寮を建てた。勘助の屋根船に銭をだしたんは、ひとつにはたかへの見栄、もうひとつがたかんとこへかよう足よ。なんでそんなことまでわかるんだってんだろう、もうすこし待ってくんな、母親のことを話さねえとならねえ」

勘助が屋根船もちになったのが七年まえの晩春三月。師走中旬、母親がふいに亡くなった。

母親は深酒をすることがあった。住まいは路地の割長屋。朝の稽古にきた弟子が、戸口の雨戸がしめられたままなのをいぶかしみ、戸を叩いて声をだしたが返事がない。裏にまわって水口の雨戸も叩いたがおなじであった。

師匠は五十歳。しかも独り暮らしだ。なにかあったのかもしれない。

家主のもとへ行った弟子は心配を告げた。

家主とふたりでもどった。雨戸を叩いて大声をだすので、隣近所の者もあつまってきた。

皆で騒いでも家のなかからは物音ひとつ聞こえなかった。やはりなにかあったにちがいない。

自身番屋へ報せが走った。

昨夜は北風が吼《ほ》えて雨戸を叩いた。天水桶《てんすいおけ》は水が凍り、寺社の軒下を塒《ねぐら》にしている物乞いが何名も命をおとしていた。

待っていると、定町廻りがやってきた。

家主から戸締りが心張り棒ではなく敷居の溝を塞《ふさ》ぐ竪猿《たてざる》であるのを聞いた定町廻り

が、大工か鳶の者を呼ばせた。

鳶職がふたりきて、鳶口で雨戸をはずした。

手先をしたがえた定町廻りがなかにはいる。

母親は、居間の長火鉢に両腕をのせて額をあてたままで冷たくなっていた。長火鉢の炭は消え、灰に湯呑みがころがり、かたわらの盆には貧乏徳利《びんぼうどっくり》があった。戸締りがされていて、家捜しされた跡もない。着物も乱れてないし、疵《きず》らしきものも見あたらなかった。酔いつぶれて寝こみ、炭火が消え、凍え死んだものと思われた。

「……ふいに母親を失った勘助は、腑抜けのようになっちまったらしい。年が明け、四十九日の法要をすませてもかわらねえ。心配《しんぺえ》したたかに相談された永楽屋大助が、古顔の中間に気がまぎれるかもしれねえから賭場へ連れてってくれってって銭をわたした。それがいけなかった」

のめりこむまでながくはかからなかった。

おのが稼ぎだけではたらず、妹のたかと、落籍《みうけ》されたばかりのしまに無心するようになった。

姉妹は、母親を喪《うしな》ったさびしさからのいっときの病であろうと無理をした。

永楽屋大助は、もともとはおのれのせいだと知っているので銀《ぜに》をだした。しかし、しまを囲ってまもない旦那は、そんな兄がいてはたまらんと手切れ銀をだして別れた。

いしまは泣き、たかいもよい顔をしなくなった。

それで、地廻りに屋根船をつかわせるようになり、それを知った船宿から出入り差止めをくらったのだった。

「……八丁堀《はっちょうぼり》から楓川《かえで》に架かる松幡《まつば》橋をわたれば、正面が因幡町だ。しかし、勘助は、いつも海賊《かいぞく》橋で楓川をこえて因幡町へむかっていた。八丁堀はとおりたくねえってわけよ」

睦月《むつき》二十三日の暮六ツ半（七時）から小半刻（三十分）ばかりがすぎようとするころ、勘助は夜の帷《とばり》がおりた河岸ぞいを因幡町へいそいでいた。

ちょうど人通りがすくなくなる刻限だ。食の見世のほかは、ほとんど暮六ツまえに戸締りをする。奉公人に夕餉を食べさせねばならず、灯りの節約にもなる。

勘助は提灯《ちょうちん》をもっていない。めんどうくさいのと、蠟燭《ろうそく》を買うのがもったいないからだ。闇夜でなければ歩ける。さいわい、雲がすくなく、夜空には星がまたたいていた。

ひとけのない通りをいそぎ足ですすんでいると、土蔵のあいだからとがった声が聞こえてきた。

見ると、川岸にふたり連れがいた。長着に羽織。表店の若旦那といういでたちだ。提灯がないのは近場の者ということであろう。

とおりすぎてから、勘助は立ちどまり、引き返して土蔵のかどによった。顔をのぞかせてふたりのようすをうかがう。

やはり、言いあいをしているようであった。

頭に思案がうかんだ。

永楽屋の旦那が屋根船をつかうさいは手代が使いにくる。懐具合がさみしくなったときはこちらからでむく。旦那はいやな顔をせず、女は心配ごとがかさなると顔がふける、おたかにあまり心労をかけるなよと言って、紙包みの銭をわたしてくれる。

だからといって、気がねがないわけではない。

ふたりを脅し、財布なり、巾着なりをまきあげる。さいわいにも、あるのは星明かりだけだ。すばやくやれば、こちらの顔を憶《おぼ》えられずにすむ。

ふり返った。まえもうしろも、通りに人影はない。懐から手拭をだして頬《ほお》つかむりをする。土蔵の通路へはいる。

いそぎ足でちかづいていく。

ふたりが気づき、顔をむけた。いぶかしさが、怯えへ。

勘助は低い声で言った。

——財布と巾着をだしな。

ひとりが口をひらく。

——ひ、人を呼びます。

——うるせえ。痛《いて》えめに遭いてえのか。さっさとだしな。

口ごたえした者の襟をつかもうと手をのばす。ふたりがしりぞく。一歩踏みこみ、襟へ手をのばす。ふたりが、おおきくうしろへさがる。

——あっ。

ふたりが、両手をばたつかせ、仰向けになって落ちていく。

——やべっ。

勘助は川岸によった。

星明かりをあつめた水面《みなも》をふたりの影が乱し、飛沫《しぶき》があがり、夜陰を水音が裂く。

初春の下旬。夜はいまだ冷《ひ》え、水は冷《つめ》たい。ふたりは両手をばたつかせている。

勘助は周囲に眼をやった。誰も気づいていない。

水面を見る。

沈み、浮き、顔をあげ、口をぱくぱくさせている。

——助けようか。いや。ひとりならなんとかなるかもしれねえが、ふたりにすがりつかれたら、いっしょに溺《おぼ》れちまう。

さっとあたりに眼をやる。

誰も見ていない。

勘助は、頬っかむりをはずして手拭を懐にしまった。

きた通りをひき返して海賊橋をとおりすぎ、江戸橋をわたる。右の荒布《あらめ》橋、そのさきの親仁《おやじ》橋とこえ、町家と武家地をぬう。星明かりをたよりに、新大橋で深川にわたって住まいへ帰った。

「……というしでえなんだ。突き落としたんじゃねえかと吟味方が問いつめてる」

覚山は言った。

「わからぬことがござりまする」

「なんでえ」

「札差と申すはおおむね傲慢《ごうまん》であるやに聞きおよびまする。芸者の落籍《みうけ》を競い、あっさりひきさがったというのがいささか腑に落ちかねまする」

喜平次がほほえむ。

「おめえさん、江戸の暮らしにだいぶ慣れてきたな」

「日々、よねより弟子の噂話《うわさ》などを耳にいたしております」

喜平次がうなずく。

「永楽屋は慶庵としては大店だが、たしかに札差がまともに張りあったら勝てねえ。で、永楽屋大助は用心棒をともなって談判に行ってる。てめえが本気だってことと、ひきさがってくれねえんなら口入屋仲間にたのみ、渡り中間をつかって評判をおとす。道場主だという遣《つか》えそうな用心棒がひけえている。それに、札旦那（旗本・御家人）あっての札差だ。暖簾に傷がつけば商いにさしさわる。たかについては落籍話《みうけ》を耳にしたんでちょっかいをだしただけだったので、おとなしくおれたそうだ」

「用心棒」

「ああ。永楽屋ってのは、なかなかの悪《わる》よ。いささかいりくんでるが聞いてくんな」

永楽屋は、先代のころから大名家や大身旗本家をねらった巧妙な強請《ゆすり》をはたらいていた。

先代の名は、惣兵衛《そうべえ》、六十四歳。三十七歳の次男元助《げんすけ》と、横川西岸の深川西町《にしまち》うらにある深川富川町《とみかわちょう》で、永楽屋とおなじく武家をあいてにした口入屋布袋屋《ほてい》をいとなんでいる。

小名木《おなき》川と竪《たて》川とにはさまれた一帯は、武家地としては南本所だが町家としては深川を冠するほうがおおい。

しかし、深川西町の北隣に竪川のほうから一丁目、二丁目、三丁目がある菊川町《きくかわちよう》は、本所を冠する。その一丁目うらの百姓地に神道無念《しんとうむねん》流の武谷《たけや》道場がある。

内弟子がいて、かよいの弟子もいる。それらしく稽古もしている。だが、じっさいは賭場の用心棒などが生業との噂があった。

六

永楽屋のやりようはこうだ。

奉公人に奉公先の不都合を耳にしたならば、できうるかぎりすみやかに報せるよう達してある。なんとなれば、手当が支払われないということがありうるからだ。早めにわかれば、手がうてるかもしれない。ささいなことでもかならず報せるように。

屋敷のつごうで暇をだされたり、給銀がえられなくなるのは、奉公人にとっては一大事である。女中は気ままに屋敷をでられないので渡り中間に言付けをたのむ。おなじ奉公人は相身互い、たいがいはひきうけてくれる。言付けを聞いた永楽屋の手代がでむく。

強請につかえそうな話は、主の大助が布袋屋へ告げる。惣兵衛か元助が、武谷道場へもっていく。

道場主の武谷源左衛門《げんざえもん》か内弟子が衣服をあらためて当該屋敷をおとずれて名のり、口止め料をせしめる。大名家や大身旗本家は外聞をはばかる。醜聞であれば、それなりの小判が手にできる。

「……本所菊川町一丁目うらの神道無念流武谷道場と堂々と名のってる。だからこそ、厄介事《やっけえごと》にならねえように小判を包む。町道場、旗本や御家人の子息が弟子入りしてるんなら、たちどころに噂がひろまる。が、強請の届けは一件もねえ。問いあわせても、知らぬぞんぜぬだろうよ。さて、とっくに察してるだろうが、勘助は、永楽屋のほかに、布袋屋と武谷道場の用もつとめてる。のめりこむってほどじゃねえが、いまでも博奕をしてる。勘助が出入りしてた賭場に、宇治屋一番番頭の良蔵もきてた」

「なんと」

喜平次がうなずく。

「千鳥の板前《いためえ》彦助がかよってたんは、五間堀の伊予《いよ》橋から半町（五四・五メートル）

ばかし行った旗本屋敷。勘助は、五間堀が逆くの字におれてるかどにちけえ旗本屋敷の賭場へかよってた」

勘助は要領がよい。

賭場へくる者におのれが屋根船もちであることを売りこんでいた。そして勘助の屋根船をつかうようになったひとりに、竪川南岸の本所松井町《まついちょう》二丁目にある茶屋の主壺《つぼ》屋佐兵衛《さへえ》がいた。

ある日、夕餉をすませて賭場へ行くと佐兵衛がいた。しばらくすると、佐兵衛がそばにきて、一献おつきあい願えませんか、と言った。勘助は、ようござす、と返事して、駒札《こまふだ》を貸元《かしもと》へもっていき銭とかえた。

佐兵衛には連れがいた。それが宇治屋の一番番頭良蔵だった。

旗本屋敷をでたところで紹介された。

五間堀ぞいにある弥勒寺《みろくじ》は、竪川の二ツ目之橋にいたる通りに山門がある。山門まえは深川常盤町《ときわちょう》三丁目である。一丁目と二丁目は小名木川の高橋《たか》そばにある。

佐兵衛が、三丁目の小綺麗な居酒屋に案内した。

厨となりの四畳半の座敷で対座し、佐兵衛がたのんだ酒肴《しゅこう》が食膳ではこばれてきた。

佐兵衛によれば、良蔵にはおなじ歳ということもあって親しくしていただいている とのことであった。この日は、良蔵から賭け事をしたことがないと聞いていたので賭場へさそったのだという。

銚子がからになったところでひきあげることになった。酒肴代は佐兵衛がはらった。

佐兵衛と良蔵は屋号入りの小田原提灯をもっていた。

勘助は、夜道のひとり歩きは危ないので宇治屋まで送る、ついては帰りに小田原提灯を貸してもらえまいかと申しでた。

遠慮する良蔵に、酔いざましですから、それに、あとで追剝《おいはぎ》に遭ったと知ったら寝覚めがわるいのでと笑顔で言った。

それでは申しわけございませんが、と良蔵が承知した。勘助としては、ただの親切ではなく、それなりの思惑があった。

宇治屋は油堀ぞいにあるおおきな茶問屋である。そこの一番番頭に顔をつないでおけばよい客を紹介してくれるかもしれない。

居酒屋から堀川町の宇治屋までは半里（約二キロメートル）たらずだ。海辺橋をわたって仙台堀ぞいをすすみ、相生橋《あいおい》、松永橋《まつなが》をこえて左へ行く。

あらためて礼を述べる良蔵に、勘助は気にしないよう言った。そして、住まいと、飯を食いにいく町内の縄暖簾を教え、賭場に行くんならいつでも案内するからよければ声をかけてほしいと告げた。

それから十日ほどして、良蔵がたずねてきた。勘助は、いっしょに賭場へ行き、居酒屋で奢《おご》ってもらい、宇治屋まで送った。

しばらくして、またきた。良蔵は、博奕が好きというのではなく、気晴らしのようであった。勘助は船頭であり、客の愚痴は聞き慣れている。居酒屋で相槌《あいづち》をうちながら良蔵のほろ酔い話を聞いてやった。

ある日の朝、永楽屋から手代が使いにきた。昼を食べて、主の大助を迎えにいった。

楓川松幡橋の桟橋で大助を乗せる。勘助は、いつも八丁堀川から江戸湊にでて大川をさかのぼる。そしていつもではないが、大助が艫《とも》にうつってきて障子をあけ、話しかけることがある。

この日がそうだった。

艫の障子をあけた大助が、腕を敷居において片膝をたて、なにかおもしろいことはなかったかと訊いた。

おもしろいかどうかわかりやせんが、とことわり、勘助は油堀ぞいにある茶問屋の番頭と賭場へ行く仲になったと話した。

翌朝、いつもの刻限に向島の竹屋《たけや》ノ渡《わたし》に屋根船をつけて待っていると、やってきて座敷にはいった大助が、艫の障子をあけ、茶問屋の番頭とのことをくわしく話してくれと言った。

大助は、四日から六日くらいで向島のたかのもとへかよい、ひと晩をすごす。

つぎに使いにきた手代の言付けは、翌朝早く迎えにきてくれとのことであった。

商いの用向きでそういうこともある。ところが、翌朝桟橋におりてきた大助が、富川町の父と武谷道場の先生をお誘いするのでよるように命じた。

言われたとおりにふたりをのせて竹屋ノ渡につけると、暮六ツ（日の入）じぶんにふたりを迎えにくるようにとのことであった。

その夜は富川町の大旦那と武谷道場の先生を送り、つぎの朝、竹屋ノ渡へ大助を迎えにいった。

座敷にはいって艫の障子をあけた大助が胡坐《あぐら》をかいた。そして、船はゆっくりでいい、たのみがある、と言った。

たかの妹しまは、年齢《とし》が二十八の大年増。いまは大助の父惣兵衛の世話になっている。

旦那に縁切りされたしまを案じたたかが大助に相談し、大助が鰥夫《やもお》（男やもめ）であった父の惣兵衛に世話したのだった。

住まいは、横川をわたった猿江《さるえ》村《むら》の百姓地に借りている一軒家。富川町の布袋屋からは七町（約七六三メートル）ほどだ。

惣兵衛は、気がむけば手代を使いにだして夕餉のしたくを命じ、夕刻に布袋屋をあとにして翌朝にもどる。

そのしまのことを、良蔵に話せという。ただし、と大助が言った。

妹だということを告げてはならない。旦那から手切れ銀をわたされてほそぼそと暮らしている。いい旦那《ひと》がいたら教えてほしいとたのまれたことにする。これがうまくいったら、おまえもいい思いをさせてやる。

もうひとつ。屋根船もちの船頭をひとり見つけてもらいたい。仲間をあたってみてくれ。いいか、あやしまれぬようさりげなくだぞ。これというのが見つかったら、あとはこっちでやる。おまえは、良蔵に顔を知られているからな。

勘助は、わかりやした、と言った。はっきりそうだと聞いたわけではないが、永楽屋と布袋屋と武谷道場とが組んでよからぬことをやっているであろうことは察していた。

つぎに良蔵がやってきたおり、いつものように半刻（約一時間）あまり博奕をして居酒屋へうつった。良蔵は酒好きだがつよくはない。しかも、酔うほどに愚痴る。勘助がいやな顔をせずにつきあい、店《たな》まで送るので、安心してさそうのであろう。

良蔵が酔うまえに、勘助は大助に言われたとおりしまについて話した。良蔵は、首をふり、せっかくのお話ですが女を囲うほどの給銀はいただいておりません、とこぼした。

それが誘い水で愚痴りだした。

旦那さまは奉公人を信用せず、しかも吝《しわ》い。味噌汁にいれる豆腐さえけちろうとなさる。金子も両替屋に預ければ利子がつくのに、他人《ひと》に預けるのは心配だからと蔵に千両箱を積んでおられる。

おなじことは何度も耳にし、大助にも話した。

勘助は、囲うのではない、そのつど銭をはらう、それもべらぼうな額は口にしないはず、いっぺん会うだけでもどうであろうか、気にいらなければ帰ればよいとすすめた。

良蔵が承知したので、勘助は女に報せなければならないのでと日にちと刻限を決めた。

約束した日の夕刻、勘助は良蔵を屋根船にのせ、しまの住まいまで送った。

それいらい、良蔵は博奕を誘いにこなくなった。ひと月ほどして、そのことを大助に告げると、しまのもとへかよっている。そこその貯えがあったとしても、じきに底を突くにちがいないと嗤《わら》った。

どうやっておしまを納得させたのか、できれば教えてほしいと願うと、しまは年寄の扱いに慣れている、それにうまくいけば礼をはずむ、このことでおまえを縁切りにはしない、あとあとまでめんどうをみるって親父《おやじ》が安心させた。

それより、と大助が真顔になった。たのんである屋根船もちの船頭だが、いいか、顔見知りはだめだぞ、本所深川も避け、浅草か、芝《しば》あたりをあたってくれ。

勘助は、わかりやしたとこたえた。

「……大助にそう言われ、勘助は女房に間男された又八《またはち》の噂を想いだした。で、昔の仲間に又八のことをたしかめ、大助に話した。良蔵のほうは、しまとまぐわってるとこに、旅姿の武谷源左衛門があらわれた。筋書はこうだ」

武谷源左衛門は、九州は肥後《ひご》の国熊本《くまもと》城下の道場主に招かれ、一年ちかく留守にしていた。

旅姿のましまの住まいによると、戸口の土間に男物の草履が見える。

まさかと思ったが、それでもそっと格子戸をあけ、草鞋《わらじ》をぬぐのももどかしく、忍び足で二階の寝所へむかった。階《きざはし》をあがりながら、柄袋《つかぶくろ》をはずして懐にしまう。

乱暴に襖をあける。

布団のうえで、白絹《しらぎぬ》の裸体が仰向けで立てた両膝をひろげ、そのあいだで男が腰をつかっていた。

襖の音に顔をむけたふたりが、驚愕《きょうがく》の表情をうかべる。良蔵がしまから離れる。うろたえ、左右に眼をはしらせたしまが、手をのばし、湯文字で股を隠し、肌襦袢で胸乳を隠した。良蔵も肌襦袢をつかんで、胯間をおおう。

源左衛門は、眉間《みけん》に縦皺《たてじわ》を刻み、左手で鯉口《こいぐち》を、右手で柄をにぎった。

——おしま。おのれ、よくも恥をかかせたな。ふたりとも、なおれ。地獄へ送ってくれよう。

しまが、ひざまずいて両手をつく。

——先生、かんにん。ながいお留守がさびしくて。ごめんなさい。

良蔵も、ひざまずき、布団に額をこすりつける。

——ぞんじませんでした。ほんとうでございます。どうか、命だけは。

「……源左衛門は、ふたりに身繕《みづくろ》いをさせた。そして、間男をするような女はいらぬゆえ五十両でゆずると言った。しまにつぎこんでる良蔵にそんな大金《たいきん》があるわけねえ。源左衛門は、愚弄《ぐろう》いたすかと激昂《げきこう》してみせ、刀を抜き、いまにも斬りすてんとした。すると、しまが、あたしが悪うございます、お許しをとすがった。で、番頭の不始末ゆえ宇治屋へじかに談判に行くって言うと、良蔵が、ごかんべんをと額をこすりつけ、しまも涙を流して詫びる。むろん、芝居よ」

源左衛門がしばしば刀を抜かんばかりに激昂してみせる。しまが、あたしが悪いのです、と良蔵をかばう。そのやりとりのなかで、しまにみついだので良蔵に貯えがないのが判明。しかし、寝物語で良蔵から聞いているしまが、宇治屋の蔵には千両箱がいくつもあることを告げる。

――ならば、宇治屋へ押入り千両箱をひとつもらうことにいたす。てつだえ。

――めっそうもございません。

――なんだと。他人《ひと》の女に手をだし、ただですむと思うか。死にたいのであれば、おしまとふたり、あの世へ送ってやる。わしの言うことをきくなら、おしまに五十両をつけておまえにやる。

しまが良蔵にすがる。

——死にたくはありません。お願いです、先生のおっしゃるとおりにしてくださ い。後生《ごしょう》です。

元芸者のしまは美形である。岡場所の女などとはくらべものにならない。大年増の熟れた白い女体《にょたい》に良蔵は溺れきっていた。

その女が、眼に涙をためて見あげている。こんな佳《よ》い女がおのがものになるという。いつなりとも、遠慮せずに抱けるのだ。

良蔵は、屈服した。

「……源左衛門は、もらうは千両箱ひとつだけで、誰も殺《あや》めねえって言ってる。それで、ほとぼりが冷めたら宇治屋から暇をもらうがいい。そしたら、五十両をつけてしまをやるゆえふたりでどこへでもゆくがよい」

覚山は訊いた。

「良蔵はそれを信じたと」

「さあな。その場をおさえられ、追いつめられてる。源左衛門は策士よ。しまはたしかに色っぽい。脅すだけじゃなく、しまの色気を餌にしてる。それもあったと思うが、みつ殺しで腹をくったんじゃねえかって気がする」

怪しまれぬためだと言って、これまでとおなじように良蔵をしまの住まいに呼んだ。そして、二度か三度に一度はしまを抱かせた。

したたかなやりようである。

良蔵は、なおさらしまに執着したであろう。

策のいっさいは、布袋屋惣兵衛の考えも聞きながら武谷源左衛門が練った。五十もなかばをすぎ、いつまでも賭場の用心棒でもあるまいと思うようになっていた。

その賭場の用心棒をしている縁で、押込み強盗の用心棒をたのまれたことがある。源左衛門は一味の頭につなぎをとった。そして、言いぶんがあれば聞くがおおむねおのが策にしたがうのを承知させた。

宇治屋襲撃を師走の二十六日に決めた。二十一日の夜、油堀千鳥橋の桟橋に又八の屋根船を舫わせ、手はずをたしかめるために良蔵がくるのを待った。屋根船の座敷には、源左衛門と内弟子、盗人《ぬすっと》の頭がいた。

桟橋へおりてきた良蔵が、艫にまわって屋根船にあがり、座敷の障子をあけた。

小声で言う。

——先生、桟橋のたもとで娘がかがみこんでおりますが。

源左衛門は顔色をかえた。

——なにッ。

良蔵はなかなかやってこなかった。頭は裏切るかもしれないとあやぶんでいた。大声はだしていないが、そのようなことを話していた。夜の帷がおり、あたりは静かであった。よもや聞かれてしまったのではあるまいか。

源左衛門は、舳《みよし》と船縁《ふなべり》とのかどにより、船縁の障子をわずかにあけた。たしかに、橋のたもとに島田髷《まげ》の娘がうずくまっている。

女は、娘のあいだは島田髷で嫁げば丸髷にする。

顔をめぐらして内弟子に眼くばせした源左衛門は、舳の障子をあけて草履をはいた。

左手にさげていた刀を腰にする。内弟子がつづく。

石段をあがる。娘は顔をあげようとさえしない。かがんだ横顔をゆがめ、両手で腹をおさえ、痛みをこらえているようであった。

源左衛門は、すばやくあたりに眼をやった。人影はない。内弟子に顎をひき、かがんだ娘の背後にまわる。

腰をおとし、鼻をつまんで口をおさえる。叫び声をあげるいとまをあたえず、両腕のうえから帯に腕をまわす。内弟子が、娘の膝したを脇に抱《かか》えた。

娘をもちあげ、石段をおりる。頭が舳の障子を両側にひらいて待っている。もがき、あばれんとする娘のうごきをふたりでおさえ、座敷へはこぶ。

頭が障子をしめる。

息をしようと必死な娘のうごきを封じ、源左衛門は艫の良蔵に言った。

——二十六日はなしだ。あらためて報せる。おまえはもどれ。

うなずいた良蔵が、障子を閉めずに桟橋へとびおり、あたふたと駆けていった。

又八が身をかがめて見ていた。

源左衛門は命じた。

——船をだせ。

——勾引《かどわかし》は聞いてねえ。

——いいからだせ。

ふてくされたようすの又八が、桟橋へおりて舫い綱をといた。

頭が、艫の障子をしめに行った。又八が棹をつかうまえに、娘がぐったりとなった。

気を失ったのだ。源左衛門は、鼻と口とをふさいでいる手をゆるめなかった。生かしてはおけぬ。どうすべきか考える。

手をはなし、娘の鼻に人差し指をちかづける。息をしていない。死んだのだ。

内弟子にうなずき、娘をよこたえる。

艫に行き、障子をあけて又八に命じる。

――向こう岸へつけろ。

又八が、棹をつかって対岸へちかづけ、蔵の戸前から川に突きでている桟橋に屋根船をつけた。

――誰か見ている者はおらぬか。

――おりやせん。

源左衛門は、うなずいてふり返った。頭が娘の髪の乱れをととのえていた。

「……頭が着物もなおしたところで、源左衛門と内弟子とでみつをはこび、土蔵のあいだに横たえたってわけよ。又八は、この日のぶんはべつに払うことでとりあえず納得させた。が、思いのほか肝《きも》がすわってねえ。いざっておりに臆病風にふかれて逃げちまうんじゃねえか。頭がそう言い、源左衛門もありうると思った。で、又八を始末することにした」

二十三日に使いをやり、二十一日のぶんをはらうゆえ翌日の暮六ツ（冬至時間、五時）に浜御殿《はまごてん》（現・浜離宮《はまりきゅう》）南西かどの汐留川《しおどめ》にくるようにとつたえさせた。又八は、なんでそんなさびしいところにといぶかしんだ。使いには、だからだ、誰にも見られずにすむ、こちらも船で行くとつたえさせた。

二十四日の夕刻、勘助の屋根船で左に浜御殿を見ながら築地《つきじ》川をさかのぼり、汐留川におれた。

なかほどの橋のところで暮六ツの捨て鐘が鳴った。橋を背にすると、三町（約三二七メートル）ほどさきのかどに屋根船があらわれた。

又八と勘助は会ったことがない。又八の身のまわりは盗人一味の頭が手下にしらべさせた。屋根船の座敷には源左衛門と内弟子のふたりがのっていた。

川幅はひろく、浜御殿の対岸は陸奥《むつ》の国会津《あいづ》藩二十三万石松平家の中屋敷である。二階建ての長屋塀がつづき、川ぞいの道は人影もなくひっそりとしていた。

勘助の姿に、又八は安堵《あんど》したようであった。

内弟子とともに座敷から艫にでた源左衛門が、屋根船どうしを舫ってこっちにうつるように言った。

夕陽は相模の稜線に沈み、西空の茜色《あかねいろ》も暗くおおわれつつあった。

舫い綱を勘助に投げわたした又八がとびうつってきた。源左衛門は、ささえるふりをして腕をつかみ、背へねじりあげた。

――な、なにをしなさる。

内弟子が、もう片方の腕を背へひねりあげる。

又八が背をかがめる。船縁へ押し、水面へ頭をつっこませ、ふたりで片方ずつ膝でふくらはぎをおさえる。

懸命に首をふり、頭をもたげようとしていたが、やがて、力を失い、うごかなくなった。

なおすこし頭を川のなかにつっこんでおいてから、襟首をつかんでおこし、艫に横たえた。勘助が筵でおおった。

艫と舳とを舫い綱でむすび、勘助が艪《ろ》をにぎった。浜御殿の南西かどが汐留川の河口である。勘助の漕ぐ屋根船が江戸湊にでる。あたりは夜のけはいが濃く、波に屋根船が揺れた。月はなく、雲間に星があるだけだ。そして、江戸湊には幾艘もの樽廻船や菱垣《ひがき》廻船の黒い影が帆をやすめていた。

屋根船が、廻船のあいだを縫って東へすすむ。

座敷に灯りのある屋根船が、灯りのない屋根船を曳《ひ》いている。たまたま廻船の水夫《かこ》が見ていたとしても、御番所へ告げたりはしない。いくたびも呼びだされ、めんどうな思いをするだけである。それに、たいがいの水夫は博奕を打つゆえ、御番所にかかわるのを避ける。

東へすすみ、深川の灯りが後方になったあたりで、又八の死骸を海へおとした。

「……奴ら、又八の住まいを家捜しし、ひと月ばかりようすをうかがってた。良蔵は、みつの件で腹をくくったように見えたそうだ。かかわりがねえとは言えねえからな。しまといっしょになれるかいくども念押ししてる。で、二月十四日の深更、宇治屋を襲った。人数は、こっちが考《かんげ》えたとおり、浪人が三名《めえ》と一味が十三名《めえ》。おいら、源左衛門が道場主ってのにひっかかった」

道場をかまえるほどならそこそこに遣える。それで、捕方の与力に、九頭竜覚山に助勢をたのんではどうかと話した。ところが、にべもなくことわられた。道場には、源左衛門と内弟子二名がいた。深更に、雨戸をやぶって押し入ったが、やはり源左衛門はかなりの手練《てだれ》、内弟子二名もそこそこに遣え、捕方七名が疵を負い、ひとりは深手で落命した。

盗人一味も四名を捕り逃がした。

「……捕方の与力どのが、年番方をとおして、おめえさんの助勢をたのむべきであったって詫びをいれてきた。逃げた奴の手配はしてあるし、いま、吟味方が責めて吐かせてる。駿介から言付けがある。きね殺しは、女将のつやがきねの口をふさいだんで、常吉は殺すしかねえと思い、うしろへまわって綱を首にまきつけた。そういうことだ。なげえことつきあわせちまって、すまねえ」

「いいえ。失礼させていただきまする」

覚山は、喜平次に一揖して、かたわらの刀を手にした。

土間の腰掛台から客の声が聞こえていた。障子をあけて、女将のきよから小田原提灯の蠟燭に火をもらい、表にでた。

参道を吹いてきた晩春の夜風がここちよかった。

十五日、蒼い夜空に満月がある。

両町奉行所の定町廻りがあてにしている。万松亭の長兵衛をふくめ入堀通りの者たちもだ。

満月に、よねの笑顔がうかぶ。

覚山は、ほほえみ、家路についた。

「九頭竜覚山　浮世綴」完

本書は文庫書き下ろし作品です。

|著者|荒崎一海　1950年沖縄県生まれ。出版社勤務を経て、2005年に時代小説作家としてデビュー。著書に「闇を斬る」「宗元寺隼人密命帖」シリーズなど。たしかな考証に裏打ちされたこまやかな江戸の描写に定評がある。
荒崎一海ホームページ　http://arasakikazumi.com/

一色町雪《いつしきちようせつ》花《か》　九《く》頭《ず》竜覚山《りゅうかくざん》　浮《うき》世《よ》綴《つづり》㈤

荒崎一《あらさきかず》海《み》

講談社文庫

定価はカバーに
表示してあります

2020年12月15日第１刷発行

発行者――渡瀬昌彦
発行所――株式会社　講談社
東京都文京区音羽2-12-21　〒112-8001
電話　出版（03）5395-3510
　　　販売（03）5395-5817
　　　業務（03）5395-3615

デザイン―菊地信義
本文データ制作―講談社デジタル製作
印刷―――豊国印刷株式会社
製本―――株式会社国宝社

Printed in Japan

ISBN978-4-06-521765-8

講談社文庫刊行の辞

二十一世紀の到来を目睫に望みながら、われわれはいま、人類史上かつて例を見ない巨大な転換期をむかえようとしている。

世界も、日本も、激動の予兆に対する期待とおののきを内に蔵して、未知の時代に歩み入ろうとしている。このときにあたり、創業の人野間清治の「ナショナル・エデュケイター」への志を現代に甦らせようと意図して、われわれはここに古今の文芸作品はいうまでもなく、ひろく人文・社会・自然の諸科学から東西の名著を網羅する、新しい綜合文庫の発刊を決意した。

激動の転換期はまた断絶の時代である。われわれは戦後二十五年間の出版文化のありかたへの深い反省をこめて、この断絶の時代にあえて人間的な持続を求めようとする。いたずらに浮薄な商業主義のあだ花を追い求めることなく、長期にわたって良書に生命をあたえようとつとめるところにしか、今後の出版文化の真の繁栄はあり得ないと信じるからである。

同時にわれわれはこの綜合文庫の刊行を通じて、人文・社会・自然の諸科学が、結局人間の学にほかならないことを立証しようと願っている。かつて知識とは、「汝自身を知る」ことにつきていた。現代社会の瑣末な情報の氾濫のなかから、力強い知識の源泉を掘り起し、技術文明のただなかに、生きた人間の姿を復活させること。それこそわれわれの切なる希求である。

われわれは権威に盲従せず、俗流に媚びることなく、渾然一体となって日本の「草の根」をかたちづくる若く新しい世代の人々に、心をこめてこの新しい綜合文庫をおくり届けたい。それは知識の泉であるとともに感受性のふるさとであり、もっとも有機的に組織され、社会に開かれた万人のための大学をめざしている。大方の支援と協力を衷心より切望してやまない。

一九七一年七月

野間省一